GAMING THE SYSTEM

–

FESTTAGS-SPIELE

DIE GAMING THE SYSTEM SERIE

BRENNA AUBREY

ÜBERSETZUNG: HELENA TAMIS

SILVER GRIFFON ASSOCIATES
ORANGE, CA, USA

Danksagungen

Ein Buch entsteht nie in einem Vakuum, und zu meinem Umfeld gehören eine Menge beweglicher Teile. Und während eines besonders schweren und anstrengenden Jahres für uns alle bin ich extrem dankbar für alle, die einen Teil dazu beigetragen haben, dieses hier fertig zu schreiben. Ich bin so dankbar für meine unerschrockenen und tollen Erstleserinnen Kate McKinley und Sabrina Darby, die sich nicht einmal beschwert haben, als ich ihnen eine äußerst frühe und hässliche erste Version geschickt habe, die sie gelesen haben, über die sie gelacht und mich ermutigt haben, trotz all der Rechtschreibfehler, anderen Fehler und Lücken in der Geschichte. Ihr treibt mich ständig dazu an, ein besseres Buch zu schreiben, und ihr macht das so gut. Ich liebe euch, Ladys! Vielen Dank auch an Dayna Hart, einen Neuzugang im Team, die mir geholfen hat, das Endprodukt zu glätten. Für das umwerfende Cover: Sarah Hansen von Okay Creations, Lindee Robinson von Lindee Robinson Photography und dem echten Paar, das für Adam und Mia herhalten musste: Marcus und Elena Filip.

Ich bin dankbar für die Brenda-Aubrey-Buchgruppe und die Leserinnen, die mir das Leben verschönern. Ich bin so begeistert von dieser starken Gruppe Menschen, die aufeinander aufpassen und in ihrer Liebe zu meinen Büchern verbunden bleiben. Danke, dass ihr das Gelächter und die Tränen miteinander teilt und einfach nur ihr selbst seid. Große Liebe auch für Kelly Allenby – für so viel, das ich, wenn ich es hätte auflisten müssen, einen weiteren kompletten Dankesabschnitt schreiben müsste – dass sie die Lesergruppe organisiert, sich an Leserinnen und Audiobuchhörer wendet, mich vertritt, wenn ich zu abgelenkt oder überwältigt bin, um mit sozialen Medien fertig zu werden und so weiter und so fort. Und danke auch an die frühen Rezensionsexemplar-Leserinnen, die ganz früh tief in das Material eintauchen. Ihr seid toll, und ich liebe euch. Für all die treuen Gaming-the-System-Leserinnen, die seit *Um jeden Preis* dabei sind und sich so auf diese erfundenen Leute eingelassen haben, die durch meinen Kopf laufen: Ihr habt es mir möglich gemacht, weiter über sie zu schreiben, und ohne euch könnte ich das nicht. Ich hoffe, ihre neue Geschichte ist alles, was ihr euch erhofft habt.

Dank auch an meine Familie ... meinen Mann, die nicht mehr ganz so kleinen Kinder, ich weiß, ihr habt eine Menge mitgemacht, besonders, dass Mom für lange Zeit verschwunden ist, während sie auf eine Deadline zurast. Ich schätze, als Teenager ist das kein so großes Opfer mehr, lol. Für Mom, ihre nimmermüde Ermutigung und bedingungslose Liebe – das bedeutet so viel. Ich liebe dich.

Während meines Lebens als Erwachsene hatte ich viele Jobs, und dieser war schon eine Achterbahnfahrt. Es ist bei Weitem nicht der leichteste, aber auf jeden Fall der beste.

KAPITEL

EINS
MIA

WARUM FASSEN WIR EIGENTLICH URLAUBSPLÄNE – für eine Woche Entspannung und Flucht –, und während wir dabei sind, stressen wir uns letztlich bis zum Äußersten, um genau das vorzubereiten? So war dieser Tag für mich gelaufen – ein kleines Scheibchen inmitten des Stress-Sandwiches, das aus meinen Vorbereitungen für die Feiertage und dem Beginn einer neuen Runde im Medizinstudium bestand.

Adam und ich waren gerade vom Haus meiner Mutter in Anza am Heiligabend zurückgekehrt, nachdem wir ein paar Tage mit meiner Mom und ihrem Mann verbracht hatten, Adams Onkel Peter. Außerdem waren Peters Kinder da gewesen, William und Britt, ihre jeweiligen Partner, und die Enkelkinder.

Mom hatte ein tolles kleines Familienweihnachten zu Hause für uns alle geplant. Wir hatten ein paar Abenteuer erlebt – Erkunden und Wandern, ein wenig Reiten mit den Kindern, und eine Menge verrückter Brettspiele.

Ich seufzte, richtete den glänzend silbernen, sternförmigen Schmuck auf unserem tollen Baum, der gute drei Meter hoch in unserer Eingangshalle stand und immer noch von den Gewölbedecken weit übertroffen wurde. Es war fast schon Mitternacht am Heiligabend, und ich konnte nicht anders, als mir einen Augenblick zu nehmen, um das Lichtspiel und die schimmernde Schönheit in diesem stillen Raum zu bewundern. Im bunten Baumschmuck spiegelten sich die weißen Lichter, die glänzenden rot-goldenen Bänder hoben sich vom weichen Grün der Nadeln des Baumes ab. Ich schloss die Augen, atmete diesen frischen, sauberen Geruch ein, der mich sofort zurück zum Wandern in den Idyllwild Woods in meiner Kindheit brachte.

Plötzlich legten sich starke, feste Arme um meine Taille und zogen mich zurück an eine breite, harte Brust. Der Duft des Baumes wich dem vertrauten Geruch des Mannes, den ich liebte. Mit geschlossenen Augen entspannte ich mich an ihm, während er den Kopf neigte, um mir einen Kuss auf den Nacken zu geben. Ein leichter Schauer ging durch mich hindurch, wie es immer geschah, wenn er mich berührte. Er legte den Kopf an meinen, und meine Augen öffneten sich.

Er schaute den Baum an, mit all den glitzernden Lichtern, die sich in seinen umwerfenden dunklen Augen spiegelten. „Verrückt, wir hatten kaum die Gelegenheit, uns hinsetzen und einfach nur unseren Baum zu bewundern. Hier sind wir, nur auf Stippvisite, und schon wieder unterwegs aus der Stadt raus."

Ich seufzte. „Das ist der Preis dafür, dass wir jung und getrieben sind, schätze ich? Was für ein Glück, dass es Feiertage gibt. Es scheint das Einzige zu sein, was uns mal runterbringt. In den letzten achtundvierzig Stunden ist es mir gelungen, dich fast ganz nur für mich zu beanspruchen."

„Nur Kräfte außerhalb unserer Kontrolle können Leute wie uns runterbringen."

Ich schluckte und dachte darüber nach. Vor Weihnachten hatten wir einander kaum gesehen, fast einen Monat lang. Er war auf Geschäftsreise gewesen. Ich hatte meine Prüfungen. Er hatte fast eine Woche für seine Wohltätigkeitsstiftung gearbeitet, um das Jahresabschlusszeug in dieser Saison zu erledigen ... Die Liste hatte kein Ende.

Ich drehte mich um und gab ihm im Gegenzug einen raschen Kuss auf seine leicht stoppelige Wange. „Vielleicht sollten Leute wie wir mal lernen, öfter runterzukommen und zu genießen, was wir haben."

Adam lächelte, und seine Arme spannten sich um mich an. „Hey, es war deine Idee, loszuziehen und die Woche mit unserem ersten Jahrestag oben in den Bergen mit unseren Freunden zu verbringen."

„Hmmm, stimmt schon. Die bekommen wir ja auch kaum mehr zu sehen. Aber wir werden unsere Zeit unter uns schon kriegen. Und jetzt, da du versprochen hast, dein Handy im Safe wegzuschießen, während wir da sind, werde ich tatsächlich eine echte Unterhaltung mit dir führen können, die nicht unhöflich von irgendeinem Gepiepse und Gesumme unterbrochen wird."

„Ja, ja. Achte einfach nicht auf das Zucken und die Entzugserscheinungen, die ich dabei an den Tag lege."

Jetzt scherzte er, aber es hat anfangs einen kurzen Augenblick der Spannung zwischen uns gegeben. Er hatte nur zu gerne zugestimmt, als ich einverstanden gewesen war, meine Nase nicht in Lehrbücher zu stecken. Kompromisse waren gut und gesund, und doch ... Ich konnte nicht verhindern, dass ich mir ein wenig Sorgen um uns machte. Selbst wenn es nur ein winziger Hauch Unruhe war, der keine richtige Grundlage hatte.

An diesem Abend gingen wir zur gleichen Zeit ins Bett, etwas, das wir normalerweise fast nie taten. Manchmal hatten wir Zeit zusammen verbracht und andere Dinge getan – Fernsehschauen, Kuscheln, heiße Augenblicke. Aber Adam war nur selten die Art Typ, der sich danach einfach herumrollte und schlief. Er schoss aus dem Bett und war bereit, noch ein paar Stunden zu werkeln.

Das war die Herausforderung, mit einem Mann verheiratet zu sein, der kaum mehr als fünf Stunden Schlaf in einer Nacht bekam. Während ich darauf wartete, dass er ins Bett kam, spielte ich an meinem Tablett, immer noch von diesen fernen Sorgen abgelenkt.

Wie es das Glück so wollte, kam mir ein Link für eines dieser dummen Internet-Quizze vor die Nase, und ich klickte darauf wie eine Idiotin. Als wäre es so eine Art Wahrsagerin, die uns vielleicht wieder hinbog, oder eben auch nur irgendwelche fernen Ängste beruhigte.

Als Adam ein paar Minuten später kam und unter das Bett schlüpfte, beantwortete ich gerade die letzte Frage des „Bewerte deine Ehe"-Quiz auf BuzzTea.

„Was ist so lustig?", fragte er und kam neben mich.

„Ach, ich bin irgend so einem Clickbait auf den Leim gegangen." Ich lachte. Man brauchte ihn nicht in Aufregung versetzen, nur weil ich eigentlich konkret danach gesucht hatte. Es war sowieso bedeutungslos. Ich zeigte ihm den Bildschirm meines Tablets. „Ich habe gerade dieses Quiz gemacht, und offensichtlich sind wir total im Arsch. BuzzTea gibt uns keine drei Jahre bis zur Scheidung."

Einen langen Augenblick antwortete Adam nicht – er schien darüber nachzudenken. Dann plötzlich, als hätte sich das endlich gesetzt, was ich gesagt hatte, versteifte er sich, mühte sich hoch. „Was?! Lass mich mal sehen."

„Lass dir das nicht auf den Blutdruck schlagen. Es ist doch nur ein dummes Internetquiz."

Aber Adam hatte bereits auf den Wiederholen-Button geklickt und saß nun im Bett, das Kuscheln war vergessen. Er ging wütend die Fragen durch, jeder Muskel seines Körpers wurde angespannter, und er saß bei jeder weiteren Frage aufrechter. Ich schluckte. „Adam, leg das zur Seite. Das ist doch irgendwas, was ein Praktikant mit einer Deadline geschrieben hat, während er Blödsinn gegoogelt hat. Es ist kein …"

„Nein. Niemand darf uns einen schlechten Punktestand geben. So läuft das nicht bei uns." Mit einer großen Geste drückte er auf „Ergebnisse anzeigen" und hielt die Luft an. „Das ist scheiße programmiert. Das könnte ich sehr viel besser, sodass die Ergebnisse sofort da sind."

Ich nickte. „Natürlich könntest du das."

„Hör mal, ich mache das gleich jetzt, das wird nicht mal eine Stunde dauern, um – Ah! Da ist es. Siehst du, das ist ein …" Seine Stimme verklang, während er die Augen zusammenkniff und das Display musterte. Das Tablet beleuchtete seine unfassbar attraktiven Züge. Eigentlich hatte ich es nie satt, ihn anzuschauen. Okay, vielleicht manchmal, wenn er mir auf die Nerven ging, aber in letzter Zeit hatten wir einander nicht genug gesehen, dass das auch nur hätte passieren können.

Leider schien ihn dieses dumme Quiz wirklich schwer zu treffen. Er brauchte eindeutig eine Ablenkung. „Komm her. Dieses Ding ist doch Schwachsinn." Ich beugte mich vor und gab ihm einen Kuss auf die Schläfe, die Wange, den Hals, und ich packte den Rand des Tablets, wollte es vor seinem besorgten Blick entführen. „Sie geben uns doch absolut keine Punkte dafür, dass die Laken brennen, wenn wir Sex haben."

„Hmm", erwiderte er, hörte offensichtlich nicht, was ich sagte, während er weitere Links klickte und dann, es war zum Verrücktwerden, versuchte, das Quiz noch einmal zu machen. Ich riss es ihm weg und legte es auf meine Seite des Bettes, außerhalb seiner Reichweite.

Er ließ es los, fiel zurück an die Kissen und schaute mich an. „Das ist völliger Dreck", wiederholte ich.

Er zuckte mit den Schultern. „Ich bin sowieso erschöpft. Ich glaube, ich brauche einen Urlaub, um mich von Weihnachten zu erholen. Aber das mache ich, nachdem ich den Verfassern dieses Quiz einen streng formulierten Beschwerdebrief geschrieben habe."

Ich lachte. „Du bist so ein Nerd. Aber ... du bist *mein* sexy, heißer Nerd."

Er rollte sich herum und küsste mich. So wollte ich das. Ich legte ihm die Arme um den Hals, als er sich gerade zurückzog. „Dir ist schon klar, dass wir in vier Stunden wieder wach sein müssen?"

Ich holte tief Luft und stieß sie wieder aus. „Stimmt schon. Aber sobald wir offiziell im Urlaub sind, erwarte ich all den heißen Sex, den wir kriegen können."

„Mit sieben unserer engsten Freunde im selben Haus."

Ich biss mir auf die Lippen. „Vielleicht war es eine verrückte Idee, sie alle zu uns einzuladen?"

Er küsste mich erneut. „Dadurch haben wir doch den größten Spaß, den wir je in einem Urlaub hatten."

„Abgemacht."

Zum Glück, während ich mich auf die Seite rollte, um einzuschlafen, rückte er zurück, um mich wieder von hinten zu umarmen. Meine Lider schlossen sich, ein verträumter Beinah-Schlaf erfasste mich wie eine anstehende Flut, die an trockenem Sand nippte.

Heute Abend waren wir erschöpft. Es war ein wunderbares Weihnachten gewesen, aber morgen würden wir in den verschneiten Bergen sein und Spaß haben. Ich hätte ihn dann ganz für mich – manchmal mit Freunden dabei – und zwar eine ganze Woche lang. Dann kam die besondere Überraschung, die ich für unseren allerersten Hochzeitstag geplant hatte.

Die Dinge würden besser werden. Wir würden uns wieder in Verbindung setzen, und diese muffigen Gedanken würden ein für alle Mal verbannt werden.

Ich konnte es kaum erwarten.

Kapitel Zwei

ADAM

EMILIA DACHTE, ICH HÄTTE ES AUFGEGEBEN.

Soweit es sie betraf, hatte ich das.

Aber dieses Quiz war völliger Schwachsinn. Und ich war auf einer Mission, das zu beweisen. Während wir im Auto zum Flughafen fuhren, um unseren dreistündigen Flug nach Vancouver, Kanada, zu erwischen, war ich entschlossen, meinen Angriffsplan zu formulieren.

Das Ziel? Zu beweisen, dass das niedrige Ergebnis auf irgendeinem blöden BuzzTea-Quiz nichts bedeutete, und dass wir, Emilia und ich, als dreihundertachtundfünfzig Tage lang verheiratetes Paar nicht nur toll waren, sondern ein Lebensziel.

Also, scheiß auf BuzzTea. Ich war dran.

Ich verbrachte einen Großteil der Reisezeit mit Recherche, dem Erstellen von Listen und dem Brainstormen von Ideen. Was waren die Merkmale einer erfolgreichen Ehe? Über einfach nur die Antworten auf die Fragen hinaus, die uns in diesem einen Quiz höher eingestuft hätten, wollte ich es wissen. Denn das war wichtig, verdammt noch mal.

Ich war in allem, was ich machte, der Beste. Und das würde hier nicht anders sein.

Während meiner Recherchephase machte ich noch ein paar weitere Quizze. Sagen wir es mal so, diese Leute wussten einen Scheiß über Emilia und mich und unsere Ehe. Wir waren derzeit beschäftigt, ja, und mussten uns Zeit freischaufeln, um einander zu treffen. Ich war viel unterwegs, und sie war in einer äußerst herausfordernden medizinischen Ausbildung, die viele Lernstunden und Arbeitseinsätze erforderte.

Die Zeit stand also nicht auf unserer Seite, und vielleicht hatten wir in letzter Zeit nicht so viel Sex gehabt, wie sie forderten – oder vielmehr empfahlen. Damit es dazu kam, musste man sich in derselben Zeitzone und unter derselben Postleitzahl befinden, und in den letzten Monaten war das bei uns nicht so gewesen.

Und Telefonsex gab es mit mir nicht, was, wie ich hinzufügen könnte, überhaupt kein Sex ist. Dabei macht man es sich nur selbst vor Publikum.

Mein Blick huschte über die Ergebnisse des fünften Fragebogens. Vielleicht vergaßen wir bei unserer ganzen fehlenden Freizeit, dass wir uns so oft an den Händen hielten, wie wir es früher mal getan hatten – oder vermutlich hätten tun sollten. Hatten wir jemals groß Händchen gehalten? Es war schwierig, Händchen zu halten, während man Videospiele spielte.

Nicht, dass wir das noch sonderlich oft zusammen machten.

Ich runzelte die Stirn.

Vielleicht war an diesem verdammten Artikel was dran? Vielleicht waren wir in Schwierigkeiten?

Bei dem Gedanken raste mein Herz, und ich drehte mich um, um zu meiner neuen Frau zu schauen, die am Fenster des Flugzeugs schlummerte. Wir waren in der ersten Reihe der ersten Klasse, und sie hatte ihre langen Beine unter sich, die Handflächen zusammengepresst und den Kopf darauf abgelegt, als wären sie ein Kissen. Sie war bestimmt erschöpft.

Trotzdem war sie so schön. Sogar in ihren komfortablen Reiseklamotten mit minimalem Make-up. Oder einfach zu jeder Zeit. Ich schob ihr eine Haarsträhne auf Abwegen aus dem Gesicht, und ihre langen Wimpern gingen flatternd nach oben.

Ich nutzte das zu meinem Vorteil, schob meine Schulter so weit hinüber, wie ich konnte. „Hier, schlaf doch an meiner Schulter."

„Mmm", murmelte sie und schob sich gehorsam nach vorn, um den Kopf auf meine Schulter zu legen. Es brauchte ein paar Versuche, um behaglich zu werden. Sie erinnerte mich an eine schwer zufriedenzustellende Katze, die genau die richtige Stelle suchte, um sich hinzulegen, aber schließlich fand sie sie. Im selben Augenblick drehte ich mich, um an ihren Haaren zu riechen und ihr einen sanften Kuss auf den Kopf zu geben.

Dann kehrte ich wieder zurück zum Sammeln der ganzen Daten, die ich brauchte, um unsere Ehe auf den ersten Platz des Ehe-Leaderboards zu bringen. Wir würden den ganzen Rest schon *pwnen*.

Ein weiteres Mal sog ich den Geruch ihrer Haare ein, der Ansturm der Liebe traf mich wie eine Droge. Mmm. Ja, es war, als würde es mir direkt ins Blut übergehen. Natürlich wurde ich genau jetzt daran erinnert, wie lange es her war – inzwischen über eine Woche – dass wir Sex gehabt hatten. So verrückt hektisch war unser Leben gewesen.

Wie sie gesagt hatte, wir würden Zeit zusammen verbringen. Ich würde es dabei nur darum gehen lassen, die verlorene Zeit und die Gelegenheiten wieder aufzuholen.

Ich konnte es gar nicht erwarten.

Aber ich konnte dieses gottverdammte Quiz einfach nicht aus meinen Gedanken schieben. Während sie also auf meiner Schulter auf dem kurzen Flug nach Norden schlief, brütete ich vor mich hin, und ich plante.

Viel länger würde ich mein Handy nicht mehr haben, um ihr bei der Recherche zu helfen. Ich hatte Emilia versprochen, ich würde es eine Woche lang wegsperren. Meine Angestellten hatten die Anweisung erhalten, sich an sie und Jordan zu wenden, falls es einen Notfall gab.

Sie hatte ja recht. Wenn ich mein Handy in der Hand hatte, kam es oft dazwischen, dass wir Zeit zusammen genossen. So waren wir Kontrollfreaks eben. Aber ich hatte das schon mal gemacht, nur kürzer, und ich war bereit dazu.

Ich würde meine ganze Energie in uns stecken, und um unseren Spielstand zu verbessern. Ich machte mir eine Liste mit allen Möglichkeiten, wie wir den Kurs korrigieren und diesem Heiratsquiz den Hintern versohlen würden.

Nichts von diesem Schwachsinn, dass wir in drei Jahren fertig waren. Nein. Wir würden zusammen alt werden. Basta.

***

Zwei große SUVs holten uns am Flughafen ab und fuhren alle neun von uns in die Berge ins weltbekannte Ressort von Whistler und das Anwesen, das wir für unsere Urlaubswoche gebucht hatten.

Eine lächelnde Concierge begrüßte uns zusammen mit einem kalten Windstoß, der mich, hätte ich mich vorher müde gefühlt, komplett aufgeweckt hätte. Schnee war überall auf dem Boden, und ein umwerfender Hintergrund aus Bergen schnitt wie eine gezackte Kante über den Horizont. Die Concierge Anna setzte uns in Kenntnis, dass für praktisch jeden Tag unseres Aufenthalts Neuschnee vorhergesagt war.

Die Frauen in unserer Gruppe schwärmten poetisch von der luxuriösen, gemütlichen Einrichtung und den großartigen Aussichten. Jordan, Heath und Lucas waren äußerst angetan von der voll ausgestatteten Bar und dem Billardtisch gleich daneben. Innerhalb weniger Minuten hatte Kat die Spielekonsole in der Unterkunft erschnüffelt, und ich verfluchte mich, dass ich Videospiele nicht verboten hatte, während wir hier waren. Das wäre allerdings ungefähr so einfach, wie einen Bossmob in einem Endspiel-Raid solo zu schlagen. Wir waren immerhin zum Großteil eine Gruppe Gamer.

Vielleicht würde ich eine Regel nur für Emilia und mich festlegen. Ich musste zugeben, dass ich mehr als nur ein bisschen aufgeregt war, meine komplette Konzentration ihr zukommen zu lassen.

Auch darauf, sie vor Lust stöhnen und meinen Namen so oft wie möglich in dieser tiefen, kehligen Stimme rufen zu hören. Ja, das hatte ich auf jeden Fall auf meiner Liste angefügt. Ganz oben, unten, und in der Mitte.

Und wo wir gerade bei meiner Liste waren ... Bevor meine wunderbare Frau mein Handy konfiszierte, um es wegzusperren, hatte ich dafür gesorgt, dass ich den nächstbesten praktischerweise zur Verfügung gestellten Block mit Hotel-

Briefpapier fand und mir Notizen aufschrieb – in der Form eines Aktionsplans mit Punkten – um ihn bei der Hand zu haben.

Bis diese Woche durch war, würden wir auf dem Leaderboard für Ehen ganz oben stehen.

Friss Dreck, BuzzTea.

Kapitel

Drei

Jordan

An diesem Vormittag war ich aus dem Flugzeug gestiegen, ein Ausbund an Selbstzufriedenheit mit einem Geheimnis in meiner Tasche. Einem 3,5-Karat-Geheimnis, um genau zu sein.

Ja, ich ging ein enormes Risiko ein, indem ich das Ding in meiner Jackentasche herumschleppte. Meine Freundin, sie war ja nicht hinterm Mond, wenn es darum ging, ein Geheimnis zu erschnüffeln. Teufel auch, sie hatte alle meine tiefsten, düstersten Geheimnisse vor langer Zeit ans Tageslicht gebracht und war hoffentlich zu neuen Jagdgründen weitergezogen. Denn gerade jetzt trug ich ein großes mit mir herum, ein Geheimnis, das sie nicht herausfinden würde, wenn alles gut lief, bis der Zeitpunkt genau der richtige war.

Mein einziges Problem war nur, dass ich noch herausfinden musste, was genau der perfekte Zeitpunkt dafür war.

Nachdem ich durch die Zollabfertigung in Squamish durch war und wir uns zu den Privatautos begaben, die uns zu dem Anwesen in Blackcomb in der Nähe von Whistler fahren würden, wurden wir von unserer Concierge und ihrem Assistenten begrüßt, die uns mit heißen Handtüchern erwarteten und drinnen dann mit einem Tablett mit Champagner.

Während sie ihre sorgsam vorbereitete Willkommensrede mit den Dingen, die sie für uns geplant hatten, herunterratterten, dachte ich sorgsam über meine nächsten Schritte nach. Die Concierge wirkte wie ein glamouröses Schneehäschen, ganz in blasses Rosa und flauschige Wolle gekleidet. Sie kam dem Typ recht nahe, an den ich mich in meinen armseligen Single-Zeiten automatisch innerhalb von zehn Sekunden rangemacht hätte. Heutzutage schaute ich immer noch hin, ganz kurz nur, ohne mehr als nur einmal darüber nachzudenken. Klar, sie war süß. Aber mein Mädchen stellte sie alle in den Schatten. Sie kam ihr doch nicht mal nahe.

Ich nehme an, hätte ich diese Meinung laut ausgesprochen, hätte man mich ausgelacht, weil ich so verträumt klang. Da ich immer noch einen gewissen Status aufrechtzuerhalten hatte, behielt ich solcherlei Gedanken für mich.

Aber ich würde mich definitiv an den Diensten der Concierge gütlich tun – nicht *diesen* Diensten. Aber sie konnte mir auf jeden Fall bei meiner Aufgabe helfen, von diesem Ausflug mit einer Verlobten zurückzukommen, nicht mit einer Freundin.

April hatte inzwischen schon seit einer Weile Hinweise fallen lassen, wie die Richtung aussah, von der sie glaubte, dass unsere Beziehung sie einschlagen sollte. Und so sehr ich mich auch vor diesem besonderen Schritt fürchtete, ich wollte nichts mehr, als sie glücklich zu machen. Ja, hier war ich, Jordan Guy Fawkes, bereit, willens und fähig, ihr einen Ring an den Finger zu stecken. Und ich würde mein Allerbestes geben, um die inneren Schreie des reformierten Schwerenöters zu ignorieren.

Denn es war an der Zeit, dass ich diese Frau für immer zur meinen machte.

Und ich war entschlossen, das auf eine Art zu tun, die außergewöhnlich, einzigartig und unvergesslich war. Eine Erinnerung, die sie für immer zu schätzen wissen würde. Ich wollte, dass sie unter dem Licht mit den Fingern wackelte, um mit ihrem massiven Edelstein zu protzen. Ich wollte hören, wie sie mit verträumter, fast atemloser Stimme nacherzählte, wie ihr zukünftiger Ehemann auf ein Knie gefallen war und ihn ihr auf den Finger geschoben hatte, während die Geigen unser Lied spielten und die Vögel ihren Namen flöteten.

Verdammt, sogar der Gedanke daran ließ mein Herz hämmern und Schweiß auf meine Stirn treten, bei unter null Grad hier an der Bergflanke.

Die Schneehäschen-Concierge und ihr Helfer gingen voran in das riesige Anwesen – mit sieben Schlafzimmern und einer Gastronomieküche, einer Selbstbedienungsbar, einem Billardraum, Spielraum, einer Bibliothek, Innensauna und einem Whirlpool. In jedem Schlafzimmer waren ein eigener Kamin, ein Fernseher mit voll ausgestattetem Sound-System, ein Balkon, begehbare Kleiderschränke und ein dazugehöriges Bad. Adam und Mia hatten uns stilvoll untergebracht, und ich war wirklich beeindruckt.

Dieser Urlaub wäre der perfekte Augenblick, um die Frage zu stellen – hier, direkt neben genau der Stadt, wo unsere Romanze begonnen hatte ... mehr oder weniger.

Unser Zimmer hat einen wunderbaren Ausblick über das Tal und das Dorf. Atemberaubend. Umwerfend. Betäubend. Der

Ausblick? Nein, der feste kleine Arsch meiner Freundin in Spandex, während sie sich vorbeugte, um die Schubladen zu durchwühlen. Verdammt, ich musste sie ins Bett holen, sofort, denn dieses kleine Outfit machte mich geiler als ein pubertierender Teenager auf Ritalin mit einer geklauten alten Ausgabe von Hustler und einer Flasche vorgewärmter Lotion.

„Schau mal! Die haben schon für uns ausgepackt. Echt cool. Alles ist auch so schön geordnet. Also, was sollen wir als erstes machen? Skifahren? Heißes Bad? Sauna? Gibt es alles.“

Ich warf ihr ein lustvolles Grinsen zu. „Heißer Sex?“

„Das machen wir doch die ganze Zeit.“

„Ist das so? Hier haben wir das noch nie gemacht. In diesem Zimmer, mit diesem Ausblick. Nun … stell dir doch mal vor, gegen dieses Fenster gepresst zu werden, während wir uns ausleben.“

„Dieses Fenster hat wahrscheinlich minus hundert Grad Kelvin, und meine Nippel sind absolut dagegen, gefriergetrocknet zu werden. Also nein.“

Ich machte mir nicht die Mühe, sie zu verbessern, dass es so etwas wie minus hundert Grad Kelvin gar nicht gab. Mir war die Tatsache bewusst, aber ich würde sie niemals laut aussprechen. Das war etwas, das Nerds wie Adam oder sogar Lucas machen würden. Ich nicht. Nein, ich würde mich einfach nur auf meine Besessenheit vom perfekten Arsch meiner Freundin konzentrieren, denn … Er war auf jeden Fall perfekt. Genauso ihre Brüste, ihre winzige Taille. Diese Beine …

Ihr versteht schon.

Aber da stellte sich die Frage … wo zum Teufel würde ich diesen Stein verstecken, sodass sie ihn nicht finden konnte? Ich musterte das Zimmer, suchte nach irgendeiner Nische oder einem Winkel, die nicht so offensichtlich wären. Hier drin war alles ganz rein, alles klare Linien, moderne Möbel und Einrichtung. Fast so minimalistisch, wie die Gemeinschaftsräume gemütlich waren.

Ich würde auf jeden Fall warten müssen, bis sie das Zimmer verließ, um meinen nächsten Schritt zu tun. Aber gerade jetzt war sie damit beschäftigt, auf den herrlichen Ausblick aus unserem Fenster zu blicken. Vielleicht konnte ich ihn einfach nur rausholen und gleich auf ein Knie fallen und das Ganze hinter mich bringen? Was für eine Erleichterung das doch wäre – als würde man einen losen Zahn rausreißen oder ein Heftpflaster abmachen. Ich schätze, das waren wohl nicht die besten Vergleiche dafür, die Frau meiner Träume darum zu bitten, meine ... äh ... *Ehefrau* zu werden.

Scheiße, nicht mal in meinen Gedanken bekam ich das so richtig raus. Ich musste vielleicht ein bisschen üben, bevor ich es wirklich aussprach. War ich der Vorstellung einer Ehe gegenüber wirklich so abgeneigt, oder war das Teil der Persönlichkeit, die ich vor so langer Zeit angenommen hatte? Ich war schon einmal verlobt gewesen – als ich noch jung gewesen war und es nicht besser gewusst hatte. Es war nicht gut gelaufen, sondern eher so, dass ich meine Ex-Verlobte nackt unter irgendeinem schlimmen Biker-Typen-Scheißhaufen in ihrem College-Zimmer gefunden hatte. In flagranti erwischt, oder wie immer man das sagte, wenn man meinte „mitten beim hässlichen Gerammel wilder Tiere in der Paarungszeit". *Himmel.*

Damals und dort hatte ich gelernt, dass ich niemals wieder jemanden überraschen sollte. Doch hier war ich und hatte genau das vor. Mit einem Ring, den sie noch nie gesehen hatte.

Vor ein paar Wochen hatte ich Adam nach einem Meeting auf eine kleine Exkursion in L.A. mitgeschleppt. Er war nicht begeistert gewesen, dass er von der Arbeit weggezerrt wurde, um auf eine idiotische Mission zu gehen, doch war das genau, was ich war. *Ein totaler Idiot.*

Aber es war über ein Jahr her, dass mir klar geworden war, dass April mein Mädchen war, also war es an der Zeit, diesen Scheiß zu erledigen. Von dieser Klippe zu springen, während man *Banzai!* brüllte und gleichzeitig die ganze Zeit auf dem Weg nach unten wie ein verängstigtes kleines Mädchen kreischte.

Adam hatte mich schräg angeschaut, bis ich ihn in Beverly Hills zu Tiffany's gezerrt hatte. „Ich weiß nicht, Mann. Warum fragst du nicht ihre Mom? Das habe ich gemacht. Kim kennt Emilias Geschmack viel besser als ich. Wen könnte man Besseres finden, um so was zu fragen?"

Ich hatte mir rasch übers Kinn gerieben und ihm einen schnellen Blick aus dem Augenwinkel zugeschossen. „Kann ich nicht. Ihre Mom ist … ähm … völlig abgedreht, und sie reden nicht miteinander." Das war alles, was ich *darüber* sagen wollte. Ich meine, ich hätte sie auch eine Silberfüchsin aus der Hölle nennen können, aber ich hielt mich zurück.

Zum Glück hatte in den zwei Jahren, seit wir zusammen waren, die liebste Mutter nicht versucht, den narrensicheren Sperrraum zu durchbrechen, den wir errichtet hatten, um sie draußen zu halten – blockierte Handynummer, blockierte soziale Medien, alle gemeinsamen Bekannten und Verwandten waren informiert. Sie hätte vielleicht einen Weg gefunden, hätte sie das gewollt, doch sie hatte es nicht versucht.

„Okay." Adam gestikulierte fast schon ungeduldig. „Was ist dann mit *deiner* Mutter? Mütter sind sehr viel besser in diesem Scheiß als ich."

„Meine Mutter wohnt zweihundert Meilen entfernt und außerdem … will ich das meinen Eltern als abgemachte Sache vorstellen. Du weißt schon …"

Er runzelte die Stirn. „Ich dachte, du reibst dich nur an deinem Dad, und du würdest dich mit deiner Mom gut verstehen?"

Ich zuckte mit den Schultern. „Tue ich. Aber so ist es einfach besser. Mir ist es lieber, wenn sie das beide erst herausfinden, wenn es schon Tatsache ist. So kann Mom für den Alten alles abmildern. Nicht, dass es ihm wirklich wichtig wäre, das muss ich schon sagen."

„Mögen sie April denn nicht?"

Ich lachte. „Sie lieben sie eigentlich total. Aber der Alte verhält sich mir gegenüber schon jahrelang wie ein Arschloch."

Adam schüttelte den Kopf und lachte. „Wer hätte gedacht, dass man strategisch darüber nachdenken muss, wie man die eigene Verlobung vor den Eltern verkündet?" Ja, na ja, er hatte ja sozusagen keine Eltern – von denen ich wusste – und nur einen Onkel, der mit der Mutter seiner Frau verheiratet war, also musste er sich darum nicht wirklich Sorgen machen. Ich schätze, es gab ein paar Vorteile daran, Waisenkind zu sein, obwohl ich das niemals zu Adam gesagt hätte, denn die Nachteile überwogen in seinem Leben eindeutig über die Vorteile.

Ich machte eine dramatische Geste. „Ich sage ja nur, das ist nicht so leicht, wie deine eigene Cousine zu heiraten, wie du es gemacht hast."

Er verdrehte die Augen und stieß ein angeekeltes Schnauben aus. „Willst du jetzt meine Hilfe oder nicht, Arschloch? Ich bin heute nicht für den Cousinenwitz zu haben."

„Okay, schon gut. Lass mich einfach wissen, wenn ihr beiden bereit seid, die Zelte abzubrechen und in die Ozarks zu ziehen, um eure Inzucht-Brut anzufangen."

Adam deutete auf einen Ring. „Kauf ihr einen großen Stein. Frauen mögen große Steine."

„Na ja, was ist mit dem ganzen Scheiß mit Karat, Reinheitsgrad und was weiß ich?"

„Weißt du, wie viel du ausgeben willst? Kauf ihr den größten Stein, den du für den Preis kriegen kannst. Wenn es um Diamanten geht, kommt es auf die Größe an."

„Wem machen wir denn was vor? Auf die Größe kommt es doch immer an."

Adam warf mir einen Seitenblick zu. „Jetzt klingst du schon wie Heath."

„Schwule haben den Scheiß schon seit Ewigkeiten raus, Mann. Wir Heten sind verglichen damit ganz schöne Schnecken."

Sobald der Verkäufer mit von der Partie war, kam es auch zu dem ganzen verwirrenden Gerede von Karat, Reinheitsgrad, Schliff. Ich entschied mich für eine Tropfenform, denn der schmierige Typ, der rüberkam wie ein Gebrauchtwagenverkäufer (man muss einer sein, um einen zu erkennen, das gebe ich zu) hatte gesagt, das wäre einer der besten Formen, um die Größe herauszustellen. Dieses Ding würde ihren Finger von einem Knöchel zum anderen bedecken und wie ein Komet leuchten, jedes Mal, wenn sie sich bewegte. Sie würde sich fühlen wie ein Filmstar oder eine Mätresse oder …

Ich schätze, dass ich mich auf die Sache mit dem Ring gestürzt hatte, half mir, zu vergessen, dass ich sie tatsächlich fragen würde, ob sie meine Frau werden wollte. Für immer und ewig. Und alle Zeiten. *Schluck.*

Ich war dafür bereit, oder? Bereit, ein … ähm … Ehemann zu werden?

Na, dann war es eben so. Ich musste nur den genauen wunderschönen Moment finden, um es zu tun. Und bis dahin würde ich den Ring wie ein Sträfling hüten, der versuchte, eine Tüte Opioide ins Gefängnis zu schmuggeln.

Huch, warum war das der erste Vergleich, der mir in den Sinn kam? *Merkwürdig.*

Wer könnte den Ring in der Zwischenzeit für mich hüten? Adam war auf jeden Fall eine Möglichkeit, aber er war immer noch besonders genervt, weil ich ihn in den Laden gezerrt hatte, um das verdammte Ding überhaupt erst zu kaufen. Zusätzlich bestand das Risiko, dass Mia ihn entdeckte und es vor April durchscheinen ließ, dass sie ihn gesehen hatte. *Nicht gut.*

William? Er war immerhin zutiefst verantwortungsbewusst. Ich konnte ihm vertrauen, Dinge zu erledigen, besonders, wenn ich es als eine Queste einflog, die Juwelen der Prinzessin zu bewachen oder so was. Das Problem war, dass der Typ ein beschissener Lügner war, und wenn jemand den Ring bei ihm entdeckte, würde er einfach alles rauslassen.

Lucas? Vielleicht … Aber andererseits, was für eine Story konnte er zur Deckung womöglich nutzen, wenn Katya herausfand, dass er einen großen fetten, Diamantring hütete, obwohl sie bereits geheiratet hatten?

Nein, die beste Wette war, ihn bei mir zu tragen und zu hoffen, sie würde ihre Finger von meinem sexy, unwiderstehlichen Körper lassen, bevor ich ihn irgendwo im Raum verstauen konnte. Das bedeutete *bald*. Wann zur Hölle ging sie denn mal ins Bad, damit ich das erledigen konnte?

Verdammt. Bereits jetzt ging es mit mir durch, und ich hatte noch nicht mal geplant, wie ich die Frage stellen würde.

Ich war nicht für diesen Scheiß gemacht.

KAPITEL

VIER

APRIL

MEIN BIEST BENAHM SICH SO SELTSAM, ALSO einfach … total nervös. In den letzten paar Wochen war er gereizt gewesen, das war eine Tatsache, aber ich war so beschäftigt mit meiner Abschlussarbeit für meinen MBA gewesen, dass ich noch nicht die Zeit gehabt hatte, mich damit zu befassen.

Ich runzelte die Stirn, erhaschte immer wieder einen Blick auf ihn, während die Concierge uns unser Heim für die nächste Woche in dem Anwesen vorstellte. Normalerweise, wenn ich mich ihm zu direkt näherte, wurde Jordan nervös und verschloss sich. Aber da wir diese Woche Zeit zusammen hatten, hoffte ich, der Sache auf den Grund gehen, um meine subtile Kunst der Biest-Zähmung einsetzen zu können. Hoffentlich war es nichts zu Ernstes oder Dauerhaftes …

Vielleicht war etwas in der Arbeit los, von dem ich nichts wusste?

Jordan hatte sich mir vor nicht allzu langer Zeit anvertraut. Er vermutete, dass Adam sich vielleicht darauf vorbereitete, nicht mehr länger der CEO von Draco zu sein. Ich konnte mir das nicht mal vorstellen, da diese Firma Adams Baby war. Aber er hatte eine Menge anderer Interessen – darunter seine Arbeit mit dieser XVenture-Firma, die ihre eigenen Astronauten ins Weltall schickte. Adam hatte so schwer an diesen Projekten gearbeitet, dass eine Menge CEO-Pflichten für Draco inzwischen auf Jordans Schreibtisch landeten.

Für mich war es kein Rätsel, was Jordan wollte, zumindest wenn es stimmte, dass Adam bald weiterziehen würde. Jordan wollte diesen Job als CEO, und ich wäre mehr als nur begeistert zu sehen, wie er ihn bekam.

Vielleicht war das der Grund, weshalb er so unruhig war? Es war möglich, dass Adam sich ihm anvertraut hatte, und er noch nicht die Gelegenheit gehabt hatte, mich aufzuklären, oder er wartete auf einen Zeitpunkt, es mir mitzuteilen. Ich konnte mir nicht vorstellen, dass Jordan mir dieses Geheimnis lange vorenthalten hätte. Ich würde es irgendwie aus ihm herauskriegen.

Ich rieb die Hände aneinander, als würde ich sie nach harter Arbeit abwischen, und sagte: „Na ja, da ich nicht auspacken muss und wir bis zum Mittagessen nichts Organisiertes unternehmen, glaube ich, ich laufe mal draußen rum und erkunde alles, und vielleicht sehe ich nach, wie es den Mädels so geht. Jemand muss doch sicherstellen, dass sie keine besseren Zimmer gekriegt haben als wir."

Jordan lachte dieses gespielte Lachen, das er nur einsetzte, wenn er versuchte, einen Geschäftskontakt oder einen nervigen Typen abzuwimmeln. Hmmm. Was war das denn? Ich runzelte die Stirn und verließ das Schlafzimmer.

Mia war draußen in der großen Lounge, die riesigen Sofas verschluckten ihre Gestalt fast. Dieses Anwesen war atemberaubend, mit Bogendecken, die zwei Stockwerke über uns waren, um Platz zu schaffen für riesige Glaswände, die über die Hänge und das schneebedeckte Tal darunter hinausschauten. Die Berge beherrschten den Horizont, von Baumgruppen an den Rändern der Skihänge weichgezeichnet. Ich war eine ganz anständigere Skifahrerin, und Jordan liebte Snowboarden. Er war tatsächlich ein Naturtalent auf dem Snowboard, da er auf einem Surfbrett aufgewachsen war. Wir freuten uns beide darauf, morgen auf den Berg zu kommen.

„Hier ist es toll", hauchte ich, während ich mich Mia gegenüber fallen ließ. Sie schaute von ihrem Tablet auf, fast mit verschwommenem Blick und ganz ohne den Luxus um sie herum wahrzunehmen. Tatsächlich schien sie sich meiner Anwesenheit gar nicht bewusst, bis ich etwas zu ihr sagte.

„Was? Oh, ja. Hast du gesehen, dass es einen Innenpool und einen Whirlpool gibt? Und sogar eine Infrarotsauna auf dem unteren Stockwerk. So eine wollte schon immer mal ausprobieren."

„O mein Gott, eine Sauna? Das klingt himmlisch. Sauna ist toll für die Haut." Ich klopfte mir auf die Wangen. „Ich könnte schon eine Auffrischung gebrauchen."

Mias Stirn legte sich in Falten. „Du bist umwerfend und hast eine ganz tolle, strahlende Haut, wie ich sie noch nie woanders gesehen habe. Wovon redest du denn da überhaupt?"

Ich zuckte mit den Schultern, das Kompliment ließ es mir ganz warm im Inneren werden. Mia musste man einfach lieben. Sie war überhaupt nicht nervig, trotz ihres eigenen umwerfenden Aussehens. Sie und Adam zogen Blicke auf sich, wenn sie zusammen waren, strahlten mühelos dieses Power-Couple-Gefühl in Wogen aus. Ich hatte Leute erwischt, die ihnen nachstarrten, als wären sie Promis.

„Weißt du", sagte ich, während ich mich aufs Sofa setzte, die Beine ausstreckte und mich zur Seite legte. „Ich bin vermutlich der einzige Mensch auf dieser ganzen Reise, der dich nicht tadeln wird, weil du deine Hausaufgaben mitbringst, denn ich habe meine auch dabei."

Mia warf mir einen schuldbewussten Blick zu, dann musterte sie den riesigen Raum. „Ich fühle mich wie eine Heuchlerin. Bitte verpfeif mich nicht. Ich habe Adam sein Handy wegsperren lassen."

„Ich würde doch nie jemanden verpfeifen. Dein Geheimnis ist bei mir sicher."

Dann klingelte es an der Tür.

Ich hob eine Augenbraue. „Du meinst, dieser Laden hat keinen Butler, der für uns an die Tür geht?" Mit einem Lächeln seufzte Mia und stellte das Tablet ab, aber ich schoss schneller hoch und bedeutete ihr, dass sie sitzen bleiben sollte.

„Ich gehe hin. Vermutlich die Concierge."

Aber das war es nicht.

Der Kerl auf der anderen Seite der Tür strahlte das Gegenteil davon aus, uns zu Diensten zu sein. Mein Blick wanderte von den Christian-Dior-Après-Ski-Stiefeln zu den M.-Miller-Klamotten und die maßgeschneiderte Montcler-Jacke hinauf, alles um eine äußerst beeindruckende männliche Gestalt gelegt. Der hochgewachsene, dunkelhaarige und wunderbar reiche Mann, der auf der vorderen Veranda stand, war von Kopf bis Fuß absolut umwerfend. Dunkle, lockige Haare, *check*. Mysteriöse graue Augen, *check und wow*.

Okay, ich war schon vergeben. Und zwar *glücklich*. Aber dieses Mädchen war ja nicht tot, und man hätte tot sein müssen, dass einem dieser Kerl nicht auffiel. Ich blinzelte. „Äh, also, kann ich helfen?“, quietschte ich.

Sein attraktives Gesicht verzog sich zu einem trägen Grinsen. *Huch.* Er strahlte Selbstvertrauen, Reichtum und eine Art von *je ne sais quoi* aus … Eleganz? Ich erwartete halb einen europäischen Akzent aus diesem sexy Mund.

Aber ach, als er sprach, klang er perfekt und normal amerikanisch. „Ich bin vorbeigekommen, um meinem Freund Adam Drake Hallo zu sagen. Ist er zufällig zu Hause?“

„Äääh.“ Ich drehte mich von der Tür weg, um zum Sofa zu sehen, aber Mia war dort nicht mehr. Nein, sie war zu mir gekommen, blitzschnell, ihre Wangen rosa gefärbt.

„Er musste mal ein paar Minuten raus“, sagte Mia. „Sein Handy hat er nicht dabei, sonst würde ich ihm schreiben, aber kann ich vielleicht helfen? Bitte kommen Sie rein. Ich bin Mrs. Drake.“

Seine dunklen Augenbrauen hoben sich, und er beugte sich vor, um ihr die Hand zu schütteln. „Wie schön, Sie endlich kennenzulernen. Ich heiße Dominic. Adam und ich haben mal zusammengearbeitet, und als ich gehört habe, dass er hier ist, musste ich vorbeikommen und die Gelegenheit ergreifen, uns auf den neuesten Stand zu bringen. Ich würde euch gerne an einem der Abende, in denen ihr hier im Städtchen seid, zum Abendessen einladen. Reden Sie doch mit ihm und lassen Sie mich wissen, was am besten zu Ihren Plänen passt.“ Dann griff er in seine *très expensive* Jacke und zog eine Karte heraus, die er ihr reichte.

Ich runzelte die Stirn. Der Typ wirkte vertraut, und nicht nur auf irgendeine „Mann meiner Mädchenträume"-Art. Verdammt. Es war eine sichere Wette, dass ich den Kerl googeln würde, sobald ich seinen ganzen Namen von Mias Karte bekam.

Mia wirkte perplex, als er sich ohne ein weiteres Wort abwandte. Ein wahrhaft mysteriöser Mann. Sie schaute hinab auf die Karte, dann wieder auf seinen im Rückzug befindlichen Rücken. Sobald die Tür geschlossen war, bat ich sie darum, mir die Karte zu zeigen.

Es gab kein Geschäftslogo darauf. Es war ein einfaches, aber dickes cremefarbenes Leinenpapier mit einem Namen, einer E-Mail-Adresse und einer Handynummer.

„Dominic Fisher …", las Mia vor, dann schüttelte sie den Kopf. „Wie kommt es, dass ich niemals gehört habe, wie Adam über ihn redet?"

„Adam kennt vermutlich tonnenweise Milliardäre."

Sie zog eine Augenbraue hoch. „Du hältst ihn für einen …"

„So, wie der angezogen war? Ja. Oder dicht dran." Meine Finger flogen bereits über das Handy-Display, tippten den Namen bei Google ein. Dom Fisher … Sogar der Name klang schon nach Don Draper.

Verdammt, wie würde er in einem Armani-Anzug aussehen?

Mia stopfte sich die Karte in die Tasche. „Ich bringe besser mal das Tablet weg, bevor Adam zurückkommt. Aber ich kann ihn immer mit dieser Karte ablenken, und seinem lang verlorenen mysteriösen Freund."

„Und du kannst auch Infos bei ihm abgraben. Ich bin fasziniert."

Sie grinste. „Ich hole mir die Katze und lasse sie für dich aus dem Sack, wie wär das?"

„Verdammt, sind wir nicht ein paar Klatschmäuler?"

Mia lachte. „Ja, echte Hausfrauen aus Orange County, was?"

„Das wäre witziger, wenn ich tatsächlich eine *Ehefrau* wäre, oder wenn eine von uns groß in unseren Häusern rumhängen würde." Während ich fertig sprach, erhaschte ich eine plötzliche Bewegung in der Küche und neigte den Kopf, weil ich dachte, es wäre vielleicht Adam, der durch die Seitentür kam. Er könnte uns die schmutzigen Details erzählen …

Aber nein, es war Jordan, der vor dem Kühlschrank stand, sein köstlicher Hintern bettelte geradezu darum, in diesen engen Jeans gekniffen zu werden. Ich seufzte. Ja, ich konnte mir einen anderen Typen ansehen und wertschätzen, wie heiß er war, aber nichts kam an den Vulkanausbruch ran, den ich bereits hatte.

Jordan drehte sich um und starrte mich an, vermutlich in Alarmbereitschaft versetzt, weil ich gesagt hatte, dass ich keine Ehefrau war. Wie witzig. Ich hatte ihn ausflippen lassen, ohne überhaupt zu merken, dass ich es tat. Ich war so gut darin geworden, ihn wegen der ganzen Ehesache aufzuziehen, dass ich es inzwischen unterbewusst machte.

„Suchst du da drin was Gutes zu essen?", rief ich, nachdem er viel zu lange reglos vor dem offenen Kühlschrank gestanden hatte.

„Äh, ja. Anna hat den gut für uns eingeräumt. Sie ist toll, diese Anna."

Was. Toll? Diese dreiste blonde Concierge hatte ganz offen mein Biest angesabbelt, seit dem Augenblick, in dem sie uns getroffen hatte, bis zu dem Zeitpunkt, an den sie sich in den Vormittag verabschiedet hatte. Während sie uns im Anwesen herumgeführt hatte, hatte ich es für notwendig erachtet, an

Jordans Arm zu hängen und ganz verliebt und plakativ zu sein, nur damit sie das auch verstand.

Sie hatte auch selbst ein Statement gemacht, indem sie meine linke Hand überprüft hatte – und nicht mal die Tatsache versteckt hatte, dass sie es tat. Dann hatte sie nur gelächelt und gekichert, wann immer sie gesprochen hatte.

Echt jetzt, mein Biest war ein äußerst verführerisches Stück Fleisch, und ich konnte nicht immer da sein, um die weiblichen Geier abzuwehren. Aber ich war jetzt hier, und Anna würde bald den Hinweis kriegen, dass ich nicht nur nicht verschwinden würde, sondern dass ich es nicht gerade freundlich aufnahm, wenn andere sich an das ranmachten, was mir gehörte. Ich war die Löwin in der Savanne, die ihre saftige Beute vor opportunistischen Hyänen verteidigte.

Ich musterte ihn durch zusammengekniffene Augen, während er sich einen Apfel aus dem Kühlschrank nahm, ihn abwusch und dann damit in seiner Hand wegeilte.

Mia hatte sich ihr Tablet geschnappt und war in ihr Zimmer verschwunden, und hier war ich, allein.

Ich stopfte mein Handy in die Tasche, schwor, später mehr über den mysteriösen Mann herauszufinden, aber beschloss, mich auf das derzeitige Mysterium konzentrieren, was Jordan innerlich auffraß.

Vielleicht brauchte er ein bisschen mehr Zucker von mir, damit er nicht so gereizt war?

Das hatte auch noch den Vorteil, ihn sexuell befriedigt bis zum Punkt der Erschöpfung zu halten, sodass er zu erledigt wäre, um sich Anna auch nur anzusehen.

Ja, ich dachte, ein den Verstand außer Gefecht setzender Blowjob, sobald wie möglich, wäre genau das, was der Arzt verschrieben hatte. Anna war süß, aber ich war süßer, und ich durfte jede Nacht sein Bett teilen. Also nimm das, Schneehäschen-Sue.

Ich war nicht feige, wenn irgendeine Hyäne sich an mein Stück Fleisch heranmachte. Ich stellte mich der Sache, mit ausgefahrenen Krallen und bereit, jemandem an die Kehle zu gehen. Nur über meine Löwinnen-Leiche. Ich hatte etwas, das mir gehörte. Sie würde in einer anderen Savanne jagen müssen, um für sich etwas zu finden.

Und ich würde keine Zeit verschwenden, ihr diesen Punkt unmissverständlich klarzumachen.

Kapitel Fünf

JENNA

Na, es hat keinen ganzen Tag gedauert, zu merken, dass mir die Berge wirklich gut standen.

Als ich inmitten der Aufbruchsstimmung am späten Vormittag gleich nach dem Frühstück am Feuer saß, dachte ich, ich könnte echt viele Tage hier mit meinen engsten Freunden verbringen, mein Süßer neben mir, während er still in einer Zeitschrift las, die er auf dem Beistelltisch gefunden hatte.

Zwei Reihen auf rechts stricken, zwei Reihen auf links. Ich war in der Mitte der Reihe auf links, als ich eine Masche verlor und in der falschen Reihe weiterstrickte. Mit einem tiefen Seufzen löste ich die Masche und strickte sie korrekt neu.

Ich war eine Strick-Anfängerin, also ging es sehr langsam. Und obwohl ich selbstgesponnene Wolle nutzte, die ich mit einer meiner Freundinnen in unserer Baronie der mittelalterlichen Reenactment-Allianz getauscht hatte, hatte ich nicht die Absicht, geschichtlich korrekten Stricknadeln auch nur nahezukommen. Stattdessen hatte ich mir moderne Metallnadeln aus dem örtlichen Bastelladen geholt. Rechte

Maschen, keine linken. Und die nächste Reihe wieder auf links. Abwechselnd alle zwei Reihen auf rechts und links zu stricken, ergab ein hübsches Rippmuster in der Wolle.

Ich stand so kurz vor dem Fertigwerden, aber ich war mehr als nur dumm gewesen, zu glauben, dass ich diesen Schal für William rechtzeitig zu Weihnachten fertig haben würde. Überambitioniert. Ich hatte an Thanksgiving begonnen und mir gedacht, ein Monat wäre genug Zeit ... Haha, nein.

Da das mein erstes Jahr war, in dem ich eine echte Stelle als Lehrerin hatte, ich Zeit mit William verbrachte und an der mittelalterlichen Reenactment-Gesellschaft teilnahm, waren wir tatsächlich äußerst beschäftigt. Hier und da quetschte ich ein paar gestrickte Reihen rein, während ich auf Termine wartete oder fernsehschaute – was, da Wil nicht der größte Fernsehfan war, nicht sonderlich oft vorkam. Manchmal bekam ich ein paar Reihen im Bett fertig, bevor ich einschlief.

Es war nicht wirklich genug Zeit gewesen. Am Heiligabend hatte ich darum aufgeben und ihn unfertig einpacken müssen, um ihn dann unter den Baum zu legen – mit Nadeln, Wolle und allem. Als er ihn am nächsten Tag geöffnet hatte, war er mehr als ein bisschen verwirrt gewesen. Vielleicht hatte er gedacht, ich hätte erwartet, dass er ihn fertigstrickte. Vermutlich würde er es schneller lernen als ich ... Er hatte echt wahnsinnige Talente mit seinen Händen. In jeglicher Hinsicht ...

Ich konnte spüren, wie er mich beobachtete. Es war ein Geheimtalent von mir – zu wissen, wenn man mich beobachtete. William hatte über den Rand seiner Zeitschrift geschaut, meine Arbeit nun schon ein paar Minuten lang angestarrt. Ich stellte mich auf etwas ein.

„Ist die Zeitschrift langweilig?", fragte ich.

„Es ist nicht das, was ich normalerweise lese", erwiderte er in seinem typisch monotonen Tonfall. „Es gibt ein paar interessante Artikel."

„Warum beobachtest du mich dann beim Stricken, anstatt sie zu lesen?"

Er zuckte mit den Schultern. „Die Artikel sind nicht so interessant wie du. Außerdem hast du eine Masche fallen lassen, und zwar vor drei Maschen."

Ich seufzte und sah nach. Natürlich hatte er recht. Ich nahm die drei Maschen von meiner rechten Nadel, zog sie auf und schob sie zurück auf eine linke. „Ich werde schon besser damit."

„Die Wollkünste sind sehr schwer zu meistern. Im Mittelalter hat ein Lehrling drei Jahre gelernt, bevor er zum Gesellen wurde. Es wird Zeit brauchen, bis du gut wirst."

Ich biss die Zähne zusammen. Natürlich hatte er das nicht gewollt, dass seine Kritik so ätzend klang. Trotzdem war sie das aus irgendeinem Grund. Das war ein schwieriger Herbst gewesen. Mein erster, in dem ich ein Rudel unbändiger Neuntklässler in der Highschool unterrichtet hatte. In Physik. Das Thema interessierte sie überhaupt nicht, und die meisten von ihnen ließen sich im Unterricht hängen – oder schlimmer noch, sie benahmen sich daneben. Ich musste mich wirklich anstrengen, um zu lernen, wie man sie bespaßte. Sie waren nervig, aber das Unterrichten machte Spaß.

Trotzdem war ich fast jeden Tag erschöpft heimgekommen, beladen mit Papieren, die ich benoten musste, und Notizbüchern, um zukünftige Unterrichtsstunden zu planen. Experimente ausdenken, Experimentvorräte bestellen und organisieren, außerunterrichtliche Aktivitäten, die ich beaufsichtigen musste ... die Arbeit nahm kein Ende.

Ich hatte mir sogar Arbeit mit auf die Reise genommen, für die abseitige Chance, dass ich vielleicht einen Augenblick hatte, um was fertig zu kriegen. Aber im Augenblick war ich nur auf den Schal konzentriert. Ich war bereits ein paar Tage zu spät dran. Außerdem konnte er einen Schal brauchen, um sich warmzuhalten, während wir hier oben waren. Als Südkalifornier hatten wir nicht viele Gelegenheiten, warme Kleidung zu tragen – und darum hatten wir nicht viele dicke Jacken und Handschuhe für diese Gelegenheiten. Er brauchte das auf jeden Fall.

Nur noch ein paar Reihen mehr … Musste er denn wirklich so lang sein, damit er sich um seinen Hals legen ließ? Ich schaute zu ihm auf. Mein Freund war hochgewachsen, attraktiv und muskulös gebaut. Seine Arbeit als der Schmied unseres Clans, zusammen mit seinem ständigen Training im Schwertkampf, während er eine volle Rüstung trug, hatte ihm geholfen, einen äußerst fitten Körper zu entwickeln. Er war köstlich. Aber sein Hals war ziemlich muskulös. Also noch ein paar Dutzend Reihen mehr. Ein Schal, der zu kurz war, würde nichts nutzen.

„Ich übe. Darum geht es doch hier. Außerdem, wenn ich hier und da ein paar Maschen verliere, sieht es doch nur einzigartig aus.“

„Es wird dafür sorgen, dass sich alles auflöst“, bemerkte er hilfreich.

Ich konnte spüren, wie meine Schultern herabsanken.

Nicht lange danach ging er, und ich ließ weiter meine Zehen am Feuer gar werden und arbeitete an meinen Reihen. Neben mir ließ sich etwa eine Stunde später Lucas mit einer Broschüre des Resorts in der Hand niedersinken.

„Freust du dich darauf, die Ski-Hänge zu erobern?“

Er zuckte mit den Schultern. „Ich bin jetzt im Heimatland meiner Frau. Ich will ihr da draußen nicht peinlich sein."

Ich lachte. „Na ja, vermutlich würde sie darauf freundlich reagieren. Sie könnte dir zeigen, wie es geht – wenn sie oder du euch nicht den Hals brechen."

Er verzog den Mund. „Hast du irgendwelche Ideen, um auf eine sichere Art *Ich liebe dich* zu sagen?"

Mein Blick konzentrierte sich auf meine Arbeit, während ich antwortete. „Hast du mal versucht, ihr einfach diese drei magischen Worte zu sagen?"

Er lächelte. „Tatsächlich bemühe ich mich, dass das immer die letzten drei Worte sind, die ich jeden Abend zu ihr sage, bevor wir schlafen gehen."

Meine Nadeln hielten inne. *Aaaach.* Da schmolz mir doch glatt das Herz. Das war so unfassbar süß.

Wer hätte gedacht, dass Lucas, der bis vor Kurzem so bekannt gewesen war für seine grummelige Art, so verwandelt werden konnte, weil er die Liebe seines Herzens gefunden hatte? Es reichte aus, um mich eifersüchtig auf die neue Liebe werden zu lassen.

Ich meine, ich hatte Liebe. Ich liebte meinen Süßen sehr. Und es gab keinen Mann, der freundlicher, sexier oder ritterlicher war als William. Aber wann war das letzte Mal gewesen, dass er tatsächlich die Worte *ich liebe dich* zu mir gesagt hatte? Auf jeden Fall nicht jeden Abend vor dem Bettgehen. Nicht mal jede Woche.

Ich runzelte die Stirn, dachte nun ernsthaft über diese Frage nach. Wann war es denn wirklich das letzte Mal gewesen?

Ich schaute durch den Raum zu ihm hinüber. Er saß am Fensterplatz und sah auf ein umwerfendes Bergpanorama hinaus, die Sonne glitzerte auf dem frisch gefallenen Schnee. Sein dunkler Kopf war über sein Skizzenbuch gebeugt, der Stift bewegte sich mit Höchstgeschwindigkeit, die Stirn war vor Konzentration in Falten gelegt. Verdammt, er war heiß.

Ich biss mir auf die Lippe. Liebte er mich noch? Er sagte es nie. Warum sagte er es denn nie?

Sollte ich mir Sorgen machen?

Ich dachte über diese Frage nach und strickte weiter.

KAPITEL SECHS
KATYA

ICH KNEIFE DIE AUGEN ZUSAMMEN, VERSUCHE JENNAS hastige Handschrift auf der breiten Karteikarte zu entziffern. Normalerweise lese ich nicht gern Handschrift, aber ihre Handschrift ist sonst gleichmäßig und hübsch. Diese Schrift ist es nicht. Sie hat in Eile geschrieben, fast als Gedanke in letzter Minute.

Zum Glück hat die Concierge die Zutaten gefunden, nach denen sie verlangt hat. Und hier stehen wir in der Küche und stellen die Zutaten für die traditionellen Winterplätzchen *medenjaci* zusammen, die zu dieser Jahreszeit in Bosnien und Kroatien gemacht werden. Honig und Lebkuchen. Natürlich Honig. Als ich vor fast zwei Jahren einen Monat mit Jenna in ihrem Heimatland verbracht habe, fiel mir auf, dass ihre meisten Leckerbissen mit Honig gesüßt werden. Es ist ein anderer Geschmack. Erdig, süß, aber vollmundig, anders als Kuchen, die mit Zucker gesüßt werden. Ich freue mich darauf, sie zu probieren, obwohl Jenna sie noch nie gemacht hat.

Meine Aufgabe, hat sie gesagt, wäre es, die Angaben im metrischen System ins amerikanische System zu übertragen. Da wir allerdings in Kanada sind, haben wir herausgefunden, dass die vorhandenen Backutensilien ebenfalls im metrischen System sind. Man muss gar nichts übertragen. Was für ein Glück, sagt sie. Ich merke an, dass ich nicht daran glaube, dass Glück damit etwas zu tun hat.

Sie wirft mir einen schiefen Blick zu. Ich habe gelernt, was das bedeutet. Sie ist nicht wirklich genervt. Vielleicht ein bisschen frustriert. Sie setzt sich unter eine Menge Druck, um diese Plätzchen richtig hinzukriegen. Da sie die einzige Bosnierin hier ist, wird nur sie es wissen, wenn sie nicht richtig sind.

„Die habe ich noch nie selbst gebacken. Ich hatte immer meine Mama, die geholfen hat."

„Ich bezweifle nicht, dass sie lecker schmecken werden. Und da du mich nicht brauchst, um die Zutaten umzurechnen, kann ich gehen …"

„Nein!", sagt sie, greift nach meiner Hand und drückt sie. „Ich brauche dich hier."

„Wozu denn? Ich habe keine Erfahrung mit Backen. Ich habe nichts zu diesem Prozess beizutragen."

„Zur moralischen Unterstützung, Wil. Gesellschaft. Jemanden, mit dem ich reden kann, während ich backe."

Ich hebe die Augenbrauen. „Werden sie damit besser schmecken?"

Sie seufzt, und auf ihrem Gesicht liegt ein seltsames Lächeln. Ich bin mir nicht sicher, ob es ironisch ist oder ob sie wirklich glücklich ist. „Es wird mich glücklich machen, wenn du bleibst."

Ich runzle die Stirn, bereit, meine Widerrede zu formulieren, aber ... ich habe keine, um ehrlich zu sein. Wie kann ich denn etwas dagegen einwenden, was sie glücklich macht und was nicht? Immerhin kann sie das selbst am besten einschätzen. Und ich bin besser darin geworden, habe sie oft beobachtet, ihre Reaktionen auf Dinge, die ich für sie mache. Ich wiederhole diejenigen, die die offensichtlichste Reaktion hervorrufen. Die Küche sauber machen und das Geschirr spülen sind eine große Sache. Also vielleicht braucht sie mich deswegen hier. Ich werde aufräumen, nachdem sie gebacken hat.

„Du hättest einfach ein Bild von dem Rezept in dem Buch machen sollen, damit ich dir die Zutaten vorlesen kann."

Sie hob die Augenbrauen. „Du kannst meine Handschrift nicht lesen? Sie ist ein wenig nachlässig, weil ich schnell geschrieben habe. Ich hatte so eine Vorstellung, dass ich in letzter Minute die Plätzchen für alle backe. Aber Mama hat das Rezept auf Bosnisch in einer E-Mail geschrieben, und die ließ sich nicht ausdrucken. Ich musste es kopieren und gleichzeitig übersetzen. Während du mich die ganze Zeit angebrüllt hast, dass wir zu spät zum Abholen kommen."

„Ich habe nicht gebrüllt. Ich habe ..."

Sie hält eine Hand hoch. „Das war ein Witz. Aber du warst ein Taschenuhr-Tyrann."

Ein Witz. Ich werde besser darin, sie zu entdecken, besonders bei ihr. „Also gut. Du darfst mich als Zügigkeits-Zar ansprechen."

„Wie wäre es mit Pünktlichkeits-Pascha?" Ihr Grinsen wird breiter, und sie mischt die feuchten Zutaten etwas heftiger.

„Pünktlichkeits-Pascha ist tatsächlich sehr viel genauer als Taschenuhr-Tyrann."

Sie lächelt wieder und nickt, während sie weiterhin den Teig rührt, wieder im Rezept nachschaut und hin und wieder probiert. Sie ist so schön. Ich werde es nie satt, sie mir anzusehen. Und sie beim Backen zu beobachten, ist überhaupt nicht langweilig. Aber … Ich will unbedingt zurück an mein Projekt. Ich verschränke die Arme und stecke die Hände darunter, damit ich sie stillhalten kann. Ich werde mich zwingen, nicht daran zu denken. Es bleibt immer noch viel Zeit, um es fertig zu kriegen.

„Ich brauche noch ein paar Zutaten. Muskatnuss, Ingwer und Salz. Kannst du mir die holen?"

„Ich kann das Salz abmessen. Wie viele Milliliter?"

„Äh …" Sie schaut sich die Karte mit ihrer eigenen Handschrift mit zusammengekniffenen Augen an. Ich halte mich mit einem Kommentar zurück, denn ich weiß, dann bekomme ich nur einen weiteren Blick. „Sie sagte, eine Prise Salz und ein paar Mal Muskatnuss drüberreiben."

„Was? Das sind keine Milliliter."

Sie zuckt mit den Schultern. „Mama macht dieses Rezept echt oft. Sie … du weißt schon … hat es einfach verinnerlicht."

Ich blinzelte sie entsetzt an. „Verinnerlicht? Ein Rezept ist eine chemische Formel. Wie verinnerlicht man denn das?"

„Mama hat immer gebacken, an jedem Weihnachten, seit vor meiner Geburt. Sie hat es Maja und mir natürlich beigebracht, aber ich war sehr klein. Zumindest hat sie jetzt Maja, die ihr hilft. Aber ich erinnere mich noch so genau an die Aromen, und ich habe diese Dinger vermisst … Als ich Kat erzählt habe, dass ich sie machen würde, hat sie sich freiwillig gemeldet, ein kanadisches Dessert zu machen, dass man Nanaimo Bar nennt. Darum will ich, dass die gut werden."

Ich lese die Karte noch einmal, während sie mich ein Stück Teig probieren lässt. Ich schüttele den Kopf, denn ich würde lieber das fertige Produkt testen.

„Ich verstehe dieses Rezept nicht, bist du sicher, dass du es richtig liest?"

Sie nickt und fährt fort, als hätte sie mich gar nicht gehört. „Ich glaube, als nächstes machen wir die Walnusskuchen. Mama hat mir die auch in der E-Mail geschickt, aber die sind noch auf Bosnisch. Ich muss ein paar Wörter nachschauen, denn ich erinnere mich nicht daran."

Ich runzle die Stirn. „Ist dieses Rezept so unpräzise wie das hier? Wie kann deine Mutter denn ihre Schöpfungen überhaupt nachmachen, und ganz zu schweigen davon, sie an ihre Töchter weiterreichen, wenn sie sich keine konkreten Abmessungen für ihr Essen aufschreiben kann?"

Jenna verdreht die Augen und seufzt tief. Diesen Blick kenne ich auch. Verärgerung. „Das sind doch nur Richtlinien."

„Du meinst, wie der Piratenkodex nur eine Richtlinie ist? Lass mich jetzt bloß nicht von diesem Film anfangen, sonst ..."

„William!", sagt sie, verschränkt die Arme vor der Brust und steht ganz steif da. Sie nennt mich niemals bei meinem vollen Namen. Es ist entweder Wil oder Süßer. Mir gefällt beides viel besser, wenn es von ihr kommt. Ihre Verärgerung ist mir wirklich nicht recht.

„Du warst eine tolle Hilfe, aber du kannst jetzt gehen. Ich muss jetzt nur anfangen, die in den Ofen zu stecken. Ich glaube, es ist alles gut", sagt sie mit einem langen Seufzen.

Ich richte mich auf. „Lass mir das Geschirr zum Abspülen stehen."

Und dann drehe ich mich wirklich um, um die Küche zu verlassen, während sie Teig auf ein Backblech gibt. Gut. Ich muss zurück an dieses Projekt. Je mehr Zeit ich damit verbringen kann, desto besser wird es werden. Ich muss mir jede Minute nehmen, in der ich daran arbeiten kann. Wir sollen in gut einer Stunde zum Abendessen im Dorf Whistler aufbrechen. Zum Glück ist es ein lockeres Dinner, und ich werde mir keine Zeit nehmen müssen, um mich dafür extra anzuziehen.

Vor dem Hinausgehen drehe ich mich um. „Ich bin da, um beim Probieren zu helfen, wenn sie fertig sind."

„Natürlich bist du das", erwiderte sie, während ich gehe.

KAPITEL SIEBEN

LUCAS

Es war Winter in meiner wunderschönen ehemaligen Heimat British Columbia, und ich hatte die seltene Gelegenheit, Whistler als eine der obersten ein Prozent zu genießen. Und das nur, weil meine beste Freundin und ihr Mann wirklich zu den großzügigen ein Prozent gehörten und gerne mit ihren Freunden teilten. Ich war einfach nur total beeindruckt von unserem wunderschönen Anwesen. Und das Essen erst! Der Catering-Service hatte uns bereits etliche Mahlzeiten gemacht, die zum Sterben gut waren.

Was zum Teufel trieben wir also heute Abend in diesem kleinen Après-Ski-Restaurant zum Abendessen?

Offensichtlich ging es darum, dass jeder Poutine probieren und mich deswegen aufziehen konnte. Was denn auch sonst?

„Wenn ich in Kanada leben würde, hätte ich einen zahmen Elch, nur damit ich ihn Bullwinkle nennen könnte", schnaubte Jordan. Haha. Ein Elchwitz. Das hatte ich ja noch *nie* gehört. Das bekam ein Augenrollen.

Der Kellner traf mit etlichen Poutine-Bestellungen ein. Teller, die überquollen vor Pommes-Haufen, die hoch aufgestapelt lagen, darauf weißer Käsebruch und eine reichhaltige, geschmackvolle Bratensauce. Es war nicht mal was, das man im Westen Kanadas regelmäßig gegessen hatte, erst in allerjüngster Zeit. Poutine war ein Produkt aus Québec, und diese Westkanadierin war kein Fan.

„Los geht's! Ich wollte das unbedingt probieren."

Mia starrte den Teller an, als würde sie herausfinden wollen, was zum Teufel das war. „Das ist Poutine?"

„Das ist doch kein Essen." Jordans abfällige Stimme ging dazwischen. „Das ist das kulinarische Äquivalent zu ungeschütztem Sex mit einer Prostituierten in einer Autobahnraststätte."

Ich hob die Augenbrauen. „Sprichst du aus Erfahrung, Jordan?"

Adam hatte sich bereits ein paar Bissen der laschen Fritten genehmigt. „Verdammt, das Zeug schmeckt sehr viel besser, als es aussieht."

„Das ist gut, denn es sieht aus, als hätte jemand auf dem ganzen Teller schreckliche Darmprobleme gehabt", ließ sich Heath vernehmen.

„Eklig!", wimmerte April.

„Was sollte man daran denn nicht mögen?" Adam deutete auf die Teller. „Fritten? Guut. Käse? Guuuut! Bratensauce? Guuuuuuut. Nimmt man das alles zusammen, hat man Poutine." Er wandte sich an seine Frau. „Komm schon, Mädchen. Es ist Zeit, das Essen des Volkes deiner besten Freundin zu probieren, was?"

Mia deutete direkt auf mich. „*Sie* mag es nicht mal. Warum sollte ich es mögen? Mein Lipoprotein-Wert läuft Amok, wenn ich das esse." Mia schüttelte vehement den Kopf. „Du wirst schon merken, was du davon hast, wenn du das weiterhin isst."

„Klingt kinky." Heath grinste und wackelte mit den Augenbrauen. „Ach, was soll's … Dann mache ich halt jetzt einen auf Kanadier." Er lehnte sich vor und stopfte sich einen Klumpen Fritten in den Mund. *Verräter.*

Adam war noch nicht damit fertig, Mia aufzuziehen, und ließ eine einsame, mit Bratensauce durchtränkte Fritte vor ihrem Gesicht wackeln. „Manchmal muss man eben wild werden."

Sie zwinkerte ihm zu. „Ich hebe mir meine wilde Seite fürs Schlafzimmer auf, und ich habe da von dir bisher keine Beschwerden gehört."

„Nehmt euch ein Zimmer", sagte Jordan.

Ich nippte an meinem köstlichen kanadischen Bier – mein Gott, hatte ich das vermisst! – Und schüttelte den Kopf über die Narren, die ich Freunde nannte. Zum Glück blieb mein Mann still und schloss sich ihren Scherzen nicht an.

Seltsam, wie sich die Dinge ergaben. Hier war ich, in Kanada, mit all meinen engsten Freunden. Und nicht nur waren wir alle in meinem Ursprungsland, sondern ich war auch noch keine zweihundert Kilometer von dort entfernt, wo ich aufgewachsen war. Würden es in dieser Woche alle meine Freunde auf Kanada abgesehen haben? Denn ich wollte raus, jetzt. Oder ich würde sie dazu zwingen müssen, den Mund zu halten, indem ich zurückschoss. Und Jordan wäre mein Ziel Nummer 1.

„Hey, Kat", schnaubte Jordan. „Hast du von diesem ganz schrecklichen Fall mit kanadischem Graffiti gehört? Jemand hat draufgesprüht: ‚Tut mir leid wegen deiner Wand'."

„Hey, Jordan", sagte ich und lehnte mich im Stuhl vor, bereitete mich darauf vor, mich voll zur Wehr zu setzen. „Hast du gehört, dass Gott, als er Kanada geschaffen hat, beschlossen hat, das perfekteste, schönste Land mit atemberaubender Natur zu schaffen, ausreichend Ressourcen und echt netten Menschen. Als einer seiner Engel ihm sagte, dass es nicht fair wäre, das alles Kanada zu überlassen, sagte Gott: ‚Warte bis ich ihre nervigen, lauten und selbstgerechten Nachbarn erschaffe. Das bringt es alles wieder ins Reine‘."

„Au, das tut weh." Adam kicherte.

„Die forsche rothaarige Kanadierin ist dreist." Jordan schnappte sich eine mit Bratensauce getränkte Fritte und steckte sie sich in den Mund. „Ich versuche nicht, deine Gefühle zu verletzen, Kat."

„Keine Sorge. Wir sind in Kanada. Ich kann jederzeit zum Arzt gehen und mir meine verletzten Gefühle checken lassen – und es kostet rein gar nichts." Jenna hob eine Hand, und ich gab ihr ein High-Five, während der Rest des Tisches kicherte.

April schaute von der Infobroschüre auf, die sie auf ihrem Handy gemustert hatte. „Also, wenn mein netter, geliebter Freund mal fünf Minuten mit seinen Scherzen aufhört, kann Kat uns vielleicht sagen, was die besten Ski-Hänge hier in der Gegend sind? Ich denke mir, da du aus Vancouver bist, wart ihr oft Skifahren?"

Ich war nicht oft beim Skifahren gewesen, während ich aufgewachsen war. Skifahren war teuer, und so etwas war bei uns zu Hause nicht drin gewesen. Liftpässe kosteten fast so viel wie eine Niere, ganz zu schweigen von der Ausrüstung. Ich hatte einmal gebrauchte Ski-Stiefel gehabt, aber die waren verloren gegangen und verkauft worden, als ich sie in über zwei Jahren nicht genug benutzt hatte. Die meiste Zeit, wenn ich mit Freunden nach Whistler gekommen war, war es gewesen, um im Dorf rumzuhängen, in Bars zu gehen oder zum Tanzen, und um Typen zu treffen.

Aber nachdem ich schon von Jordan gehänselt worden war, wollte ich nicht vor dem ganzen Tisch zugeben, dass ich bestenfalls eine mittelmäßige Skifahrerin war.

Ich hüstelte. „Ach ja, ich bin früher die ganze Zeit hier raufgekommen, aber das ist lange her, also bin ich sicher, alles hat sich verändert. Was steht in der Broschüre denn drin?"

Sie ratterte ihre Antwort herunter – ein paar der Namen waren diejenigen, die meine Ski-Freunde in der Vergangenheit erwähnt hatten. Ich nickte mit.

Schließlich kam unser Essen. Ich hatte „Frühstück zum Abendessen" bestellt, komplett mit einem Stapel Pfannkuchen, denn ich wollte unbedingt einen ganz echten Ahornsirup in die Finger bekommen, und hier war meine Gelegenheit, mein Abendessen darin zu tränken.

„Nichts ist komplett ohne Ahornsirup", sagte ich mit einem glücklichen Seufzen.

„Wie wahr. Ich habe sie sogar dabei erwischt, wie sie ihn mal in ihren Kaffee schüttet. Ich weiß, dass wir richtig Ärger haben, wenn sie anfängt, sich die Zähne damit zu putzen", sagte Lucas gedehnt. Die ersten Worte aus seinem Mund den ganzen Abend lang, und sie schlossen sich einfach den Neckereien an. Alle lachten, und Jordan murmelte etwas über Kanadier. Ich funkelte meinen Mann aus zusammengekniffenen Augen an, weil er den Scherz-Marathon neu gestartet hatte. Ich dachte, er würde auf meiner Seite stehen? Ihm konnte ich zumindest eine verpassen.

Also tat ich es.

Er warf mir einen finsteren Blick zu und rieb sich den Arm, hielt aber den Mund. Mission erfüllt.

Als nächstes würde ich drohen müssen, meine ehelichen Gefälligkeiten zurückzuhalten, aber er würde sofort wissen, dass ich nur bluffte. Ich hätte das doch nicht länger durchgehalten als er. Diese Drohung führte niemals irgendwo hin. Das war vermutlich auch gut so. Die Gefälligkeiten zurückzuhalten, hieße auch, dass ich keinen Spaß bekam.

„Lucas, ich kann mir vorstellen, dass du ziemlich oft Ski fährst, so, wie du groß geworden bist", sagte April.

Lucas warf mir einen genervten Blick zu, immer noch verärgert, dass ich alles über sein Aufwachsen in der Oberklasse mit einem europäischen Adelstitel rausgelassen hatte. Aber wer konnte es mir zum Vorwurf machen? Ich hatte den Typen insgeheim geheiratet, und dann hatte ich herausgefunden, dass ich eine Baronin war!

Natürlich hatte ich sofort mit diesem Scheiß vor meinen Freundinnen angeben wollen!

Ich grinste ihn an. „Warst du nicht in Österreich beim Skifahren mit der niederländischen Königsfamilie?"

„Einmal. Ein einziges." Er stieß Luft aus und verdrehte die Augen, bereute es eindeutig, dass er diese Einzelheit über seine Vergangenheit erwähnt hatte, als er ein bisschen zu viel Whisky getrunken hatte.

April schaute von mir zu ihm, die Augen aufgerissen. Es war fast, als könne sie ihren Ohren nicht trauen, und um ehrlich zu sein, wäre ich in ihrer Lage gewesen, hätte ich vermutlich genauso empfunden.

Jordan schien ihre Reaktion aufzufallen, sein Blick huschte erst von ihr zu Lucas und dann zu mir und zurück, und dann lag dieses teuflische Grinsen um seinen Mund. Ich kannte dieses Grinsen. Da ich so lange mit ihm gearbeitet hatte, wusste ich, was es bedeutete. Er hatte was vor.

„Es scheint, wir haben hier einen Teil des Paares aus Kanada, die praktisch im Schatten eines der besten Ski-Ressorts in Nordamerika aufgezogen wurde. Der andere Teil hat sich in den ganzen Alpen und Pyrenäen die Zähne ausgeschlagen. Es wäre interessant, zu sehen, wie ein freundschaftlicher Wettbewerb zwischen euch beiden enden würde."

Lucas kniff vor seinem Freund argwöhnisch die Augen zusammen. Ich andererseits hielt den Blick auf einen Teller gerichtet, plötzlich fasziniert von meinen Pfannkuchen.

„Ich meine, seid ihr beiden denn kein bisschen neugierig? Ihr wisst schon, um eures Nachwuchses willen. Wer weiß, der könnte eines Tages sogar Olympionike werden."

Bei dem lächerlichen Gedanken stieß ich ein lautes Lachen aus. Lucas' braune Augen richteten sich rasch auf mich und dann zurück zu Jordan. „So sind wir nicht. Wir stehen nicht die ganze Zeit im Wettbewerb."

Ich verschluckte fast mein Essen. Als Gamer waren wir total und über alle Maßen kompetitiv. Das wussten alle über uns.

„Was ist mit einem kleinen freundschaftlichen Wettbewerb unter Liebsten?" Jordans Augen glitzerten noch immer, so ein Arschloch. Was um alle Welt wollte er hier erreichen? Nur derjenige, der selbst die Scheiße anrührte, wusste das.

Ich hatte niemals Lucas beim Skifahren gesehen, aber ich konnte mir nur vorstellen, dass er, der in einer adligen, stinkreichen Familie aufgezogen worden war, die auf der ganzen Welt hochklassige Ski-Ressorts besuchte, mir ganz locker meine mittelmäßigen Talente vorführen würde.

Ich verdrehte die Augen. „O ja. Alle Kanadier werden praktisch auf Skiern geboren. In der Grundschule fangen sie an, die olympischen Hoffnungsträger auszusuchen. Ich wurde schon vorgemerkt, aber meine Eltern wollten das Geld nicht ausgeben. Auf jeden Fall wurde es mir langweilig, als ich mir einen Führerschein und einen Freund zugelegt habe." Ich nahm mit einem frechen Lächeln einen Schluck Wasser und schaute auf, um zu sehen, wer leichtgläubig genug war, mir das abzukaufen.

Die Antwort? Nach dem Ausdruck auf ihren schockierten Gesichtern zu urteilen, alle. Waren Yankees so leichtgläubig?

Lucas' Augenbrauen hoben sich bis fast zum Haaransatz. Meine Gedanken rasten, um rasch etwas darauf folgen zu lassen und das Thema zu ändern. „Also, auf jeden Fall, die Poutine…"

„Moment, du kannst doch so was nicht einfach so stehen lassen." Jordan beugte sich vor, er gestikulierte mit der Hand.

„Doch, kann ich. Habe ich gerade." Ich konnte es auch gleich auf die nächste Ebene hieven, während sie mir immer noch aus der Hand fraßen, oder? Ich fragte mich, wie viel ich da herausholen konnte. „Es schmerzt echt, das zu diskutieren, da meine Zukunft von der Armut meiner Familie so beeinträchtigt wurde." Das betonte ich mit einem sehnsüchtigen Seufzen, dann fügte ich einen Seitenblick an, als würde ich mein Bedauern unterstreichen wollen. Ich konnte mich gerade noch davon abhalten, in Gelächter auszubrechen.

Ich würde es ihnen später verraten … vielleicht sehr viel später, nachdem sie mit ihren dämlichen Witzen aufgehört hatten.

„Also läuft die Wette dann?", drängte Jordan.

Mit einer Schulter zuckte ich locker und versuchte mich an meinem eindeutig gelangweilten Gesicht. Je desinteressierter und lockerer ich mich benahm, desto eher würden sie hoffentlich mit diesem Gespräch über Ski-Wettkämpfe und Rennen aufhören.

Was sollte denn das überhaupt sein, ein paar neue Szenen für *Steep and Deep*? Das K12-Rennen in *Lanny dreht auf*? Oder sogar *Hot Tub Time Machine*?

„Ach, mein Mann ist sich voll bewusst, dass ich besser Skifahren kann als er."

„Bin ich das?"

Ich warf Lucas einen bedeutungsvollen Blick zu. Wenn er einfach mitspielte, würde dieser Schwachsinn aufhören, und wir konnten Jordan ein für alle Mal das Mundwerk stopfen – und das war die meiste Zeit über fast unmöglich.

„Jordan liegt da nicht falsch" Adam beugte sich vor. „Du könntest das ziemlich leicht und rasch beweisen." *Ach, Scheiße.* Wenn Adam sprach, hörte Lucas zu. Und das bedeutete, dass er vielleicht tatsächlich zu dieser Dummheit angespornt werden konnte.

„*Könnten* wir." Ich zuckte mit den Schultern und schniefte, stürzte mich tief in die Gleichgültigkeit, die ich eigentlich gar nicht spürte. „Ich will nur meine *Zuckerschnute* nicht unbedingt erniedrigen." Ich betonte den Kosenamen und legte ihm die Hand auf die Schulter, um fest zu drücken. Als er mir in die Augen schaute, warf ich ihm einen weiteren *Blick* zu. Wir waren eindeutig noch nicht lange genug verheiratet, dass er auch nur den Hauch einer Ahnung hatte, was meine Blicke bedeuteten, verdammt. Plötzlich wünschte ich mir, ich hätte telepathische Kräfte, damit ich mental meine Befehle an meinen erwählten Lebenspartner übertragen konnte.

Lucas starrte, seine Stirn legte sich verwirrt in Falten. Soweit ich es sehen konnte, schoss das Argument über seinen Kopf hinweg wie die Laserstrahlschüsse aus den Blastern der Sturmtruppler. *Ach, das Eheleben.*

„Also ist es abgemacht", sagte Jordan mit einem Grinsen. „Wir bekommen einen ehelichen Ski-Wettkampf. Was für eine Abfahrt möchtet ihr denn machen, The Coffin oder Couloir Extreme?"

„Ach", dachte ich. „Auf diesen Pisten bin ich doch schon in der Mittelschule gefahren. Hat Spaß gemacht." Ich wedelte wieder hochnäsig mit der Hand, während ich mir in aller Stille wünschte, Jordan würde sich am ersten Tag beim Skifahren morgen das Bein brechen. Oder noch besser, den Kiefer, damit er nicht mehr reden konnte.

Jordan schaute von seiner Karte mit den Skipisten auf, die Augenbrauen gehoben. „Dann können wir zufällig eine aussuchen, und du kannst das? Vielleicht sollten wir dir ein Handicap geben, damit dein armer Mann eine Chance hat. Wie wäre es mit einer Augenbinde?"

„Ich komme damit schon gut klar." Lucas warf mir einen herausfordernden Blick zu. „Ich glaube, es ist mir absolut möglich, ihr ohne Probleme den Hintern zu versohlen."

„Oooooh!" Der Rest des Tisches beugte sich vor, manche schüttelten die Handgelenke aus. In was zur Hölle hatte ich mich da nur hineinmanövriert? *Verflixter Mist.* Diese Idioten waren jedem meiner Worte gefolgt, jedem Bluff, als wäre es das Evangelium. Ich war von dem ganzen blöden Gerede über Kanada so genervt gewesen, dass ich mein eigenes großes Maul Schecks hatte ausstellen lassen, von denen ich sicher war, dass mein Körper – und meine Ski-Fähigkeiten – nicht dafür würden aufkommen können.

Jetzt geiferten unsere sogenannten Freunde wegen der Gelegenheit, bei dem seltsamen Ski-Wettbewerb von Mann gegen Frau in erster Reihe zu stehen. Ich biss mir auf die Lippe.

Ach, zum Teufel. Würde ich es riskieren müssen, mir die Gräten zu brechen, im Namen eines Sieges über meinen Mann? Bei Videospielen zog ich das regelmäßig ab, ohne dass für mich persönlich überhaupt ein Risiko bestand, außer vielleicht einem überstreckten Finger oder ein bisschen Karpaltunnel.

Ich schluckte und zuckte dann ein weiteres Mal dümmlich mit der Schulter, als wollte ich sagen, das wäre bereits Schnee von gestern. „Ich habe kein Problem damit, meinen Mann auf seinen Platz zu verweisen.“

„Oooooh!“ Am Tisch kam wieder Lärm auf. Selbst über die billigen und uralten Kanadierwitze hinaus erinnerte mich das Ganze mehr und mehr an eine Schulklasse.

Mia schüttelte den Kopf. „Ihr beiden seid der schlimmer als Adam und ich. Ich dachte, so was würde ich nie erleben.“

„Moment, was zum Geier soll das denn mal heißen?“, fragte Adam.

Mia lachte und tätschelte ihrem Mann die Schulter. „Nichts, mein Lieber.“

„Also läuft es? Ich werde den Wettpool organisieren und die Wahrscheinlichkeiten berechnen. Nennt mich einfach nur den Ski-Buchmacher. An welchem Tag wollen wir es machen?“ Jordan stieß April an, deren Blick sich auf den Ablaufplan senkte.

Ach, Mist.

„Na ja, da ist dieser Block mit freier Zeit nach dem Mittagessen am Tag vor Silvester. Wir haben von eins bis drei nichts geplant. Warum nicht da?“

Schluck. „Äh, ich ...“

„Es gilt!“ Mein Mann unterbrach mich mit diesem Ausruf, ein selbstgefälliges Lächeln spielte um seinen Mund.

„Das sehe ich gern.“ Jordan zeigte Lucas einen gehobenen Daumen.

Ich schätzte, das bedeutete, ich musste mit dem Üben anfangen, oder meine Lüge sofort eingestehen.

Seufz. Also Üben.

Selbst wenn ich so tun musste, als würde ich mir in letzter Minute den Arm brechen, würde ich diesen Bluff durchziehen bis zu seinem bitteren, blutigen – hoffentlich nicht buchstäblich blutigen – Ende.

KAPITEL ACHT

LUCAS

WAS AN DIESEM URLAUB SOLLTE EIGENTLICH nochmal entspannend und rückzugsmäßig sein?

Da hatte ich gedacht, ich wäre oben im Schnee, würde wunderschöne Aussichten genießen, heiße Schokolade nippen und meine wunderschöne Frau lieben, wann immer ich wollte.

Stattdessen war ich für eine Karikatur von einem Wettbewerb mit ihr eingespannt worden, während ich mich außerdem noch um Mist aus der Arbeit kümmerte, während einer Woche, in der die Arbeit über die Feiertage geschlossen war. Zusätzlich waren meine zwei Bosse auch hier.

Wer hätte gedacht, dass das Dasein als brandneuer Leiter einer brandneuen Abteilung der Firma eher schon dem Dasein als Therapeut und Händchenhalter von Kindern glich, als selbst Boss zu sein?

Ich hatte mir mein eigenes Team aus der Firma und von außerhalb genau ausgesucht. Tonnenweise Talent reingeholt für die neue Abteilung für Virtual Reality von Draco Multimedia

Entertainment. Aber nur nach ein paar Monaten hatte ich es schon mit Drama zu tun. Zwei meiner Hauptkreativen versuchten, einander das Leben schwer zu machen.

Das bedeutete Anrufe, Videokonferenzen, und lange, wortreiche und äußerst detaillierte E-Mails. Zeit, die besser genutzt gewesen wäre, um meinen Urlaub zu genießen.

Bis auf dieses dumme Ski-Rennen. Wie zum Geier war es dazu überhaupt gekommen?

Als meine Frau am nächsten Vormittag meinen geschäftlichen Anruf unterbrach, schlug ich meinen Laptop zu, entschlossen, die schmutzigen Einzelheiten nicht mit ihr zu teilen. Ich musste es ja auch nicht noch für sie versauen. Es ging ihr so gut mit ihrem neuen Job. Das Management hatte eine Position geschaffen und sie auf ihre besonderen Talente zugeschnitten. Sie ließ es auf ihrer neuen Stelle richtig krachen.

Es wäre also selbstsüchtig gewesen, ihr Glück mit meinen eigenen deprimierenden Arbeitssorgen zu schmälern.

„Es ist fast Zeit für die Heli-Tour. Kannst du glauben, dass wir in einem Hubschrauber fliegen werden! Ich war noch nie vorher in einem. Und du?"

Ich zuckte mit den Schultern und warf ihr einen verlegenen Blick zu. Meine Familie hatte eine Weile einen besessen.

„Ach, ja, hab's vergessen, Baron Lucas van den Hoehnsboek van Lynden. Natürlich habt Ihr das schon getan, Eure Eminenz und Großartigkeit", sagte sie und verbeugte sich mit großer Geste.

„Wie du meinst, Proletin", sagte ich mit einem Grinsen, meine Standardantwort, wann immer sie mich damit aufzog – was oft vorkam. Entweder nannte ich sie Proletin, oder ich erinnerte sie daran, dass sie jetzt eine Baronin war, wenn man nach dem Familienstandard ging, denn sie war mit mir verheiratet.

Sie wurde nüchtern, biss sich auf die Lippe.

Ich runzelte die Stirn. „Was ist denn los?"

„Also, wegen dieses ganzen Ski-Rennens …"

„Klopf, klopf!" Mia steckte den Kopf durch unsere offene Tür, während sie an den Türrahmen klopfte. „In fünf Minuten geht's zum Helikopter."

Kat und ich nickten ihr zu, und sobald sie verschwunden war, drehte ich mich um und erwartete, dass Kat ihren Satz über das dumme Ski-Rennen fortführen würde, das ich nicht mal machen wollte.

„Reden wir später darüber." Sie schnappte sich ihre Jacke und warf mir meine hin. „Es ist Zeit, mein erstes Mal im Helikopter zu erleben."

„Das klingt aber nicht so, als sollten unsere Freunde dabei sein – aber ich könnte mir das echt gut vorstellen."

Sie lachte mich an, ihre blauen Augen legten sich an den Winkeln in Falten. „Später, du Dauergeiler."

Ich war zu beschäftigt mit Arbeitsproblemen, um die Tour zu genießen.

Vielleicht war es was Gutes, dass ich dieses schwachsinnige Ski-Rennen hatte, auf das ich mich konzentrieren konnte. Und auf das sich die Bosse konzentrieren konnten. Sie erwähnten es wirklich jedes Mal, wenn wir alle zusammen waren.

Ich schaute hinüber zu meiner umwerfenden Frau. Sie lächelte die ganze Zeit und war aufgeregt, zeigte mir Dinge und sprach über das Headset, als wären wir auf einem Dragon-Epoc-Raid. Wer hätte gedacht, dass meine Braut ein Ski-Champion war? Sie war voller Überraschungen. Aber diese? Das hätte ich nie geahnt.

„Ihr beiden vertragt euch hervorragend dafür, dass ihr im ultimativen inner-ehelichen Hangwettbewerb gegeneinander antretet." Jordans Stimme, die dramatisch dröhnte, als er einen Sportreporter nachahmte, kam über Lautsprecher.

Ich warf ihm einen verärgerten Blick zu. Der verdammte Aufwiegler.

Ich war schon mal Ski gefahren, hatte mit meiner Familie viele prestigeträchtige Resorts besucht, während ich aufgewachsen war. Aber das machte mich nicht automatisch zum Experten. Ich hatte es sehr viel mehr bevorzugt, auf dem Wasser zu sein und ein Rennboot unter der Sonne zu rudern, anstatt einen Skihang mit eisigem Wind in den Haaren hinab zu zischen. Skifahren fand ich langweilig.

Aber offensichtlich sollte ich mich nun vor meiner Frau auf den Pisten in Demut üben.

Weshalb gab ich vor ihr nicht einfach nur zu, dass ich gar nicht mal so gut war?

Ich beobachtete, wie ihr Gesicht leuchtete, als sie den Ausblick sah, das Sonnenlicht glitzerte in ihren feurigen Haaren, die ihr über die Schultern strömten. Ich könnte einfach erklären, dass das Blödsinn war, sie zur Gewinnerin erklären und dann sogar noch im Bett punkten – ein sehr viel interessanterer Sport als Skifahren.

Aber nun bestand das zusätzliche Problem, dass meine Bosse ein Interesse entwickelt hatten. Tatsächlich hatte ich Jordans Wettpapier gesehen, und Kat und ich waren so ziemlich ausgeglichen, was die Wetten betraf.

Auch, wenn es das Gesicht zu wahren galt, mein Leben war das nicht wert. Ich hatte nur ein paar Mal in meinem Leben eine schwarze Abfahrt absolviert, und keine davon war gut ausgegangen. Zum Großteil war es so gelaufen, dass ich den Hang hinabgerollt war, lauthals geschrien und im meilenweiten Umkreis die Lawinengefahr erhöht hatte.

„Also, die Sache mit der schwarzen Piste ... Glaubst du echt, das ist die beste Möglichkeit, unsere Talente vorzuführen? Auf einer Abfahrt, wo niemand sehen wird, was wir machen? Es wäre vermutlich sinnvoller, mittelschwierige Pisten zu nehmen. Da gibt es mehr Gelegenheiten, uns zu beobachten ...", fragte ich Kat, während wir den Hubschrauberlandeplatz verließen und ungefähr zehn Meter hinter der Gruppe unserer Freunde zurückblieben. Alle waren unterwegs zu dem SUV und dem Fahrer, der geduldig wartete, um uns zur nächsten spaßigen Aktivität zu bringen.

„Was ist denn los, Colonel Sanders, hast du *Angst*?", schoss sie mit einem Lachen zurück.

Es reichte genau aus, um meinen Zorn anzufachen. „Nein. Also gut. Du willst ein Rennen auf einer schwarzen Piste? Schön. Genieß es, meinen Schnee zu fressen."

Sobald wir allerdings auf die Gruppe aufgeholt und uns alle in ein großes Auto gestapelt hatten, lief die Unterhaltung immer wieder in meinen Gedanken ab.

Es war sehr viel wahrscheinlicher, dass sie mich ihren Schnee fressen ließ.

Ach, na ja, zumindest würde der Schnee besser schmecken, als meine eigenen Worte zurückzunehmen.

Nein, ich würde mich da draußen nicht erniedrigen lassen. Ich musste einfach nur üben, und ich hatte ungefähr sechs Tage, um gut genug zu werden, um zumindest kompetent zu erscheinen.

Es war nichts dagegen einzuwenden, wenn sie am Ende gewann – obwohl ich darum betete, dass sie damit nicht ewig prahlen würde – aber ich konnte sie zumindest ein bisschen auf Trab halten.

Es blieb gerade genug Zeit im Zeitplan für mich, um ein paar Übungsfahrten allein zu unternehmen. Ich schrieb unserer Concierge, um das zu organisieren, und sie besorgte ein paar Lift-Tickets, die ich abholen konnte.

Das konnte gut laufen, oder das konnte echt, echt schlimm ausgehen. Es war zu früh, um zu sagen, wie es laufen würde.

Ich schnappte mir Kaffee und setzte mich an den Frühstückstisch, schob das Handy zurück in die Tasche. Diesen Vormittag konnte ich meine ersten Übungsfahrten erledigen, wenn ich mich beeilte und ein wenig Essen reinschaufelte. Kat wachte vielleicht nicht mal auf, bis ich wieder zurückgekehrt war.

Nur Mia saß mit mir am Tisch, denn es war früh. Zum Glück fehlte ihr die Neugier, um zu fragen, wohin ich unterwegs war, da sie aus dem Fenster schaute und mit einer Tasse heißem Tee vor sich hin träumte.

Ich bezweifelte, dass sie mich überhaupt hörte, als ich mich von ihr verabschiedete und zur Tür verschwand.

KAPITEL

NEUN

MIA

DER ZWEITE TAG UNSERES MAGISCHEN Winterurlaubs und Jahrestags war noch nicht mal ganz vorbei, und die Pläne liefen bereits schief. Das Haus war toll, luxuriös und gut ausgestattet mit jeglicher Aktivität für drinnen und jeglichem Komfort, den man in der nächsten Woche bis zu Silvester überhaupt brauchen könnte. Ich hatte nicht erwartet, dass alle an jeder Aktivität teilnahmen, aber während die Tage fortschritten, schienen die Leute sich immer mehr aus dem Tagesplan zu verabschieden. Ich hoffte, das war kein Trend.

April schien wegen irgendetwas, das mit Jordan zu tun hatte, gereizt zu sein. Kat und Lucas waren in einem Ski-Rennen gegeneinander aufgestellt. Jenna und William waren süß und liebenswert wie immer, aber nicht ganz bei den Gruppenaktivitäten dabei. Heath riss nur rund um die Uhr Witze über den Zeitplan, obwohl er bei jeder Unternehmung dabei war, und – *anschließend* – zugab, dass es Spaß gehabt hatte.

Zusätzlich zu all dem benahm sich mein eigener Mann extrem seltsam, und ich hatte keine Ahnung, was ich deswegen machen sollte. Zunächst einmal, hätte ich es nicht besser gewusst, hätte ich gesagt, er hätte in letzter Zeit mit Amphetaminen angefangen und würde ein dauerhaftes, frenetisches High erleben. Vielleicht waren es Entzugssymptome, weil sein Handy konfisziert worden war? Der arme Kerl war eindeutig nach seinem Gerät süchtig, wie ich es ihm schon oft bescheinigt hatte. Trotzdem machte er keine Versuche, es sich zurückzuholen, und genauso wenig redete überhaupt darüber. Er hatte es mir ohne Kommentar überlassen, geradezu stoisch, und man hätte niemals geahnt, dass das Ding sein ständiger und zuverlässiger Begleiter war.

Vielleicht war das also nicht der Grund hinter seinem seltsamen Benehmen. Ich nippte an meinem Tee und schaute vom Esstisch aus, der mit den Überresten des Mittagessens beladen war, aus dem Aussichtsfenster. Die Cateringfirma hatte früh am Morgen leise das Frühstück und das kalte Mittagessen geliefert. Ich schnappte mir ein bröseliges Thunfisch-Croissant-Sandwich und ein paar aufgeschnittene Früchte. Alle hatten ihre Mahlzeit beendet und waren dann getrennte Wege gegangen, und ich war wieder allein.

Ich hatte Adam die Visitenkarte seines mysteriösen Freundes gereicht, die dieser gestern da gelassen hatte, und gerade war er in unserem Zimmer und rief ihn auf dem Handy an, das er sich von mir geborgt hatte.

Ich saß nachdenklich da, machte Pläne.

Ich hatte gehofft, dass Adam und ich inzwischen intim geworden wären. Ich hatte es geplant und mich darauf vorbereitet, wie es der Zufall so wollte, da ich eine Reihe sexy

Unterwäsche-Sets bestellt hatte – eines für jede Nacht, die wir hier sein würden. Ein jedes der seidigen Spitzenteile würde billiger und kitschiger werden als das vorige, wie ein sexy Adventskalender, bis die Serie in der Nacht unseres Jahrestags mit dem berühmten Agent-Provocateur-Fake-Ketten-Bikini endete. Genau dem, mit dem ich ihn in unserer Hochzeitsnacht verwöhnt hatte. Den hatte ich seitdem nicht getragen, ihn konkret für unsere Nacht allein in unserem eigenen besonderen Rückzugsort aufgehoben. Hoffentlich hatte er dieselbe Wirkung auf ihn wie damals. Ich zählte darauf, denn wir kamen hier aus einer Flaute.

Also, letzte Nacht war es der Saphir-Spitzen-Body gewesen. Sehr geschmackvoll und fast jungfräulich sittsam wie in der Hochzeitsnacht mit einem Hauch koketter Sexyness. Ich hatte gewartet, bis er im Bett war, um meinen großen Auftritt hinzulegen, bedeckt mit dem passenden Seidenbademantel. Ich hatte mich an die Seite des Bettes gestellt und gehüstelt, um seine Aufmerksamkeit von dem Block abzulenken, auf dem er sich Notizen machte. Dann hatte ich mich in Pose geworfen, den Bademantel kokett über die Schulter geschoben und mit den Wimpern geklimpert.

Er hatte mich beobachtet, voll bei mir und interessiert, während das Feuer im Hintergrund knisterte und immer wieder frischer Schnee an den Fenstern flüsterte.

Sein Blick glitt über mich, wertschätzend, aber nicht lüstern. Wenn ich ehrlich war, musste ich zugeben, dass ich mir ein bisschen Lüsternheit gewünscht hätte. Mehr als nur ein bisschen. Es war schon über eine Woche her, an einem jener seltenen Tage, als wir beide mittags zu Hause gewesen waren. Ich war unterwegs zu einem Labor gewesen, und er war zu

Hause vorbeigekommen, um sich vor einem Nachmittagsmeeting in L.A. etwas zu holen. Wir hatten kurz das spontane Treffen für uns genutzt.

Und Quickies waren ja gut und schön, aber es war verdammt noch mal Zeit für heißen, erotischen, schmutzigen, sexy Spaß, der länger als nur fünfzehn Minuten über Mittag ging. Ich war also ermutigt gewesen, als er mit einem Lächeln seinen Block und Stift zur Seite gelegt und die Bettlaken für mich zurückgeschlagen hatte, damit ich reinschlüpfen um mich ihm anschließen konnte.

Er trug ein T-Shirt und Schlafanzughose, und das war schon mal nichts. Ich hatte ihn viel zu lange nicht mehr ganz nackt gesehen, und es war mehr als nur warm genug hier drin mit dem Feuer und den kuscheligen Decken, dass wir beide sehr bald nur noch in unser Adams- und Eva-Kostüm gekleidet sein würden.

Darum war der blaue Spitzen-Body nur zum Vorspiel, aber es sah aus, als hätte ich meine Absichten damit klar genug kundgetan, als ich meinen Körper an seinen presste, nur ein wenig unter den kalten Bettlaken bibberte und die Wärme zu schätzen wusste, die von seiner Haut ausstrahlte. Ich lehnte mich vor und vergrub die Nase an seinem Schlüsselbein, atmete tief ein. Er roch immer so toll. Der Stoff seines T-Shirts war so weich, und die Muskeln darunter so hart. Ich hatte mir schon einen unfassbar köstlichen Mann geschnappt, und ich klammerte mich mit aller Kraft fest, das war sicher.

Mein Häppchen vor dem Schlafengehen war ein Knabbern an seinem köstlichen Hals, ein Baden im Strom der heißen Lust, als seine stoppelige Wange über meine rieb. Ich klammerte mich an seinen Hals wie ein hungriger Vampir voller Blutdurst, und ich würde nicht loslassen, bis jeder Quadratzentimeter mit

Knutschflecken bedeckt war. Mama war am Verhungern, und er war ein Snack inmitten einer Dürreperiode.

Als ich mich gerade anschickte, ihn zu erklettern wie einen Baum, spürte ich, wie er plötzlich starr wurde – und nicht auf die gute Art. Zu meinem Entsetzen nutzte er seinen Arm, um etwas Platz zwischen uns zu schaffen, und ich zog mich zurück, die Augen schockiert aufgerissen. Was zum Geier ...? Ja, das sagte ich mit Blicken. Worte waren nicht nötig.

Er lächelte. „Hey... wie wäre es... wenn wir unsere Romantik auf das nächste Level bringen? Was hältst du davon?"

Meine Augenbrauen senkten sich finster. „Äh. Na ja ... ich dachte, das hätte ich gerade getan."

„Du hast dich mit dem Mund an meinem Hals festgesaugt wie ein Neunauge."

Ich blinzelte. „Und dir hat es nicht gefallen? Du bist doch sonst ... ich meine ... es ist eine Weile her ..."

„Aber wir haben hier sechs Nächte. Wäre es nicht eine coole Idee, wenn wir ... ein bisschen langsamer machen?"

Okay, vielleicht war mein Kopf jetzt gerade zum hässlichsten fiesen Blick aller Zeiten herumgefahren. Adam Drake sagte niemals Nein zu Sex. Unter gar keinen Umständen. Da müsste er schon halb tot sein. Vielleicht kam sein Drüsenfieber wieder?

Ich presste ihm eine Hand an die Stirn, um nachzusehen, ob er Fieber hatte. „Ist bei dir alles in Ordnung?"

Er lachte. „Mir geht's gut, ich ... dachte mir nur, dass es vielleicht schön sein könnte, wenn wir kuscheln, ein bisschen Zeit damit verbringen, einander in die Augen zu sehen, Händchen zu halten."

Ich hob eine Augenbraue. „Wie wär's stattdessen mit ein bisschen Stoßen und Reiben? Oder ganz viel?"

„Ach, klar, das können wir später machen. Aber heute Nacht sollten wir vielleicht versuchen, einfach nur die Gesellschaft des anderen zu genießen? Wir können kuscheln, vielleicht das Feuer betrachten, nachdem wir damit fertig sind, einander in die Augen zu sehen. Wir müssen nicht mal reden. Einfach nur genießen, zur selben Zeit im Bett zu sein. Wir kommen doch kaum je sonst zur selben Zeit ins Bett."

Verblüfft sank ich neben ihn. Mein Blick ging zum Kamin. Die Flammen flackerten und tanzten vor den dunklen Steinen und Ziegeln. Händchenhalten? Einander beim Atmen zuhören? War das Wort *kuscheln* gerade freiwillig über die Lippen dieses Mannes gekommen?

Waren wir schon ins Areal der mittelalten ausgebrannten Ehe übergegangen? Waren die Funken so rasch verflogen, dass er sich nicht auf mich stürzen wollte wie ein verhungernder Wolf auf ein verletztes Schaf?

Das letzte, was ich zu ihm sagte, bevor ich die längsten dreißig Minuten meines Ehelebens damit verbrachte, ins Nichts zu starren, während wir Händchen hielten, war: „Wer bist du, und was hast du mit meinem Mann angestellt, du Betrüger?"

Worauf er nur mit einem Lachen antwortete. „Versuchen wir es einfach und sehen, was passiert." Was nahelegte, dass tatsächlich etwas, ihr wisst schon, *passieren* könnte.

Spoiler-Alarm – tat es nicht. Wir schliefen schon ein, bevor die Stunde rum war, einfach weggepennt wie erschöpfte Welpen nach einem Tag voller Spiele. Vielleicht war es das einfach. Er war einfach zu müde gewesen. Vielleicht hatte ich nicht deutlich genug in Aussicht gestellt, dass ich die ganze Arbeit übernommen hätte, und er hätte sich nur zurücklehnen und seinen Orgasmus genießen können.

Aber nein …

An diesem Nachmittag wartete er mit einer vollen Liste mit Aktivitäten für uns. Er hatte ein Puzzle mit zweitausend Teilen gefunden und schlug vor, dass wir ins Loft oben gingen, wo wir die Privatsphäre hätten, allein daran zu arbeiten. Von dort könnten wir hinausschauen und dem Schnee beim Fallen zusehen.

Mit einem wissenden Lächeln nahm ich an, dass „an einem Puzzle arbeiten" ein Euphemismus dafür war, unsere Körper wie Puzzleteile ineinander zu passen. Obwohl das Loft oben uns vielleicht dem Risiko aussetzte, erwischt zu werden. Vielleicht war es die Aufregung darüber, dass das womöglich passieren könnte, die seinen Motor zum Laufen brachte.

Wie es sich erwies, nein. Er wollte wirklich an einem Puzzle arbeiten.

Ich hasste Puzzles verdammt noch mal. Und bald war es ihm überlassen, allein daran zu arbeiten, während ich flüchtete, um aufs Klo zu gehen, und dann ganz *zufällig* abgelenkt wurde, weil ich mit meinen Freundinnen in der Küche quatschte, während wir Käse von dem Brett mit kalten Leckerbissen naschten, das der Koch für uns in den Kühlschrank gestellt hatte. Etwa eine Stunde lang fragte ich mich, ob ihm überhaupt aufgefallen war, dass ich weg war. Als er bald darauf herabkam, sagte er nichts. Keine Vorwürfe, keine Fragen.

Er hatte allerdings eine Liste mit weiteren Aktivitäten für uns, die er an diesem Tag unternehmen wollte. Nur wir beide, damit wir – und da zitiere ich – uns auf unser Teamwork konzentrieren konnten. Jede einzelne dieser Aktivitäten verlangte von uns, dass wir voll bekleidet waren.

Ehrlich, es fing an, mir Sorgen zu bereiten.

Vielleicht hatte er nicht so gut geschlafen, wie ich gedacht hatte? Ich würde mal nachsehen müssen, ob er auch wirklich ganze acht Stunden bekam – und dann vielleicht noch etwas extra. Selbst wenn ich seine heiße Schokolade mit Antihistamin versetzen musste, damit er mal wegpennte. Der Kerl war der Duracell-Hase unter den Ehemännern.

Denn er hatte die Energie, mich buchstäblich hinaus in einen Schneesturm zu zerren, um „eine Schneefestung als Team zu bauen". Adam hatte aus seiner Kindheit einige Erfahrung mit Schnee, da er im nördlichen Washington aufgewachsen war. Aber ich war in der Wüste groß geworden, ein südkalifornisches Mädchen.

Es war mir nicht bestimmt, lange Zeit in nassem, matschigem, kaltem Schnee zu verbringen. Ich war wie der Schneemann Frosty an einem mittelmäßigen Tag in Hawaii oder die böse Hexe des Westens mit einem Wassereimer über dem Kopf. Man musste nicht betonen, dass ich das völlige Gegenteil von dem machte, was ich von ihm im Bett wollte: Ich hielt nicht lange durch. Sobald die Feuchtigkeit durch meine Hose, meine Socken und meine Handschuhe drang, war ich fertig. Ganz gleich, wie sehr er lockte oder mir erklärte, wie kurz wir davor standen, unseren *aufwendigen Palast* zu beenden, konnte er mich nicht dazu überreden, noch länger draußen zu bleiben.

Stattdessen nutzte ich die alte Klo-Entschuldigung, um zu fliehen und direkt in unser Zimmer zu gehen, wo ich mich aus den nassen Klamotten schälte und in eine heiße Dusche sprang, um mich aufzuwärmen. Fünf Minuten musste ich unter dem Wasser stehen, um nicht mehr zu zittern. Dann suchte ich mir die wärmste, flauschigste Fleece-Schlafanzughose und einen Pulli aus und beschloss, uns beiden eine heiße Schokolade mit

Schuss zu machen. Vielleicht würde ein wenig Alkohol ihn wieder beruhigen. *Und* ihn ein wenig empfänglicher für meine Vorschläge machen. Da morgen Skifahren auf dem Plan stand, wollte ich heute etwas Zeit damit verbringen, ihm an die Wäsche zu gehen.

Er war fast eine weitere halbe Stunde draußen, bevor ich das Fenster einen Spalt breit vor dem Schneesturm öffnete – okay, also hatte es womöglich aufgehört, zu schneien, und es war nur eine leichte, doch sehr, sehr eisige Brise. Noch einmal, ich war eine Kalifornierin.

„Ich hab uns heiße Schokolade gemacht. Komm rein und setz dich zu mir ans Feuer. Die wird toll schmecken mit Jennas bosnischen Plätzchen. Wir können sogar *kuscheln.*“

Jordan kicherte hinter mir los. Ich flüsterte ihn laut über die Schulter an, dass er den Mund halten sollte, bevor ich mich wieder umdrehte, um zu sehen, dass Adam bis zum Hals im Matsch stand und murmelte, dass unser „tolles Projekt“ noch nicht fertig war.

Bis er endlich davon abließ und aufgab, war seine heiße Schokolade zu kühlem Schlick geworden.

Und es wurde dunkel und war fast Zeit, dass wir eine Touristenattraktion in der Nähe erkundeten, Vallea Lumina – eine einzigartige Lichtshow im Wald. So viel also dazu, Zeit allein gemeinsam zu verbringen. Und so viel dazu, seine grobe, maskuline Haut und seine Muskeln unter meinen Händen zu spüren.

Verdammt noch mal.

KAPITEL ZEHN
ADAM

SEI SPONTAN, STAND AUF DER LISTE. *ES WIRD EIN SPAß*, HIEß es.

Und bevor ich auf meinem Handy hatte googeln können, wie man spontan war, hatte ich es dem Safe überlassen müssen. Und Emilia würde mich umbringen, wenn sie mich dabei erwischte, wie ich in den Safe einbrach, um es herauszuholen.

Das musste ich wohl allein hinkriegen.

Das Problem war, Spontanität war nicht gerade mein Naturtalent. *Überhaupt nicht.* Nein, ich war der Planer und Organisator. Ich hatte Pläne für meine Pläne. Und ich hatte keine Ahnung, ob *spontan sein* hieß, dass ich unseren Ausbruch der Spontanität nicht planen durfte.

Und außerdem, wann würden wir denn die Gelegenheit bekommen? Jedes der vier Paare und Heath hatten nach einer Atempause im unnachgiebigen Ablaufplan gefragt. Zusätzlich wollte Dom Fischer mit mir und Mia zum Abendessen.

Ich hatte ihn vorhin angerufen, freudig überrascht, dass er hier war. Er war Teilbesitzer der Einrichtung, hatte er mir erzählt, ganz ähnlich wie ich, als ich in das Ressort in St. Lucia investiert hatte, wo Emilia und ich geheiratet hatten. Aber der wertvollste Teil des Anrufs war die kleine Einzelheit gewesen, die er über die Existenz einer natürlichen heißen Quelle erwähnt hatte, die zu Fuß von unserem Rückzugsort aus erreichbar war.

Wir hatten heute Nachmittag Spaß gehabt, bei einem Privatlehrer gemeinsam Ski-Unterricht genommen. Es fühlte sich ein bisschen wie Teamarbeit an – zusammen an einem neuen Talent zu feilen. Ich war zufrieden damit, dass wir das abhaken konnten. Aber als wir an diesem Abend zurückkehrten, alle erschöpft, waren meine Gedanken schon bei der nächsten Aufgabe, um unseren Ehe-Punktestand zu erhöhen.

Ich glaubte nicht, dass ich noch viel mehr kuscheln konnte, denn das machte mich furchtbar geil, also bezeichnete ich diese Aufgabe als erledigt und zog weiter. Spontanität. Das war dasjenige, was wir heute Abend in Angriff nehmen würden, komme, was wolle – aber Allmächtiger, hoffentlich kam nichts dazwischen.

Nach dem Abendessen lotste ich Emilia nach draußen, um mit mir spazieren zu gehen, versprach ihr Spaß im frisch gefallenen Schnee. Sie hatte mich argwöhnisch beäugt, da sie kein Fan vom Schnee war, oder von Kälte im Allgemeinen. Ich hätte ihr was richtig Tolles versprechen können, wenn wir uns danach dann aufwärmten.

Verdammt, darauf freute ich mich.

Es war unbestreitbar ein schöner Abend, und sogar sie wurde weiter hinausgezogen, genoss den Himmel voller Sterne vor uns und das glitzernde frische Pulver, das unter unseren Füßen quietschte und knirschte.

Ich lotste uns ganz zufällig in die Richtung, wo Dominic mir gesagt hatte, dass die heißen Quellen sich befanden. Da, die weißen Berge in der Ferne leuchteten unter dem blassen Licht des Viertelmonds.

Emilia schrie vor Freude, als sie die Quellen bemerkte, und wir beobachteten den Dampf, der aufstieg und sich in der kalten Nacht über dem schwarzen, ruhigen Seen auflöste. In der Luft hing ein leicht beißender Geruch, wie Schwefel.

Ich drehte mich zu ihr und ließ die Bombe platzen. „Gehen wir doch schwimmen."

Ihre Augenbrauen schossen nach oben. „Ich habe keinen Badeanzug an. Außerdem ist es zu kalt."

Ich bückte mich in und berührte das Wasser. „Fühl mal, wie warm dieses Wasser ist." Dann zog ich die zusammengerollten Handtücher heraus, die ich mir unter der Jacke unter den Arm geklemmt hatte. „Außerdem brauchen wir keine Badeklamotten. Ich habe die hier dabei. Wir können uns abtrocknen und wieder anziehen, wenn wir fertig sind."

Emilia beugte sich zu mir und musterte die Handtücher. „Das sind doch … Geschirrtücher."

Ich zuckte mit den Schultern. „Wen stört das? Sie trocknen uns ab, oder?"

Sie lachte. „Die sind noch nicht mal einen Meter lang …"

„Dann trocknen wir uns rasch ab und steigen zurück in unsere Klamotten. Komm schon … wir sind nie spontan. Willst du nicht mal einfach was in diesem Augenblick machen? Willst du nicht ein bisschen leben und die Aufregung spüren?"

Ihr Mund stand offen, und sie starrte mich einen langen Augenblick stumm an. „Wer bist du, und was hast du meinem Mann gemacht?"

Das hatte ich doch schon mal gehört. Und nicht in allzu ferner Vergangenheit.

Ohne ein weiteres Wort nahm ich meine Kleider ab, legte sie und die Handtücher auf eine trockene Stelle und watete in den Teich.

„Das ist so entspannend für vom Skifahren geplagte Muskeln."

Sie verdrehte die Augen, eindeutig nicht überzeugt. „Was machst du da?"

„Ich bin spontan. Und ich will, dass du auch spontan bist. Tatsächlich macht mich das so richtig heiß."

Sie erstarrte. Ich lehnte mich im Wasser zurück, der Dampf und die Hitze schlossen sich um mich. Ich log nicht. Ich fühlte mich total toll. Nur, um noch ein bisschen dicker aufzutragen, stieß ich ein tiefes Seufzen aus, beobachtete, wie mein eigener Atem vor der Kulisse der blitzenden Sterne über mir zu Nebel wurde.

Sie stöhnte und knurrte und zierte sich ein bisschen. Aber letztlich zog sie ihre Kleider aus – während ich den Anblick enorm genoss. Dann stapelte sie sie auf meinen und schloss sich mir an.

Ja. Jetzt hatte ich sie genau da, wo ich sie wollte. Nackt und warm. Wir taten es. Mit Spontanität zum Gewinn.

Das war ein weiteres Ding, das ich von der Liste streichen konnte, und wir waren sehr viel näher daran, das verheiratete Paar mit dem Top-Punktestand zu werden.

Als sie in Reichweite kam, legte ich die Arme um ihre Taille und zog sie zu mir. „Vorsicht!", rief sie. „Ich musste mir die Haare ohne Haarband hochstecken, damit sie nicht nass werden. Den Gedanken an den Marsch zurück mit Temperaturen unter null Grad und nassen Haaren kann ich einfach nicht ertragen."

„Lass mich dich von dieser Überlegung ablenken." Ich zog sie ganz an mich, spürte plötzlich, wie meine Lust zum Leben erwachte, durch meine Adern strömte. O Gott, ich wollte sie hier wirklich ficken. Hier. Jetzt. Und ja, dazu würde es auf jeden Fall kommen. Falls sie dafür noch nicht zu haben war, würde sie es sein, nachdem ich mir etwas Zeit genommen hatte, um sie auf die bestmögliche Weise zu überzeugen.

Sie schmiegte sich an mich, und unsere Münder fanden zueinander. Wir hatten einen langen, anhaltenden Kuss, schmeckten einander intensiv. Ihre nasse Haut glitt über meine, unsere Beine verstrickten sich erotisch ineinander. Dampf kam aus unseren Mündern, jedes Mal, wenn sie sich voneinander lösten. Ich war ganz benebelt von dem Gedanken, sie hier zu nehmen, deutlich heißer, als ich es lange Zeit gewesen war. Noch ein Punkt für die Spontanität.

Und als Bonus konnten wir eine weitere Sache von der Liste streichen – einmal lange rumknutschen. Auf der Liste sollte das Knutschen nicht unbedingt zu Sex führen, aber ich war bereit, diese Regel ein wenig zu biegen, um das Ziehen in den Eiern loszuwerden. Der Gedanke an feuchten, vernebelten Sex, genau hier, nackt unter den Sternen an einem verschneiten Abend, war genau das Richtige für mich.

Emilia stöhnte an mir, und plötzlich legten sich ihre Beine fest um meine Hüfte. Ich war so steif, dass es schmerzte, und ich wollte sie *echt* so schnell wie möglich ficken. Aber in meiner Eile, sie in den Teich zu locken, hatte ich vergessen, mir das verdammte Kondom aus meiner Jackentasche zu schnappen. Adam, der Planer. Ich hatte so gut geplant, hatte dran gedacht, dass Kondom mitzunehmen, und war daran gescheitert, es mir zu holen, als ich mich in dem scheiß-kalten Wetter ausgezogen hatte. *Gut gemacht, Weichei.*

Wobei ich in der Gegend gerade alles andere als weich war. Sie und der ganze Rest von mir fühlten sich schrecklich gut an, wenn man die umwerfende Frau bedachte, die sich derzeit um mich geschlungen hatte. Mit meinem Mund noch auf ihrem manövrierte ich uns zurück zum Rand der Quellen, zu dem Stein hin, wo wir unsere Kleider aufgetürmt hatten. Das hatten wir schon mal gemacht, das Vorspiel unterbrochen, um sich ein Kondom zu holen. So oft sogar, dass es zum regelmäßigen Bestandteil unserer Choreografie geworden war. Emilia berührte mich und küsste mich, während ich wie verrückt nach dem vertrauten Folienpäckchen suchte.

Wäre die Lage umgekehrt gewesen, hätte ich das für sie auch gemacht – sie gequält, während sie nach dem Kondom suchte. Mein Lieblingsmove war die Hände-als-BH-Position, über die sie normalerweise lachte und sich benahm, als wäre sie genervt, aber ich wusste, dass es ihr insgeheim gefiel. Ich wünschte, meine Hände könnten immer ihr BH sein.

Ich löste mich nur lange genug von ihr, um mit meiner nassen Pfote herumzutasten, durch unsere Kleider zu gehen und dieses flüchtige Kondom zu suchen. Ihre Hand ging langsam nach unten und packte mich wie ein Suspensorium aus einer Hand. Gut gemacht, süße Frau …

Plötzlich begannen links von uns die Büsche zu wackeln, Äste brachen mit einem lauten Knacken. Emilia erstarrte und spannte sich in meinen Armen an, ihre Augen wurden groß.

„Was ist das?", flüsterte sie laut.

„Könnte jemand sein, der kommt, um mit uns reinzuspringen." Ich verzog vor ihr das Gesicht. Ach ja, das Beste, was sie zu sehen bekommen würden, wären unsere blanken Hintern, während wir uns aus der heißen Quelle hievten, uns unser Zeug schnappten und gingen.

Das Geräusch ertönte wieder, ein viel lauteres Krachen.

Emilia keuchte. „Das ist viel zu groß, um nur einer zu sein."

Ich schluckte, erinnerte mich an das bisschen Recherche, das ich über das Ressort durchgeführt hatte, als sie mir die Idee zum ersten Mal vorgeschlagen hatte. In diesem Teil von British Columbia gab es eine Menge Wildtiere – manche davon gefährlich, wie Bären oder Elche.

Ohne einen weiteren Gedanken nahm ich sie am Arm. „Komm, sehen wir zu, dass wir verschwinden."

Mit einem leisen Kreischen – wofür ich sie tadelte –, schossen wir aus der heißen Quelle. Die eiskalte Luft peitschte um jede Zelle meiner Hautoberfläche, stach wie ein Schwarm Wespen. Scheiße, hier draußen war es ja mörderisch kalt.

Das schob ich aus meinen Gedanken, konzentrierte mich auf Emilias Sicherheit. Ich nahm sie am Ellbogen und zog sie aus dem Wasser. Was immer es war, krachte weiter durch die Büsche, weniger als dreißig Meter entfernt.

Emilia schnappte sich unsere Klamotten, und ich packte die Jacken und die Schuhe. Dann machten wir uns vom Acker zu einem weiteren Gebüsch gleich am Rand der Straße. In diesem Augenblick schien es günstiger zu sein, nackt durch die

Nachbarschaft zu laufen, als von tollwütigen Wildtieren angegriffen zu werden.

Nachdem wir ein bisschen Abstand zwischen uns und das Geräusch gebracht hatten, hielt ich sie an, und wir stiegen hastig in paar von unseren Klamotten. Sie zog ihr Oberteil und ihre Jacke an, unten nichts, schob ihre Füße in die niedrigen Stiefel. Ich zog meine Jeans hoch und schnappte mir den Rest des Zeugs, während ich meine Stiefel anzog. Fünfzehn Sekunden, nachdem wir den Teich verlassen hatten, waren wir in Bewegung, Hand in Hand, den Weg entlang, der uns zu unserem abgeschiedenen Haus führte.

Und obwohl ich die Ohren spitzte, um zu sehen, ob es uns folgte, hörte ich niemals etwas. Emilia lief mit bloßen Beinen unter ihrer Jacke – und die ging ihr kaum über den Hintern. Wir waren fast am Haus, als eines der Autos des privaten Sicherheitsdienstes für dieses ummauerte Wohngebiet die Straße in unsere Richtung unterwegs war. Scheiße. Ich packte meine Frau und zog sie in einen Hof an der Seite. Das würde bestimmt eine unangenehme Erklärung für die Miet-Cops werden. Und da ging man noch davon aus, dass sie uns glauben würden, anstatt zu denken, wie wären irgendein seltsames, halb nacktes Bonnie-und-Clyde-Einbruchsteam.

Obwohl ich sie ständig daran erinnere, still zu bleiben, plapperte Emilia in einem lauten, aber atemlosen Flüstern weiter, während sie bebte und ihre Leggings über die nassen Beine zog. „Heilige Scheiße, das war auf jeden Fall ein Bär. Es *muss* doch ein Bär sein. Konntest du hören, wie groß es war?"

Ich hielt den Blick auf die Straße gerichtet und legte wieder den Finger an die Lippen, um sie zum Schweigen zu bringen, während ich nickte, um ihre Frage zu beantworten. Wenn und falls wir es zur Eingangstür schafften, würden wir wie ein paar ertrunkenen Ratten aussehen, aber zumindest kehrten wir unverletzt und heil zurück, mit allem, bis auf unsere Würde.

Himmel, das war aber eng gewesen.

Als wir auf der vorderen Veranda ankamen, hatte unser Adrenalin sich verabschiedet, und wir zitterten beide heftig. Und Emilia wurde wütend, wenn es ihr kalt war, darum hatte ich große Motivation, uns nach drinnen zu bringen, sonst würde ich noch meine Chance auf Sex heute Nacht verspielen.

Aber sobald wir durch die Tür kamen, schauten mein Cousin Liam und Jenna, Kat, Lucas und Heath alle von ihrem UNO-Kartenspiel auf.

„Was ist passiert? Ihr seht aus, als hättet ihr einen Geist gesehen." Jenna legte ihre Karten ab und schob sich auf die Knie, um uns besser zu sehen. Ihr Blick huschte zu mir und dann zurück zu meiner Frau. „Vielleicht auch zwei Geister."

Emilia zog ihre Jacke aus. Man wäre nie auf die Idee gekommen, dass sie sie erst einen Augenblick, bevor wir die Tür geöffnet hatten, angezogen hatte. Sie stieß ein langes, gehauchtes Lachen aus und hängte ihre Jacke auf. „Nein, nein ... wir sind ein Stück die, äh, Straße entlang gegangen ..."

„Um uns den Blick ins Tal anzusehen", ging ich dazwischen, falls sie vorhatte, unseren Plan zu offenbaren. Okay, die Worte waren schlecht gewählt, doch so war es halt.

Liam runzelte die Stirn und öffnete den Mund. Ich wusste, dass er gleich irgendeine unpassende Kleinigkeit in unserer Geschichte ansprechen würde, obwohl wir zusammen nur zwei Sätze gesagt hatten. Ich pflügte weiter, bevor er ein Wort rausbekam. „Aber dann wurde es echt knapp. Verdammt, das war gruselig. Wir haben einfach nur da gestanden … die Aussicht bewundert, und …“

„Plötzlich krachte ein Bär durch die Büsche direkt auf uns zu!“, schloss Emilia.

Lucas’ und Jennas Augen wurden groß vor Überraschung und Sorge. Katya runzelte die Stirn und biss sich auf die Lippen, und Liam schnaubte typischerweise. „Da draußen war kein Bär“, sagte er gedehnt.

„Doch, da war einer“, sagte ich mit einem heftigen Nicken, wollte unbedingt die äußerst akkurate Wiedergabe der Ereignisse meiner Frau unterstützen. „Er war riesig, so wie er sich angehört hat.“

„Aber ihr habt ihn nicht tatsächlich gesehen?“, fragte Heath.

„Nein, aber es gibt Bären in diesem ganzen Tal und den Bergen. Ich habe gelesen, hier wimmelt es davon. Es gibt sogar Schilder an der Straßenseite, die vor Bären warnen. Hier leben auf jeden Fall Bären.“

„Stimmt …“, sagte Kat, ihr Blick huschte zur Seite, doch Liam schüttelte entschieden den Kopf. Woher zum Teufel sollte er das wissen? Es war ja nicht so, als wäre er vorher schon mal in Kanada gewesen. Jemals.

„Es war kein Bär“, widersprach mein Cousin.

„Na, du warst nicht da, Mr. Besserwisser. Also hast du überhaupt keine Ahnung.“ Ich starrte ihn an.

Er schaute zu mir zurück, als wäre ich der größte Idiot, dem er je begegnet war. Mit diesem Ausdruck war ich ziemlich vertraut. Wir hatten als Teenager zusammen im selben Haus gelebt. „Ich weiß, dass es kein Bär war, und zwar wegen des Datums.“

„Des Datums?" Emilia legte den Kopf schief. „Was meinst du damit?"

„Es ist Ende Dezember, fast schon Januar. Adam hat recht. Wahrscheinlich leben tausende Bären in dieser Gegend. Aber keiner von ihnen war draußen in eurem Gebüsch, während ihr getan habt … was immer ihr getan habt. Jeder einzelne Bär in der Gegend ist gerade im Winterschlaf."

Oh, ach. Scheiße. Er hatte recht.

„Na, dann war es auf jeden Fall ein Elch. Ein riesiger Elchbulle."

Kat biss sich auf die Lippe und sah entschieden so aus, als würde sie mir widersprechen. „Hast du schon jemals einen Elch persönlich gesehen? Aus der Nähe? Die können über zwei Meter Schulterhöhe haben. Ich glaube nicht, dass die sich in einem Busch verstecken könnten, außer es war ein verdammt riesiger Busch."

„Vertrau der Kanadierin, dass sie die echten Fakten über Elche kennt", witzelte ihr Mann, was ihm einen spielerischen Schlag auf den Bizeps einbrachte.

Emilia musterte sie alle, von William bis zu Kat und wieder zurück. „Na dann, was zum Teufel war es? Es war viel zu groß, um ein Hund oder Waschbär zu sein."

Kat verzog das Gesicht, als würde sie zögern, ihre Freundin verlegen zu machen. „Wenn ich raten müsste? Sehr wahrscheinlich ein Reh."

Emilia drehte sich zu mir und ich mich zu ihr. Wir schauten einander lange in die Augen. Niemand sagte ein Wort. Die Stille war ohrenbetäubend. Wie aufs Stichwort brachen wir in Gelächter aus.

„Ups. Ich schätze, das große böse Reh hat uns ganz entblättert gesehen!" Mia kicherte, während wir uns beruhigten.

„Entblättert?", ließ sich Kat mit aufgerissenen Augen vernehmen. „*Was?*"

Meine Braut lief sofort puterrot an, biss sich auf die Lippe und schickte mir einen *Scheiße*-Blick.

„Nur so ein Ausdruck." Ich wies mit dem Kinn zu den Stufen, und sie nickte und trottete hinauf, bevor wir noch etwas sagten, was uns in Verlegenheit brachte.

„Mia, du hast deine Leggings verkehrt rum an!", rief Jenna ihr in einer Singstimme nach, bevor wir außer Sicht gerieten. Die Antwort war ein leises Lachen vom Rest der Gruppe. *Erwischt.*

Als wir in unser Zimmer kamen, suchte Mia panisch nach ihrer Mütze und dem Schal.

„Die habe ich vielleicht auf dem Weg fallen gelassen, verdammt! Ich will nach all dem nicht zurück da runter gehen …"

„Ich mach's." Ich umarmte sie lange. „Nimm eine heiße Dusche und ins Bett mit dir. Ich werde mal nachsehen."

Ich ging den ganzen Weg zu den Quellen zurück – diesmal mit einer Taschenlampe, die ich an der Eingangstür gefunden hatte. Auf dem Rückweg, bei dem Hof an der Seite, in den wir gelaufen waren, fand ich die verlorenen Gegenstände.

Als ich zurückkam, hatte sich das Kartenspiel aufgelöst, und die meisten Leute waren nicht mehr da. Ich war am Verhungern, darum ging ich in die Küche, um mir einen Snack zu holen. Jordan war auch dort und machte sich gerade ein Sandwich.

„Hey Mann, ich habe gehört, heute Abend gab es Aufregung bei euch", sagte er und wackelte mit den Augenbrauen.

Ach, verflixt. Wussten es jetzt alle?

Ich biss die Zähne aufeinander. „Wir reden nicht darüber."

„Du redest nicht darüber, aber verdammt soll ich sein, wenn ich nicht jede Menge darüber reden werde."

Es war Zeit, das Thema zu wechseln. Ich ging hinüber zu der Schale auf dem Tresen, nahm eine Banane heraus und schälte sie.

„Also, wie laufen denn die Pläne für Operation Riesenstein?"

Jordan versteifte sich und machte panische Gesten, während er über die Schulter zurückschaute.

„So gut?" Ich grinste zwischen meinen Bananen-Bissen.

„Die Concierge kommt jeden Augenblick vorbei, damit wir darüber reden können. Ich brauche Ideen."

Ich schaute auf und hob die Augenbrauen. „Wow, ich dachte, Emilia übertreibt. Sie steht echt auf dich."

Jordan schüttelte den Kopf. „Nö. Aber der Assistent kommt auch mit, und es ist ziemlich offensichtlich, dass er Heath die Hosen ausziehen will."

Ich erstickte fast an meiner Banane. Ich wusste nicht so viel über Heaths Präferenzen, aber man musste kein Raketenwissenschaftler sein, um zu wissen, dass Annas dünner, äußerst junger und leicht feminin wirkender Assistent zwar ein sehr netter Kerl war, aber nirgendwo in der Nähe der Art Mann rangierte, um die Heath sich normalerweise bemühte.

„Das wird nicht gut laufen", murmelte ich und warf die Bananenschale in den Komposteimer.

„Was, mein Antrag, oder die beiden zusammenzubringen?", sagte Jordan in einem leisen Flüstern.

„Sie zusammenzubringen. Aber ich wünsche dir viel Glück beim ganzen Rest, Mann. Frag mich nicht nach kreativen Ideen, denn ich habe selber Mühe, mir derzeit welche einfallen zu lassen." Ich schlug ihm auf die Schulter. „Ich bin raus. Gute Nacht."

Als ich es schließlich zurück in unser Zimmer schaffte, schlief Emilia fest. Ich genoss eine schöne heiße Dusche und brach dann ebenfalls im Bett zusammen. Während ich mich um ihre ausgestreckte Gestalt legte, musste ich ein wenig Erleichterung eingestehen.

Mich auf sie stürzen würde ich dann am Morgen.

KAPITEL

ELF

JORDAN

ICH MUSSTE DEN RING SO SCHNELL WIE MÖGLICH loswerden. Ich hatte es geschafft, ihn ganz hinten in meiner Schublade mit Unterwäsche und Socken zu verstauen. Tatsächlich hatte ich ihn in aufgerollte Socken gesteckt, damit er schwer zu finden wäre, selbst wenn sie aus irgendeinem Grund die Schublade öffnete.

Aber verdammt, bis ich raus hatte, wie ich den Antrag stellen würde, würde mir dieses Ding um den Hals hängen wie ein Albatros. Ich hatte ständig gefürchtet, dass sie ihn entdeckte. Die Schatulle war ein bisschen groß – da sie das Ergebnis beeindruckender Ingenieurszauberkunst war. Sie leuchtete, wenn man sie öffnete.

Ja, ich war *dieser* Idiot, der zusätzlich für eine verdammte Schatulle gezahlt hatte, die leuchtete und ein Licht auf den Diamanten richtete, wenn man den Deckel öffnete. Ich stellte mir vor, wie sie auf den glitzernden Stein hinabschaute und völlig bezaubert wurde, noch während ich auf einem Knie war und versuchte, nicht zu hyperventilieren bei dem Gedanken an das, was ich tat.

Tatsächlich würde dieses äußerst teure Stück Schmuck keinen großen Unterschied in unserer Beziehung machen. Wir hatten bereits als Lebenspartner beieinander gewohnt, die einander verpflichtet monogam lebten. Wir könnten einfach nur ewig verlobt sein. Wer machte sich denn schon was aus einer Hochzeit? Einer Ehe? Eigentlich nur ein Stück Papier. Wir würden das besprechen, sobald ich den verdammten Ring auf ihren Finger gesteckt hatte, vorausgesetzt, ich wäre dabei nicht vorher schon vom Hyperventilieren umgekippt.

Anna, unsere Schneehäschen-Concierge, klopfte schließlich an die Hintertür, und ich ließ sie rein, den Finger auf den Lippen. Obwohl es schon nach zehn Uhr abends war, war sie frisch zurechtgemacht und aufgebretzelt, in einem eng anliegenden Jumpsuit. Als sie breit lächelte, musste ich wegen des Glanzes die Augen zukneifen. Zu viele Zähne in diesem Mund oder irgendwas…

Wie auch immer, sie war hier, um mir zu helfen, das hinzukriegen. Es war immerhin ihr Job. Annas Assistent musterte rasch die Küche, und dann verschwand er ohne ein Wort an seine Chefin oder mich ins Wohnzimmer, ohne Zweifel auf der Suche nach Heath. Ich fühlte mit Heath, allzu vertraut mit solchen Klammertypen, die einen Hinweis nicht verstanden - oder tausende –, wenn man kein Interesse hatte.

Heath war ein großer Junge und konnte selbst damit klarkommen, diesen Welpen abzuweisen. Ich hatte im Moment größere Sorgen.

„Hallo auch, Jordan", schnurrte Anna, die mich anstarrte, während sie einen äußerst schicken, mit Stickern bedeckten

Planer auf dem Küchentresen ablegte. „Ich helfe gerne bei deinem Event, was immer es ist. Ich warte nur darauf, die Einzelheiten zu erfahren ..." Ihre Wimpern klimperten, und dieses viel zu breite Lächeln wurde sogar noch breiter.

Wie auch immer.

„Ich bin mehr als nur bereit, dafür zu sorgen, dass es sich für dich lohnt, hier eine Extraschicht einzulegen. Aber ja, ich habe etwas sehr Wichtiges, das ich dir gerne anvertrauen würde."

Ach Scheiße, das hatte nicht richtig geklungen. Ihre Wangen wurden ein bisschen rot, und in ihren Augen stand ein verführerischer Ausdruck.

Annas schmale Augenbrauen gingen fast bis zum Rand ihrer kleinen gestrickten Schneehäschenmütze. Sie schwang sich die blonden Haare über die Schultern und lachte. „Es ist mein Job, dich glücklich zu machen."

Ich blinzelte. Subtil war sie ja nicht. Ich schätzte, Adam hatte mit dieser Tusse doch recht. *Igitt.*

Aber wen interessierte das? In dem Augenblick, in dem ich sie wissen ließ, was ich von ihr wollte, würde sie den Hinweis verstehen und aufhören, mich anzumachen. Ich war nicht mal ein bisschen verführt. Ein Mann holte sich doch keine Hamburger, während er jede Nacht das perfekt zubereitete Edelsteak zu Hause kriegte, jeden Morgen, und manchmal auch mittags. Nö.

„Also, ich habe einen Ring für meine Freundin. April hast du doch getroffen, oder? Ich will ihr den Antrag machen, während wir hier oben sind, aber ich brauche dafür einen epischen Augenblick. Kannst du mir da aushelfen?"

Sie schaute zur Seite, wirkte verärgert und zuckte dann mit der Schulter. „Klar. Wir haben mit solchen Dingen schon öfter geholfen. In der Ski-Lodge gibt es ein paar wunderbare Ausblicke. Oder oben auf dem Hang …"

Ich versteifte mich, schüttelte den Kopf. „Das ist schön, aber ich will etwas …" Ich machte eine große Geste mit den Händen. „Etwas wahrhaft Außergewöhnliches. Epische Ausmaße, Anna."

Anna neigte den Kopf, beugte sich rasch leicht vor, um mir einen großzügigen Blick auf ihren Ausschnitt zu gewähren. Mit diesem Manöver war ich vertraut. Was auch immer. Ich schaute weg. „Äh, bist du sicher?"

Ich schaute sie finster an. „Sicher mit was? Natürlich bin ich sicher. Warum fragst du so was?"

Ihre Augen wurden groß, die Wimpern klimperten wild, und sie zog sich heftig zurück. „Oh, oh, tut mir leid, ich meine doch nur, bist du sicher, dass du das nicht auf einem hohen Hang oder dem Gipfel am Inukshuk machen willst?"

„Dem was, bitte?"

„Ach, das ist nur dieses Monument im Stil der First Nations oben auf dem Gipfel. Du weißt schon, das habe ich euch am ersten Morgen gezeigt, als ihr hier wart? Eine Menge Anträge sind dort oben gestellt worden. Das können wir einrichten, ein paar Fellumhänge bereitstellen, damit ihr es warm habt, und …"

Ich schüttelte den Kopf. „Nein. Größer. Ich will, dass das die Verlobung wird, mit der sie nicht aufhören kann, vor ihren Freundinnen anzugeben. Nicht nur das, ich will, dass die Leute hier Geschichten von dem epischen Antrag erzählen. Kannst du nicht ein bisschen kreativer werden?"

Anna starrte mich mit offenem Mund an, klimperte mit den Wimpern, als würde ihr Gehirn nicht so schnell laufen, und sie würde immer noch verarbeiten, was ich vor zehn Minuten zu ihr gesagt hatte.

Um die Ecke hatte der Assistent – Jonny? Joey? – zu vermelden: „Was ist mit dem Peak 2 Peak, Anna? Wir … könnten sie doch allein in einer fahren lassen. Er könnte sie fragen, während sie die Überquerung hinüber ins Tal machen."

Ich schüttelte den Kopf. „Peak 2 Peak? Was ist das?"

„Es ist eine Gondel", sagte Anna mit einem entschieden unaufgeregten Tonfall. „Die fährt zwischen dem Blackcomb Peak und dem Whistler Mountain. Und wenn du es episch willst, ist das die höchste und längste Gondelfahrt auf dem Kontinent."

Ich nickte und dachte nach. „Okay, also … fahren wir einfach in dem Ding, und ich frage sie während der Fahrt? Wie lang dauert die Fahrt?"

Jed – nein, Joe – oder wie immer er auch hieß, lächelte breit. „Fünfundzwanzig Minuten von einer Station zur anderen. Aber man könnte eine Runde fahren, wenn man das verdoppeln möchte."

Ich wedelte mit der Hand im Kreis, machte Gesten. „Okay, aber … während wir so lange drin sind, was machen wir? Außer die Aussicht genießen oder einfach nur plaudern, meine ich."

„Drinks? Häppchen?" Der Assistent brachte seinen Vorschlag vor Anna.

„Wie wäre es mit einem Drei-Gänge-Menü, wenn wir schon dabei sind?", schnaubte Anna, eindeutig, um ihren Assistenten zu hänseln, aber das klang tatsächlich nach einer tollen Idee.

„Ja, machen wir das. Wir können dreimal rumfahren, oder? Klingen fünfundzwanzig Minuten für jeden Gang realistisch?"

„Ich mache mir eine Notiz, dass ich gleich morgen Vormittag die Verfügbarkeit prüfe", ließ sich der Assistent vernehmen, während Annas Gesicht sich verdüsterte. „Verdammt, mein

Handy ist tot. Ich brauche Papier ... Papier ... Ich gehe und frage mal Heath, ob er einen Block in seinem Zimmer hat."

Während er um die Ecke des Raumes verschwand, rief ich ihm nach: „Hier auf dem Kühlschrank ist ein Block."

Keine Antwort.

Offensicht war das Papier nicht das Einzige, was er wollte. Heath war inzwischen vermutlich geflohen.

Anna rückte näher an mich, drehte sich eine Strähne ihrer blonden Haare um den Zeigefinger und biss sich wie ein Playboy-Playmate auf die Unterlippe. „Äh, so etwas haben wir noch nie gemacht. Die Gondel eineinhalb Stunden lang beanspruchen? Da drin ein Dinner auftischen? Das, also, wurde noch nie gemacht."

Ich lächelte. „Noch ein viel besserer Grund, es dann auch zu tun. Das klingt für mich ziemlich episch. Perfekt!"

„Was ist perfekt?", erschallte eine Stimme im Eingang. Wir drehten uns alle um, um nachzusehen. April stand in ihrem Seiden-Kimono und den Pantoffeln da, eine leere Wasserflasche in der Hand. Ihr scharfer Blick huschte von Anna, die viel zu dicht bei mir stand, zu mir und dann wieder zurück.

„Äh, nichts, äh, ich meine ...", stotterte ich. Scheiße. Da hatte ich noch gedacht, es wäre sicher, in der Küche zu reden. Ich dachte, April sei bereits zusammengebrochen.

„Ach, ich hatte nur ein paar Fragen, was den Ablauf angeht. Ich dachte, Jordan hätte vielleicht Antworten, damit ich mich besser um die ... Bedürfnisse aller kümmern kann." Ihr Lächeln für meine Freundin war klebrig süß. Ich erkannte die Reaktion in Aprils tiefblauen Augen. Sie hatte die Krallen ausgefahren.

Na, vielleicht war es was Gutes, dass sie ein bisschen eifersüchtig war. Eine gute Ablenkung, der sie eine Weile folgen konnte, während es sich davon abhielt, die Wahrheit herauszufinden.

April kam ins Zimmer und stellte sich neben mich. Ich fuhr zusammen, als sie die Hand fest auf meinen Arsch legte und zudrückte. „Seid ihr jetzt fertig? Denn ich habe auch ein paar Bedürfnisse, um die man sich kümmern muss." Sie schaute zu mir auf, ihre blauen Augen brannten vor … etwas. Leidenschaft oder Wut? Ich konnte es nicht erkennen.

Hoffentlich würden diese Bedürfnisse beinhalten, dass ich die Hosen runterließ und April vor mir kniete.

Zum Glück gingen Anna und wie-hieß-er-noch selbst nach draußen, kurz nach einem tonlos ausgesprochenen Versprechen, dass sie mich in dem Augenblick anschreiben würde, in dem sie was Neues erfuhr.

KAPITEL
ZWÖLF
APRIL

HEILIGE SCHEIßE, FÜR WEN HIELT SICH DIESE TUSSE? Was für eine … meine Gedanken rasten. Hätte ich irgendeine Art Misogynie in meiner Psyche internalisiert gehabt, hätte ich sie vielleicht bereits für eine Hure gehalten. Aber so lief es bei mir nicht. *Ich* war ja integer.

Aber niemand flirtete offen mit meinem Mann und kam damit davon. Diese Frau wollte sich *bestimmt* nicht mit mir anlegen. Meine Oma hatte mir einige gute Flüche aus der alten Welt beigebracht, und diese Anna hatte keinen bösen Blick, der sie abschirmte. So eine Scheiße!

Nächstes Mal, wenn ich sie sah, würde ich sie auf jeden Fall zur Seite nehmen und wissen lassen, dass sie sich auf sehr dünnem Eis bewegte und ich wusste, was sie vorhatte. Es war gesichert, dass sie in ihrem Job tonnenweise reiche Typen traf. Und es mochte eher selten sein, einen so jungen, wohlgeformten und umwerfend attraktiven zu finden. Jordan war ein seltener Fund. Aber er gehörte mir.

Zurück in unserem Zimmer standen heiße Aktivitäten vor dem Schlafengehen auf dem Plan. Es war Zeit, Jordans Kopf wieder zurück zu mir zu bringen – sozusagen. In dem Augenblick, in dem wir unser Zimmer betraten und die Tür schlossen, zögerte ich nicht. Ich war über ihm und um ihn wie billige Spandex-Leggins. Meine Hand war zwischen seinen Beinen, und ich stellte mich auf die Zehenspitzen und fing an, seinen Hals zu bearbeiten.

„Ich brauche dich", flüsterte ich. „Jetzt."

Er wurde unter meiner Hand sofort steif. Er beugte sich herab, um seinen Mund auf meinen zu legen. Seine Atmung ging schneller, und seine Hände wanderten über meinen ganzen Körper. Gutes Biest.

Jordans Hände packten mich an den Schultern, lotsten mich zum Bett, doch als wir ankamen, ging ich, anstatt auf das Bett zu steigen, zu seiner Gürtelschnalle. Seine Augen wurden düster, als er verstand. Meine Hand bewegte sich über den Reißverschluss, zog ihn unter Schwierigkeiten nach unten. Diese Jeans war eng anliegend, sogar nach enger, wenn er ganz erigiert war. Aber bald kehrte ich von dieser Schatzjagd mit dem Preis in meiner Hand zurück. Meinem heißen, steifen Preis. Mir lief das Wasser zwischen die Zähne.

Ich hob das Kinn, um ihm in die Augen zu schauen, dann sank ich langsam auf die Knie, hielt seinen Blick mit meinem fest, während ich mir die Lippen leckte. Er sah auf mich herab, hielt die Luft an. Als ich ihn in meinen Mund gleiten ließ, warf er mit einem Stöhnen den Kopf zurück. „Scheiße", keuchte er. Eine Hand schnellte vor, um sich am Bettpfosten abzustützen.

Ich liebte es, ihm einen zu blasen, und er liebte es natürlich, wenn ich es tat. Er war nicht lästig, aber manchmal, wenn es mit ihm durchging, packte er meine Haare und übernahm die Kontrolle, schob mich dorthin, wo er mich haben wollte, stieß tief in mich hinein und machte die ganze Zeit Dirty Talk. Sexy, sexy Biest.

Ich legte erst los, neckte und quälte ihn mit meiner Zunge, während er in meinen Mund glitt, sein Atem ging abgehackt. Als er allerdings gerade nach meinen Haaren griff, ging sein Handy los. Seine Hand erstarrte, doch ich hörte nicht auf. Er konnte das verdammte Handy um Gottes Willen doch mal ignorieren. Er bekam gerade einen erstklassigen, einmaligen Blowjob. Und mein Biest ließ niemals etwas den Sex unterbrechen.

Das Handy läutete weiter. Er zog es aus seiner Tasche, um es auszuschalten. Nur dass er es leider nicht ausschaltete. Was zum Teufel? Er legte die Hand auf meinen Kopf… Um sich mit einem leichten Keuchen zurückzuziehen. Dann trat er zurück und ging ans Handy. Passierte das jetzt gerade wirklich?

Ich erstarrte, kniete immer noch auf dem Boden, während er sich zur anderen Seite des Zimmers an die Fenster zurückzog, das Handy am Ohr. „Ja", sagte er, ohne auch nur in meine Richtung zu schauen. Das war lieber mal was Lebenswichtiges und Dringendes von der Arbeit, oder das war wirklich Schwachsinn. Besonders um diese Uhrzeit. „Aha. Okay. Ja, das klingt gut, wenn du das alles hinbringst. Ah – ja. Ich glaube, das kann ich. Ich werde, ja. Ich melde mich wieder."

Seine Stimme klang seltsam … irgendwie angespannt, als wäre er ein bisschen gestresst. Oder so richtig gestresst. Ich sank über das Bett und zog mich hinauf. Er warf das Handy aufs Bett und knöpfte die Hose wieder zu. Noch seltsamer. Nicht, dass ich jetzt in der Stimmung gewesen wäre, weiterzumachen, aber ich war schockiert, dass er nicht hierher zurückkam und es zumindest versuchte, damit ich ihn anständig ablehnen konnte. Was zum … was?

Er benahm sich echt seltsam.

„Wir sollten uns hinlegen. Ich bin erschöpft, und ich muss morgen früh raus. Ein Ding mit den Typen. Ich bin vermutlich weg, wenn du aufwachst."

Ich blinzelte. Mein Mund ging ein paarmal auf und zu. Ich erinnerte mich nicht daran, so etwas in der Art auf dem Ablaufplan gesehen zu lassen. War das was Spontanes? Vielleicht trainierten sie ja oder so was?

Er schaute mir nicht in die Augen, um meine schockierte Miene zu bemerken. „Ich werde jetzt duschen, damit ich dich nicht wecke. Brauchst du was? Ach, genau, du bist in die Küche gekommen, um dir noch Wasser zu holen, oder? Lass mich das für dich herbringen. Ich bin gleich wieder da." Er verließ das Zimmer, und ich saß da, fuhr mir mit den Fingern durch die Haare, meine Gedanken rasten, weil ich nicht wusste, was ich tun sollte, und mir wünschte, Mia wäre wach, damit ich sie um Rat fragen konnte.

In wenigen Minuten kam er zurück, stellte nicht eine, sondern zwei gekühlte Wasserflaschen auf mein Nachtkästchen. Er gab mir einen Kuss auf den Kopf.

„Geh ins Bett, Babe. Du wirkst müde." Ich schaute seinem zurückweichenden Rücken finster nach, während er ins Bad ging. *Danke aber auch, Arschloch.*

Ich sank zurück aufs Bett, starrte an die Decke und fragte mich, was ich tun sollte, während ich lauschte, wie das Wasser im Bad angeschaltet wurde.

Plötzlich leuchtete sein Handy gleich neben mir auf, darauf summte eine Nachricht. Ich schnappte es mir, bevor die Nachricht auf dem Display wieder verblasste.

Anna: *Ruf mich am Vormittag an, wenn du wach bist, und wir werden Pläne machen, um uns zu treffen. Ich habe bereits eine Liste von Ideen für uns.*

Meine Wimpern flatterten so schnell, dass sie vermutlich aussahen wie Kolibriflügel. Wie? Was? Mein Bauch spannte sich an, und Galle begann in meinem Magen zu brodeln. Wie war das möglich? Betrog mich mein Biest? Oder wollte er weg, um darüber nachzudenken, es zu tun? Oder?

Was zum Teufel war das überhaupt?

Wegen seiner Vergangenheit hätte ich niemals in einer Zillion Jahre geargwöhnt, dass er fremdging. Nie.

Ich wusste bis in die Knochen, wenn er jemals aus dieser Beziehung raus wollte, würde er zu mir kommen und es mir sagen, bevor er zum Bett einer anderen Frau weiterzog.

Aber hier war der Beweis, dass er nicht nur ihre Nummer hatte, er plante aktiv, sich mit ihr zu treffen, um … um was?

Dann hämmerte eine weitere Erkenntnis auf einen Kopf herab, so heftig, dass mir beinahe schlecht wurde. War sie das gewesen am Handy? Hatte er tatsächlich den Oralsex mit mir abgebrochen, um mit *ihr* zu reden?

Wie seltsam ironisch, dass unsere eigene geheime Affäre damals, als es noch eine verbotene Beziehung zwischen Chef und Assistentin gewesen war, ganz in der Nähe in der Stadt Vancouver begonnen hatten, nur eine Stunde südlich von da, wo wir uns jetzt befanden. *Was in Kanada passiert, bleibt in Kanada,* hat er damals gescherzt. *Igitt.* Traf das für ihn immer noch zu? Sah er Kanada immer noch als sein freies Land für Katerausflüge mit Milch und Honighäschen?

Ich legte das Handy auf das Nachtkästchen und rieb mir über die Schläfen. Damit wurde ich jetzt gerade nicht fertig. Ich brauchte Eis – und jemanden zum Reden. Ich band meinen Kimono-Gürtel fester, schob die Pantoffeln wieder auf die Füße und ging aus dem Zimmer. Ich war zu angespannt, um zu schlafen, und es war zu spät und zu eng für mich, um ihn gleich zur Rede zu stellen.

Ich musste mich beruhigen. Ich brauchte einen klaren Kopf. Ich brauchte meine Mädels.

Ich konnte kaum einen zittrigen Atemzug holen. Was zur Hölle war das? Wie konnten wir von unserem so umwerfend guten Lauf dazu übergehen, dass nach nur ein paar Tagen auf dem Land sein Blick offensichtlich auf Wanderschaft ging? Hatte ich ihn mit meinen ganzen Scherzen und Neckereien, dass ich heiraten wollte, zu sehr bedrängt? Es war doch alles nur Spaß gewesen. Das hatte er gewusst. Das musste er wissen.

Ich war nicht bereit zum Heiraten. Aber Anspielungen auf seine offensichtliche Abneigung dagegen hatten immer zu ein paar Lachern geführt, ganz besonders bei den Mädchen. Es war meine witzige Art gewesen, einfach in Verbindung zu treten und mit ihm zu flirten und ihn wissen zu lassen, dass ich wusste, er war meiner, auch wenn es nicht offiziell war.

Er wusste das.

Ich meine … schon? Er wusste das, oder? Wie konnte er das nicht wissen?

Meine Gedanken spielten ein paar der Dinge durch, die ich als Lacher getan hatte – offen Mias Hochzeitskleid beäugen, mir

Hochzeitszeitschriften ansehen, als Sid sie mit nicht allzu subtilen Hinweisen bei mir gelassen hatte, Ohhhs und Ahhhs über Kats antiken Art-Deco-Verlobungsring von mir geben.

Es war alles nur gewesen, um ihn auf die Palme zu bringen.

Oh, verdammt, April, du hast es echt vermasselt, oder? *Du Idiotin.*

Alle waren zu Bett gegangen, außer Heath, der an der Playstation irgendein Spiel spielte, das wie Fußball aussah, nur mit Autos. Wir redeten nicht, denn er hatte sein Headset auf, um das Spiel leise zu halten, und das war mir recht.

Ich hatte einen großen Becher Minz-Schokochips-Eis und einen großen Suppenlöffel in der Hand, und ich hatte vor, sie auch einzusetzen. Stunden später, als ich es schließlich zurück in unser Zimmer schaffte, war Jordan eingeschlafen.

Und zu dem Zeitpunkt, als ich endlich einschlief und später am Vormittag aufwachte, war er lange weg.

Als ich auf mein Handy schaute, bekam ich eine Erinnerung, dass heute Vormittag, nur eineinhalb Stunden von jetzt, ein Mädels-Brunch und ein Spa-Tag im Haus bevorstanden.

Meine Mädchen. Ich brauchte sie. Das Timing hätte nicht besser sein können.

Kurze Zeit später waren wir alle in unseren Badeanzügen in dem blubbernden Whirlpool, der auf dem abgedeckten Sonnendeck stand – bezeichnet als Sonnenraum – neben einer kleinen Infrarotsauna und ein paar Trainingsgeräten. Dieser Laden hörte nie auf, mich zu beeindrucken. Die hatten ja alles.

Die Mädchen plauderten glücklich, tauschten Geschichten aus, aber ich hörte nichts davon. Ich nippte abwesend an meinem Cocktail und starrte hinaus auf die Berge, dachte tief nach. Ich war eine Zillion Meilen weit weg, als mir klar wurde, dass alle Mädchen mich anstarrten.

„Hmm, was?“

„Was ist mit dir los, April? Du wirkst total abgelenkt“, fragte Jenna. „Ist alles in Ordnung?“

Ich blinzelte und verzog das Gesicht. Na ja, ich konnte ja nicht direkt erwähnen, was mir durch den Kopf ging, oder? Aber sie hatten vielleicht einen guten Rat für mich. Ich kaute auf der Unterlippe. Was sollte ich tun … Was sollte ich tun …

Hmm. Wenn alles andere scheiterte … Lügen.

„Hmm, ach, tut mir leid, ich habe nur über meine gute Freundin nachgedacht … Sid.“

„Oh, deine ehemalige Mitbewohnerin?“, fragte Mia.

Ich blinzelte. Ach, Scheiße. Ja, ich hatte vergessen, dass Mia Sid mal getroffen hatte. Seit Sid den Abschluss gemacht und einen Job oben in L.A. angefangen hatte, trafen wir einander nicht mehr so häufig, aber sie hatte keinen Freund. Es war vermutlich sicher, sie für meine Lüge zu benutzen.

Natürlich würden wir bei meinem Glück ihr vermutlich am Ende noch hier über den Weg laufen. Oder am Flughafen von Los Angeles auf dem Heimweg, oder irgendwas.

„Ja … also. Sie trifft sich mit so einem Typen. Sie sind jetzt seit einer Weile zusammen. Und sie, äh, glaubt, dass er fremdgeht. Oder vorhat, ihr fremdzugehen.“

Ich schluckte, musterte ein jedes Gesicht. Erkannten sie, dass ich ihnen etwas vorlog? Ich machte es ja buchstäblich so, dass ich *für einen Freund* fragte.

„Ach, die arme Sid“, sagte Jenna. „Die ist bestimmt total gestresst.“

Ich nickte. „Ist sie. Übel ist ihr auch noch.“

Mia beugte sich vor und tätschelte mir die Schulter. „Also, sie argwöhnt aber nur, oder? Sie ist nicht sicher?"

Ich legte den Kopf schief, wich Mias Blicken aus. „Sie hat mich um Rat gefragt. Ich wusste nicht, was ich sagen soll."

„Du solltest ihr raten, sich mit ihm hinzusetzen und ihn direkt zu fragen, was los ist", sagte Mia.

Ich nickte. „Klingt nach einem guten Rat. Ich reiche das mal weiter."

Jenna schüttelte den Kopf, starrte aus dem Fenster. „Ich könnte nicht mit einem leben, der fremdgeht. Oder sogar einem, der mit Frauen flirtet, während er in einer Beziehung ist."

„Na ja, ich glaube, es ist eher so, dass diese Tusse so ziemlich mit Sids Freund flirtet." Scheiße, ich sollte mir vermutlich einen Namen für diesen erfundenen Kerl einfallen lassen, und zwar bald, oder sie würden mich noch entlarven. Carl? Jimmy? Nein … ähm. Harold? Jaden?

„So eine andere Tusse versucht, zwischen sie zu treten und ihr den Mann zu klauen? Oh, oh", sagte Kat mit einer hackenden Geste. „Alles niederbrennen. Sag Sid, sie soll Kampfkünste lernen und sich einen rechten Haken aneignen. Oder einfach was sehr Schweres und …"

Jenna hob eine Hand, um Kat mitten in der Geste zu unterbrechen. „Aber, aber. Manchmal müssen wir einfach nur John Lennons Rat folgen und dem Frieden eine Chance geben. Reden. Letztlich geht es doch alles nur darum, ob Sid Vertrauen in sich und ihren Freund hat … Wie heißt er noch mal?"

„Ro…ca, ähm, Roland." Ich stotterte. Scheiße, da hätte ich mich ja fast verraten. In letzter Minute gerettet. Roland? Was zum Geier? War er ein mittelalterlicher Ritter der Tafelrunde oder was?

„Na ja, so sehr ich verführt wäre, Kats Weg einzuschlagen, stimme ich Jenna zu", sagte Mia mit einem entschiedenen Nicken. „Das ist eine Situation zwischen ihm und ihr. Die Frau, die flirtet, kann nicht fremdgehen, außer er lässt es zu."

Mir wurde das Herz schwer, meine Kehle eng, und ich nickte elend, bevor ich die Sektflöte nach hinten kippte, um auch noch den letzten Tropfen zu kriegen. Kat hatte bereits die Flasche parat, um nachzufüllen, als ich wieder Luft holte.

Falls Jordan fremdging – oder vorhatte, fremdzugehen – würde er es mir sagen, selbst wenn ich ihn direkt zur Rede stellte?

Ich schwor mir, der ganzen Sache heute Abend auf den Grund zu gehen. Wir sollten unter uns zu Abend essen. Ich hatte keine Einzelheiten, wo oder wann oder wie. Aber je eher ich es machte, umso besser.

Denn ich glaubte nicht, dass ich noch weitere Freundinnen erfinden konnte, um nach noch weiteren Ratschlägen zu fragen. Und ich fühlte mich bereits um halb zwölf am Vormittag beschwipst. Meine Gedanken rasten, um eine Möglichkeit zu finden, das Thema zu wechseln. Zum Glück machte Mia das für mich.

„Ach, übrigens, April, weißt du noch den mysteriösen Mann, der an die Tür kam und mir seine Karte gegeben hat? Da habe ich Neuigkeiten."

Das wollte ich hören. Ich wurde sofort aus meiner düsteren Laune gerissen, mit dem Versprechen, ordentlich was zu Tratschen zu haben. Mit einem tiefen Atemzug schob ich alle Gedanken an mein derzeitiges Dilemma in den Hintergrund und schwor, dass ich mir erst wieder Sorgen darum machen würde, wenn ich allein war.

„Spuck es aus, Mädchen. Ich muss alles erfahren.“

KAPITEL

DREIZEHN

JENNA

OMENT, WAS WAR DAS? ICH BLINZELTE, STELLTE meine eigene Sektflöte ab, um dem aufgeregten Geplauder meiner Freundinnen zu folgen. Und das, als ich gerade selbst um Rat hatte fragen wollte …

Kat runzelte die Stirn, war genauso verwirrt wie ich. „Von wem redet ihr eigentlich?"

April machte eine aufgeregte Geste. „Ach, dieser Typ kam gestern an die Tür. Er war … außergewöhnlich. Ich meine, wir haben eine Menge fantastische Augenschmeichler hier im Haus. Und wir lieben unsere Typen, aber …"

„Frischfleisch?", sagte Kat mit einem herzhaften Kichern. „Ein Mädchen kann doch mal gucken, oder?"

April warf ihr ein schiefes Lächeln zu. „Das Witzige ist, dass ich seinen Namen in Google eingegeben habe, gleich nachdem er gegangen ist, um mehr über ihn rauszufinden, doch dann wurde ich abgelenkt, bevor ich auch nur lesen konnte, was ich gefunden hatte. Also …" Sie nickte Mia erwartungsvoll zu. „Klär uns auf!"

„Na ja, Adam kennt ihn aus der Zeit, in die er bei Sony gearbeitet hat, vor Draco. Er heißt Dom Fischer, und er hat inzwischen eine eigene Firma.“

April legte die Stirn in Falten. „Er hat allerdings etwas älter als Adam gewirkt, als wäre er in den Dreißigern.“

Mia lachte. „Adam wird in nur ein paar Monaten dreißig.“

Überall kam es zu allgemeinen Geständnissen, wie alt das wirkte. Ich war zum Glück selbst noch ein paar Jahre von diesem Meilenstein entfernt, der Göttin sei es gedankt!

„Wie viele beste Milliardärsfreunde hat Adam denn noch in seiner Hosentasche versteckt, und warum wusste ich das nicht, als ich Single war?“, schnaubte Kat.

April neigte den Kopf. „Also betreibt er auch seine eigene Gaming-Firma? Einen Konkurrenten von Draco?“

Mia wedelte selbstvergessen mit der Hand. „Ach nein, er hat nichts mehr mit Spielen am Hut. Sein Geschäft dreht sich um selbstfahrende Autos. Offensichtlich ist das richtig durch die Decke gegangen, weil sie ein neues Produkt auf den Markt gebracht haben – Fahrzeuge ohne Fahrer, die Waren und Essen nach Hause zu Kunden liefern.“

Aprils Augen wurden groß. „Redet ihr von Tranxit? Über die haben wir in unserem MBA-Programm gesprochen. Himmel, jetzt weiß ich, warum er so vertraut gewirkt hat …“

Mia griff herüber und schenkte April nach. „Die Geschichte geht offensichtlich so, als er Sony verlassen hat, hat er versucht, Adam bei seiner Firma anzuheuern. Aber Adam war gerade schon dabei, seine eigene Firma zu starten. Wie wir alle vermutlich geahnt haben, arbeitet mein Mann nicht gern für andere.“

Kat schnaubte. „Untertreibung des Jahres.“

„Und das sagt eine Menge, wenn nur noch ein paar Tage im Jahr übrig sind." Mia nahm den letzten Schluck Champagner, bevor sie ihn zur Seite auf den Rand des Whirlpools stellte.

April runzelte die Stirn, als würde sie versuchen, sich an etwas zu erinnern. „Es gab so eine große, öffentliche Trennung von einer Freundin bei ihm, und eine Klage. Irgendein halbberühmtes Modell. Das war natürlich alles Gold für die Klatschpresse."

„Sind es nicht immer Models?" Ich schüttelte den Kopf. Ich hätte gesagt, dass solche Typen nicht mit anderen Frauen zusammenkamen, aber wer war ich schon, die hier mit meinen beiden Freundinnen saß, deren Liebste Milliardäre waren, darum hielt ich den Mund und trank meinen Sektcocktail aus.

Mias Blick huschte zu April. „Ich fand, dass er irgendwie echt einschüchternd gewirkt hat. Wie eine Kreuzung zwischen einem strengen Daddy und einem Polizisten. Selbst sein Name legt das nahe – Dom. War es häusliche Gewalt oder so was?"

April schüttelte den Kopf. „Nein. Üble Nachrede, da bin ich ziemlich sicher. Sie wollte irgend so ein trashiges Memoire über ihre Beziehung veröffentlichen, in der sie alles gestanden hätte, und er hat dagegen geklagt, um das zu verhindern."

„Über wen redet ihr denn eigentlich? Ich bin ahnungslos." Ich schaute von einer zur anderen.

Kat hatte sich bereits ihr Handy geschnappt und tippte darauf. „Ich hatte dieselbe Frage, darum habe ich ihn einfach gesucht, und … hui. Ich glaube, der könnte sogar locker Models an Land ziehen, wenn er keinen Penny und einen Bürojob hätte."

Sie drehte ihr Handy um, damit ich die Bilder sehen konnte, die sie aufgerufen hatte. Ich blätterte durch die ersten drei, hielt bei einem inne, das den freien Oberkörper zeigte, offensichtlich ein Paparazzi-Foto, das am Strand geschossen worden war. Er trug eine enge Badehose im europäischen Stil und hatte einen umwerfenden Körper. Dichtes, dunkles Haar, silbrig graue Augen. Heiliges Kanonenrohr. Man stelle sich die ganzen heißen Hollywood-Chrisse vor – Evans, Pine, Hemsworth und Pratt – vereint in einem, mit der Haltung und Präsenz eines Idris Elba oder Pedro Pascal. Und dazu noch ein Hauch Theo James.

Es war ein Wunder, dass das Handy nicht in Kats Hand schmolz. Er war so heiß, es war kaum auszuhalten.

„Das ist der Tech-Nerd mit den selbstfahrenden Autos?", fragte ich mit einem leichten Keuchen.

„Genau", antwortete Kat. „Aber, na ja, ich bin eine glücklich verheiratete Frau, darum schmilzt mir gerade nicht die Unterwäsche weg. Aber ein bisschen warm ist sie schon, das liegt aber am Whirlpool. Wir sollten herausfinden welche Freundin wir ihm zum Fraß vorwerfen."

„Vielleicht Aprils Freundin Sid", schlug ich hilfreich vor. „Um ihr zu helfen, über den womöglich fremdgehenden Typen hinwegzukommen."

Aprils Züge verdüsterten sich. Diese Vorstellung gefiel ihr auf jeden Fall nicht.

„Wüsste ich nichts von der Geschichte mit der Ex-Freundin und dem Memoire, hätte ich gesagt, er könnte schwul sein, denn die richtig heißen sind das doch sonst auch." Kat grinste, während sie ihr Handy zur Seite legte. „Also warum ist das Memoire so schlimm? Geht es um den Sexkram, auf den er steht? Irgendwie kinky Zeug oder was?"

April schüttelte den Kopf. Sie war immer für Klatsch über berühmte Leute zu haben. „Alle spekulieren nur. Besonders, da Tranxit einen großen Regierungsvertrag gelandet hat. Die Klage wurde noch nicht verhandelt. Ehrlich gesagt, wenn er sie nicht überzeugt hat, eine NDA zu unterschreiben, bevor sie zusammenkamen, dann ist er geliefert. Natürlich sind alle möglichen Gerüchte im Umlauf, dass sie verraten wird, dass er auf Orgien und krasses Zeug steht. Und da er nun mal so aussieht, nennen einige ihn einen lebensechten Christian Grey."

„Für den Haufen Geld, den er wert ist, könnte ich mir schon ein paar Handfesseln und eine Reitgerte vorstellen", ging Kat mit einem Schnauben dazwischen. „Er ist Adams Freund. Was hat denn dein Mann über ihn rausgelassen?"

Mia verzog den Mund. „Sehr wenig. Typen reden miteinander nicht über so Zeug. Ich bezweifle, dass Adam überhaupt was über sein Privatleben weiß, und es ist ihm auch egal. Typen sind frustrierend wenig neugierig auf ihre Gegenüber." Darüber lachten wir alle. „Ehrlich, er scheint sehr freundlich zu Adam zu sein, und zu mir damit auch, aber irgendwas an ihm ist leicht furchterregend."

April nickte. „Ich würde sagen einschüchternd, aber ja, er hatte schon irgendwie so eine Präsenz."

Ich legte den Kopf schief. „Meinst du so in der Art, dass er toxisch ist?"

„Ihr Mädels denkt darüber zu viel nach. Solche Typen sind vermutlich toll, wenn man einfach Spaß haben will, nur mal schnell zum Genuss ins Bett hüpfen." Kat hielt ihre Sektflöte hoch, um ihren Champagner aufzufüllen. „Vielleicht färbt der aristokratische Einfluss meines Mannes auf mich ab, aber ich habe früher Champagner verdammt noch mal so richtig mit Leidenschaft gehasst. Das Zeug ist gar nicht schlecht."

Das Gespräch verlagerte sich auf andere Dinge, und ich ließ mich wieder ablenken, war zurück in meinem Kopf. Ich beobachtete abwechselnd Kat, die an ihrem Champagner nippte, und dachte über das nach, was Lucas mir an unserem ersten Tag erzählt hatte – dass er es zu einer bewussten Angewohnheit gemacht hatte, jeden Abend als letztes zu sagen, dass er sie liebte. Das hatte bei mir einen solchen Eindruck hinterlassen, dass ich niemals richtig aufgehört hatte, daran zu denken.

Wie waren Williams Gefühle? Er war so schwer zu deuten. Aber er war absolut der Typ Mann, der bei jemanden blieb, selbst wenn er diejenige nicht mehr liebte – aus einem Gefühl der er Ehre und Treue heraus.

Bevor mir auch nur klar war, dass ich sprach, stieß ich meine Frage vor der Gruppe hervor. „Wie oft sagen euch eure Typen in Worten, dass sie euch lieben? Ich meine, indem sie genau diese Worte benutzen?"

Meine Freundinnen schauten einander alle an, und dann mich. „Äh, ich zähle das nicht wirklich", sagte April.

„Ich meine, nicht die genaue Anzahl." Ich stieß frustriert Luft aus. „Ich meine nur … ganz allgemein. Wie oft?"

Mia zuckte mit den Schultern, streckte die Arme über den Rand des Whirlpools hinter ihr. „Ein paar Mal die Woche, würde ich sagen, manchmal persönlich, manchmal als Nachricht."

„So ziemlich jedes Mal, wenn wir es treiben", sagte April mit einem verschlagenen Grinsen.

Kat lachte über ihre beiden Freundinnen. „Ich bekomme das echt oft zu hören. Aber es zählt nicht, wenn er grummelig ist, also zieht das wieder eine Menge ab."

Darüber lachten wir alle, aber ich wurde rasch nüchtern und biss mir auf die Lippen. Als ich aufschaute, bemerkte ich, dass alle Blicke auf mir lagen. Ich blinzelte.

„Sagt er es dir nicht?", fragte Mia.

Ich zuckte mit den Schultern. „Na ja, ihr kennt doch Wil. Er ist kein großer Redner." Ich schluckte und wünschte mir plötzlich, ich hätte die Sektflöte wieder, nur damit ich was zu tun hatte.

Mia biss sich auf die Lippen. „Ist er nicht. Aber er liebt dich auf jeden Fall, weißt du, selbst wenn er es nicht so oft sagt, wie du es gern hättest. Vielleicht redest du einfach mit ihm darüber?"

Ich seufzte. Einfach mit ihm darüber reden. Ich schätzte, das wäre eine Option. Aber dann könnte es zu einem Streit kommen, was ich nicht wollte, oder ihn in die Defensive treiben, oder er könnte sich für unvollkommen halten. Oder – guter Gott – was, wenn er einfach herausplatzen ließ, dass er es nicht tat?

Igitt. Mein Magen brodelte.

„Es ist vermutlich einfach nur sexueller Frust. Verführe ihn", riet mir Heath, als wir später am Tag in der Lesenische saßen. Ich hatte dort gesessen und den Schal, der niemals enden wollte, weiter gestrickt, während ich in stiller Nachdenklichkeit auf die Berge starrte, weil ich hoffte, dass es mir inneren Frieden bringen würde.

Heath und ich hatten ein wenig geredet, und *das* war sein Ratschlag ... wie wenig originell für einen Typen, Sex als Allheilmittel für jedes Problem vorzuschlagen.

Das war auf jeden Fall nicht unser Problem. William und ich hatten ein äußerst gesundes und erfüllendes Liebesleben. Aber ich machte mir nicht die Mühe, Heath von seiner Annahme abzubringen. Ich respektierte immerhin Wils Vorliebe für Privatsphäre. Andererseits hatte ich bereits etliche Leute gefragt, wie ich mit der Ich-liebe-dich-Situation umgehen sollte.

„William beugt sich dauernd über dieses Skizzenbuch. Ich habe ihn beobachtet", sagte Kat später während eines Spaziergangs draußen, um uns die Beine zu vertreten – nachdem William meine Einladung abgelehnt hatte.

Wir schafften es den Weg entlang zu den natürlichen heißen Quellen in der Nähe. Aber nur ein Verrückter würde bei diesem Wetter schwimmen gehen. Ganz gleich, dass das Wasser vermutlich warm war, die Luft war es auf jeden Fall *nicht*. Kat steckte einen Finger in das Wasser, dann zog sie ihn heraus und schüttelte es ab, um zu verkünden, dass es viel zu heiß war. Ich schätzte, wir würden uns dann also an den Whirlpool drinnen halten.

„Er hat mir erzählt, dass die Skizzen irgendeine Art besonderes Projekt sind, an dem er arbeitet. Ich weiß, dass es nicht für die Arbeit ist, denn selbst Adam ist es aufgefallen, und er hat ihn gefragt, ob er arbeitet, aber er hat Nein gesagt. Ich weiß nicht … vielleicht hat ihn die Muse geküsst."

Wir drehten um, um auf dem Weg zurückzugehen, auf dem wir hergekommen waren. „Aber bist du nicht seine Muse?"

Ich zuckte mit den Schultern. Derzeit hatte ich nicht das Gefühl. Wir kamen, kurz nachdem das Mittagessen fertig war, in das Anwesen zurück. Ich schnappte mir tatsächlich den Skizzenblock, als er das Zimmer verließ, um mal aufs Klo zu gehen. Ich schob ihn zurück unter das hintere Kissen genau des Sessels, auf dem er gesessen hatte. Da. Jetzt würde er mich beachten müssen!

Aber es dauerte keine drei Minuten, bis mein Gewissen an mir nagte, dass ich das lassen sollte. Er kam aus dem Bad und ging direkt zur Küche – hielt kurz inne, um mich zu fragen, ob ich wollte, dass er mir was zu trinken mitbrachte. Sobald er in die Küche verschwunden war, nahm ich rasch den Block aus seinem Versteck und legte ihn dorthin zurück, wo er ihn vor wenigen Minuten gelassen hatte.

Ich konnte mich nicht dazu bringen. Aber mir hätte es auf jeden Fall besser gefallen, wäre er nach dem Mittagessen nicht direkt zurück zum Skizzenblock gegangen. Also setzte ich mich neben ihn und fuhr stattdessen mit meiner unvollkommenen Strickarbeit fort. Fast fertig. Sobald das einmal ein Schal war, würde ich ihn um seinen Hals schlingen und darauf bestehen, dass wir ein wenig Zeit draußen verbrachten.

Der beste Vorschlag kam von April, als wir uns für unsere nachmittägliche Aktivität fertigmachten, eine Wein- und Käseprobe bei einem hochwertigen Restaurant vor Ort.

„Ich habe eine Idee. Ihr solltet etwas Witziges und Romantisches machen, das ihn dazu zwingen wird, die ganze Zeit deine Hand zu halten.“

„Was wäre das?“ Ich stellte mich auf einen weiteren Sex-Vorschlag wie den von Heath ein.

„Geht Eislaufen!“

Ich lachte beinahe. Bei der Göttin, was für ein genialer Vorschlag!

KAPITEL
VIERZEHN
WILLIAM

MIR GEFÄLLT EISLAUFEN NICHT. UND ICH MAG ES wirklich nicht sonderlich, draußen in der Kälte zu sein. Meine Wangen brennen. Und es ist echt beunruhigend, dass ich jedes Mal genau sehen kann, wie viel Luft ich ausatme. Mir gefällt es nicht, dass ich die Luft sehen kann. Das ist nicht natürlich. Ich erkläre das Jenna, während wir uns zu der Eisfläche in dem kleinen Dorf Whistler aufmachen. Aber sie lacht nur.

Sie denkt wohl, ich mache Witze. Das sollte sie inzwischen besser wissen. Ich mache ganz bestimmt *keine* Witze.

Aber hier sind wir, ziehen Schlittschuhe an – *geliehene* Schlittschuhe, die kürzlich erst jemand anders getragen hat. „Es gibt über zweihundert verschiedene Pilzarten, die den menschlichen Fuß besiedeln", murmle ich, während ich den Stiefel anziehe.

„Deshalb sprüht man sie ja mit Desinfektionsspray aus, zwischen den Einsätzen. Außerdem haben Leute Socken an."

„Ich bin nicht überzeugt, dass sie die Aufgabe anständig erledigen und jede Stelle wirklich bedecken."

Sie beugt sich vor, um mir zu helfen, meine Schnürsenkel zu binden, ihr Haar fällt vor und entblößt ihren langen, blassen Hals. Jedes Mal, wenn ich diesen Hals offen vor mir sehe, will ich ihn küssen. Jedes Mal. Die meisten Male halte ich mich davon ab.

Das Stiefelleder schließt sich um meine Knöchel, und ich unterdrücke ein Zucken. Neue Erfahrungen. Wir hatten zugestimmt … wir beide … dass wir alles einmal ausprobieren würden – auf vernünftige Art. Am Anfang unserer Beziehung hatten wir uns hingesetzt und diese Diskussion geführt. Ich konnte aus zehn Arten von Aktivitäten einfach aussteigen – alles, was mit Höhe zu tun hatte, zum Beispiel, kam nicht auf die Liste. Aber sie konnte darauf zählen, dass ich offen dafür war, Dinge zumindest mal auszuprobieren. Ich konnte dann erklären, dass etwas, was wir taten, mir nicht gefiel und auf die Machen-wir-nie-wieder-Liste kam. Das Freizeitbad und das Schlamm-Spa stehen ganz oben auf dieser Liste.

Nachdem sie meine Schnürsenkel fester gezogen hat, steht Jenna auf, dann zieht sie was aus einer Plastikeinkaufstüte, die sie dabei hat. Es ist der beige Wollschal, den sie mir gestrickt hat. Mein besonderes handgemachtes Weihnachtsgeschenk. Sie hat mir auch ein paar Sachen gekauft, neue Oberteile, Socken, ein paar Skizzenbücher, einen Füller und Tinte, und ein paar frische neue Pastellkreiden – von der Marke, die ich am liebsten mag. Aber der Schal, etwas, das sie mit den eigenen Händen gemacht hat, ist das, was ich am meisten zu schätzen weiß.

Nun legt sie ihn mir um den Hals. An meinen Wangen ist er ein wenig kratzig. Naturwolle mag ich nicht an meiner Haut, aber diese Art wurde mit Lanolin weicher gemacht. Es ist erträglicher, und meine Wangen brennen jetzt nicht mehr so sehr vor Kälte. Außerdem liebe ich die Art, wie sie aussieht, als sie ihn sorgfältig glättet und um meinen Hals bindet. Ich schaue zu ihr auf, mustere ihr Gesicht, während sie sich auf das konzentriert, was sie macht. Sie trägt Blassrosa, was die Farbe ist, die ich an ihr immer am liebsten sehe. Es mischt sich gut in ihre natürliche Farbgebung, diese blassblonden, fast weißen Haare, diese himmelblauen Augen.

Schön. Atemberaubend. Tatsächlich halte ich gerade jetzt den Atem an, als ich sie ansehe. Auf dem Kopf ist ihre blassrosa Strickmütze bis über die Ohren gezogen, ihr langes seidiges Haar fließt über die Schultern. Sie ist exquisit. Und sie gehört mir.

Und sie hat Stunden damit verbracht, Stricken zu üben, während sie diesen Schal nur für mich gemacht hat. Er ist alles andere als perfekt, wie ich ihr schon dargelegt habe. Und mit dem Üben wird sie besser werden. Aber dieser Schal ist wertvoll. Selbst wenn er ein bisschen kratzt.

Aber egal … es ist Zeit, sich auf das Eis zu wagen, während mein ganzes Körpergewicht oben auf zwei dünnen Kufen balanciert. Das sieht so viel leichter aus, wenn man es bei den Olympischen Spielen im Fernsehen sieht.

„Ich habe Eislaufen gelernt, als ich in Bosnien ein kleines Mädchen war." Das sagt sie, als sie ihre Hand um meine legt. Plötzlich wirkt sie so viel kleiner, jetzt, da ich stehe und auf sie hinabschaue. „Mein Papa liebte Eislaufen, also hat er uns aufs Land gebracht, und wir sind auf einem kristallklaren gefrorenen See gefahren. Jedes Mal, wenn ich Eislaufen gehe, erinnere ich mich an diese Tage."

Eine süße Erinnerung. Ich wäre davon noch mehr bezaubert, würde ich derzeit nicht um mein eigenes Leben fürchten. Während wir den Eingang zur Eisbahn erreichen, hämmert mein Herz, mein Atem – der mit jedem einzelnen Wölkchen zu sichtbar wird –, strömt überallhin. Noch nerviger. Ich bin so von meiner eigenen schweren Atmung abgelenkt, die die umgebende Luft vernebelt, dass ich kaum den Augenblick wahrnehme, in dem meine Kufen aufs Eis treffen. Und ich fast hinfalle.

Nein. Nein. Okay. Ich habe es probiert. Ich mag es nicht – wie schon gedacht –, jetzt bin ich fertig. Es ist Zeit, einen weiteren Eintrag auf der Liste anzufertigen.

„Geh zum Geländer, Wil! Stütz dich darauf."

Ich tue, worum sie mich bittet, schlurfe linkisch hinüber zum Rand.

„Ich werde mir auf diesem Eis den Schädel brechen." Ich nicke zum Eis hin, um zu betonen, wo es gleich passieren könnte.

„Du wirst dir nicht den Schädel brechen. Ich bin da."

Ich musterte ihre Füße. Sie steht selbstbewusst auf ihren Schlittschuhen, als hätte sie ihr ganzes Leben darin verbracht. Ich runzle die Stirn. Kein Spaß. Überhaupt kein Spaß. Ich habe ganz offiziell keinen Spaß, und ich hatte auch keinen Spaß, seit ich diese geborgten Stiefel mit fragwürdiger Sauberkeit auf meine Füße geschoben habe.

Ich klammere mich immer noch an dieses Geländer und bewege mich nicht, als wäre es mein Rettungsanker. „Ich möchte gern klarstellen, dass mein Körpergewicht und meine allgemeine Kraft fast eineinhalbmal so groß sind wie deine, also kann ich nicht erkennen, wie du verhindern willst, dass ich falle und mir den Schädel breche."

Aus Jennas Mund kommt ein Schwall nebliger Luft, und sie sieht aus, als würde sie sich sehr bemühen, nicht zu lachen. „Ich könnte dich abstützen, wenn du fällst. Du könntest auf mich fallen.“

Ich werfe ihr einen Blick zu. „Lieber würde ich mir den Schädel einschlagen, als dich zu verletzen.“

„Das machst du doch auch nicht. Komm schon, Wil. Einmal um die Bahn, und du stehst auf deinen eigenen Füßen wie ein Profi. Ich wette, es gefällt dir gut genug, dass du ein paar zusätzliche Runden drehst!“

Sie liegt falsch. Ich mag es überhaupt nicht, und es dauert fast eine Dreiviertelstunde, um es herum zu schaffen zu der Stelle, wo wir angefangen haben. Jetzt lächelt sie nicht mehr so sehr.

„Mir ist kalt, und dieser Nebel sorgt dafür, dass man nur schwer was sieht“, sage ich zu ihr.

„Ja, ja. Das habe ich schon beim fünften Mal verstanden, als du es mir gesagt hast.“ Sie klingt inzwischen erschöpft – müde und nicht ihr übliches übersprudelndes Selbst. Sie will immer Händchen halten, während ich weiterschlurfe, aber da habe ich kein Vertrauen. Ich habe beide Hände fest am Geländer, komme nur zentimeterweise voran. Das Ende ist fast in Sicht.

Zum Glück schaffe ich es und verbringe den Rest unseres Zeitfensters damit, auf der Tribüne zu sitzen und heiße Schokolade zu nippen, während ich zusehe, wie sie mühelos vor dem Hintergrund der blassen Berge um uns herum eisläuft. Sie kann Kurven fahren und sogar rückwärts. Sie zu beobachten, macht sehr viel mehr Spaß, als die Runde auf diesen Todeskufen zu absolvieren.

Meine Augen tränen immer noch von der Kälte, meine Hände sind wegen der Schokolade warm. Meine Wangen sind warm durch ihren unvollkommenen kratzenden Wollschal. Das ist nicht ideal, aber es ist sehr viel besser, als mein Leben auf dem Eis aufs Spiel zu setzen. Außerdem darf ich mein schönes Mädchen über das Eis gleiten sehen, ein kindliches Lächeln auf dem Gesicht. Das bringt mich auf ein weiteres Bild mit schwarzer Tusche und Wasserfarben, dass ich gern anfertigen würde. Aber erst muss ich dieses äußerst wichtige Projekt zu Ende bringen. Leider ist der Skizzenblock zu Hause im Anwesen. Ich plane, ihn mir zu holen, sobald wir zurückkehren.

Zum Glück liegt der Block genau da, wo ich ihn gelassen habe.

Ich mache mich an die Arbeit. Jenna setzt mich in Kenntnis, dass sie müde ist und ein Nickerchen halten will. Ich nicke, und dann fragt sie mich, ob ich das Nickerchen mit ihr halten möchte. Aber ich bin so konzentriert auf die neue Inspiration, die ich für mein Projekt hatte, dass ich mich an die Arbeit machen will. Außerdem war ich noch nie so für Nickerchen zu haben. Jetzt, wo ich darüber nachdenke, sie eigentlich auch nicht. Das Eislaufen hat sie wohl erschöpft. Aber als sie in unser Zimmer losgeht, höre ich sie vor sich hin murmeln, wie unromantisch ich bin.

Während ich weiter skizziere, bin ich davon ein wenig beunruhigt. Ich beschließe, meine Freunde um Ideen zu bitten, wie ich was Romantisches machen könnte, um sie zu überraschen. Ich bemühe mich allerdings, Jordan aus dem Weg zu gehen. Er gibt immer die schlimmsten Ratschläge.

„Hmm", sagt Adam, dann holt er ein gefaltetes Blatt Papier aus seiner hinteren Hosentasche und mustert es. „Oh, hier ist eins, das ich vermutlich nicht zum Einsatz bringen kann. Lass ihr ein schönes heißes Schaumbad ein und steig mit ihr rein. Ich weiß, dass du Sekt nicht magst, aber vielleicht schenkst du Saft in Weingläser oder so was?"

Keine schlechte Idee.

Aber jetzt brauche ich einen weiblichen Ratschlag, wie man am besten ein Schaumbad einlässt, und als Kat ein paar Minuten später an meinem Stuhl vorbeikommt, frage ich, ob sie gerade beschäftigt ist.

„Ich bringe nur meine Tasse zur Spüle. Was brauchst du denn?"

„Magst du Schaumbäder?"

Sie blinzelt. „Äääh, das ist eine sehr aus dem Nichts kommende Frage. Ich bekomme nicht oft die Gelegenheit, eins zu machen, aber ja, das kann echt schön sein."

Sie beugt sich herum, um einen Blick auf das zu erhaschen, was ich skizziere, aber ich schließe das Buch, bevor sie es schafft.

„Ich würde gern ein Bad für Jenna herrichten."

Kats Miene wandelt sich. „Ach, das würde ihr gefallen. Ich kann dir ein paar Ideen geben. Hol dir auf jeden Fall ein paar Badebomben."

Ich stelle mir eine Explosion mitten im Seifenwasser vor, wie eine winzige Pilzwolke, die mit Gewalt in die Luft aufsteigt. Vielleicht wie ein Geysir? Das klingt nicht entspannend, gemütlich oder romantisch.

Sie hat wohl meine Verwirrung wahrgenommen, denn jetzt erklärt sie es. „Das ist ein Mittel, das man ins Wasser gibt, und es löst sich auf, sodass das Wasser toll riecht und die Haut seidig weich wird."

„Aber warum ist es eine … Bombe?"

Sie legt den Kopf schief und schaut an die Decke. „Ich habe tatsächlich überhaupt keine Ahnung. Du solltest Anna fragen, ob sie dir ein bisschen Zeug holt, um ihr ein schönes Bad einzulassen. Stelle sicher, dass es schön warm ist, aber nicht zu heiß."

Das ist eine gute Idee. Alles Warme klingt jetzt gerade toll, und ich will das unbedingt mit ihr ausprobieren. Die Wanne in unserer Suite ist auf jeden Fall groß genug, da zusammen reinzupassen. Das ist sehr viel besser, als weitere Aktivitäten draußen zu unternehmen, wo wir nicht mal atmen können, ohne jeden einzelnen Atemzug als Nebelwolke zu sehen.

Ich hole mein Handy heraus und schicke der Concierge eine Nachricht, in der ich sie bitte, für uns ein schickes Schaumbad oder Badebomben zu finden. Und ein paar Rosenblüten.

KAPITEL

FÜNFZEHN

KATYA

„ALSO ... WIE LÄUFT DIE VORBEREITUNG FÜR DAS große Ski-Rennen? Bist du schon richtig im Sportfieber, damit du den Mann auf seinen Platz verweisen kannst?", fragte mich Mia mit einem Grinsen bei einer Tasse Nachmittagstee.

Ich schaute von dort auf, wo ich die Karte der Whistler-Blackcomb-Skipisten auf meinem Tablet musterte, und stieß einen langen, genervten Atemzug aus. Dieses ganze Rennen war viel zu weit gegangen, und die Leute nahmen diesen Unsinn viel zu ernst, verdammt sollte es sein. Es war ja nicht, als ...

„Enttäusch mich jetzt bloß nicht", sagte sie in einem singenden Tonfall. „Ich habe fünfzig Mäuse auf dich gesetzt." Was zum Teufel? Oje, Leute hatten *wirklich* Geld in die Sache investiert?

Ich wölbte eine Augenbraue. „Dein Mann ist Milliardär. Nicht Millionär. Und du machst dir Sorgen um fünfzig Mäuse?"

Sie neigte den Kopf schüchtern und zuckte mit den Schultern, ein scheues Lächeln spielte um ihren Mund. „Es mein

Geld, nicht seines. Außerdem geht es ja bei der Sache ums Prinzip. Frauenpower und so weiter. Du musst Lucas zeigen, wo der Hammer hängt."

„Genauso wie du es bei Adam gemacht hast?"

Sie stieß schnaubend ein liebenswertes Lachen aus. „Genau. Natürlich. Das ist die natürliche Ordnung der Dinge."

Ich seufzte in meine eigene Tasse. Dieses verdammte Ski-Rennen machte mir offiziell schlechte Laune während eines Urlaubs, den ich eigentlich genießen sollte. Ich meine, wenn ich mir keinen Stress machte, ob meine Ski-Talente der Sache überhaupt gewachsen waren, machte ich mir Stress, weshalb mein Mann sich so beschäftigt benahm und mich abwehrte, wann immer ich mit ihm reden wollte.

Wir sollten doch hier oben sein und die Ski-Hänge, einander und unseren Freundeskreis genießen, oder nicht?

Ich konnte nicht aufhören, daran zu denken, wie Lucas die schwarzen Pisten erwähnt hatte, als wir den Hubschrauber verlassen hatten. Ich saß da, nippte an meinem Tee und fragte mich, wohin zur Hölle er verschwunden war, und dachte weiter nach. Ich war tatsächlich nie auf einer schwarzen Piste gefahren.

Die Wahrheit war, ich war bestenfalls mittelmäßig gewesen. Ich war an Wochenenden mit Freunden in die Berge gefahren – normalerweise Grouse Mountain oder Cypress, die sehr viel billiger und näher an der Stadt waren, aber nicht annähernd so elaboriert und schick wie Whistler.

Whistler war das Land der tiefschwarzen, todesgefährlichen Pisten. Und ich fuhr ein Rennen mit meinem Mann auf einer davon. Was zum Teufel hatte ich eigentlich noch mal gedacht?

Ich hatte nicht gedacht. Das war ja das Problem. Ich hatte einen blöden Witz zu weit gehen lassen, und dann hatten mein Ego und mein Stolz das Ruder übernommen.

Und ich war fast sicher, dass ich gegen meinen Mann verlieren würde, den Mann, der in der ganzen Welt Ski gefahren war. Jetzt musste ich mir einen Plan einfallen lassen, sowohl meinen hübschen kleinen Hals zu retten, als auch meinen Stolz.

Das bedeutete, keine schwarzen Pisten. Es gab keine Möglichkeit, das vernünftig anzugehen und zu überleben. Ein Kompromiss war angesagt, und da Colonel Sanders persönlich erwähnt hatte, anstatt einer schwarzen Piste eine blaue zu nehmen, konnte ich die Abänderung ihm zuschreiben. Wer immer es zuerst sagte, dem hing es nach.

Es war *seine* Idee gewesen. Ich würde nur großzügig sein und ihm dieses kleine Zugeständnis erlauben. So großzügig war ich eben. Und er würde auf jeden Fall dankbar sein, was er dadurch ausdrücken würde, dass er mir etliche absolut umwerfende Orgasmen verpassen würde.

Mein Mann hatte ein großes Talent mit seiner Zunge. Was für ein Glück für mich. Aber da Oralsex nichts war, was man genoss, während man am ganzen Körper Gips trug, musste dieser ganze Plan mit den schwarzen Pisten weg, und zwar schnell.

„Lucas hat vorgeschlagen, dass es für alle vielleicht besser wäre, uns sehen zu können, während wir auf einer blauen Piste ein Rennen fahren, nicht auf einer schwarzen. Die schwarzen Pisten sind sehr viel steiler und haben nicht wirklich gute Möglichkeiten zum Zuschauen.“

Das war womöglich eine komplette Lüge. Freilich war es das, denn die verdammten alpinen Ski-Wettbewerbe der

Olympischen Winterspiele hatten hier stattgefunden. Aber solange niemand mich auf die Lüge hinwies, und bisher tat Mia das nicht, würde ich das einfach so stehen lassen.

Sie kniff die Augenbrauen zusammen und nickte. „Na ja, das wirkt logisch. Solange es nicht langweilig wird und zu leicht für einen von euch … warum nicht?"

Ich seufzte und musterte meine Nägel – kurz und abgenagt, wie sie waren – und zuckte dann mit den Schultern. „Ach, das wird nicht langweilig. Es ist so schön draußen auf der Piste, dass ich auch gleich noch die Landschaft bewundern könnte, während ich meinem Mann den Hintern versohle, was?"

Sie schnaubte wieder, diesmal lauter.

Und so hatte ich uns einfach zurückgestuft, um das Rennen auf einer mittelschweren Piste auszutragen. Gott sei es gedankt. Hätte ich das nicht im Keim erstickt, wer wusste schon, wo es vielleicht am Ende der Woche hingegangen wäre? Da ich Jordan kannte, hätte er vielleicht das Ganze noch hochgeschraubt, um irgendeine Tiefschnee-Heli-extrem-Ski-Aktion auf vertikalen Klippen durchzuführen.

Was für ein Glück war ich so krass drauf, dass ich die Kontrolle über dieses blöde Ding übernahm und es mir zu eigen machte. Also kein Raptor's Pride, Racer Alley oder Catskinner für uns. Die Alternativen klangen so viel besser – Crystal Glide, Cruiser, Crabapple.

Als nächstes musste ich mich der harten Realität stellen, dass ich so bald wie möglich Auffrischungsunterricht brauchte. Während mein Mann besessen von irgendwelchen Problemen in der Arbeit war, und dabei versuchte, vor mir zu verstecken, dass er sich Stress machte, würde ich seine Beschäftigung zu meinem Vorteil nutzen.

Ich würde insgeheim und ganz diskret mit einem privaten Skilehrer Unterricht vereinbaren.

„Also hast du von meinen komplizierten Sportwetten gehört?" Jordan hatte den Nerv, eine Weile später zu mir zu kommen, Handy und Stylus in der Hand, als würde er mit angehaltenem Atem darauf warten, mich auf seine Liste setzen zu können.

Ich verschränkte die Arme vor der Brust. „Hängt davon ab. Welche Chancen gibst du mir denn?"

Er kniff die Augen vor seinem Display zusammen. „Ich habe dich noch nicht in Aktion gesehen, also noch keine Chancen. Später gehe ich mit deinem Mann raus, darum ..." Er zuckte mit den Schultern und warf mir ein fieses Grinsen zu.

Hackfresse. Manchmal könnte ich ihm einfach eine runterhauen, aber April würde mir vermutlich nie verzeihen, dass ich ihr hübsches Biest verunzierte, also ließ ich es besser.

„Bist du dabei? Und alle Wetten werden übrigens mit echtem Geld abgeschlossen."

Ich verzog das Gesicht. „Echtem Geld? Im Gegenzug zu was, Bitcoin?"

Er schüttelte den Kopf mit einem fiesen Glitzern in den Augen, das ich hätte erkennen sollen, bevor er sein großes Maul öffnete. „Echtes Geld, und nicht etwa kanadische Dollar. So buntem Geld sollte man niemals vertrauen."

Ich zeigte ihm den Vogel. Manchmal war das die beste Art, um mit Jordan umzugehen. Kurz, auf den Punkt, und es löste keine weitere Erwiderung von seiner großen Klappe aus.

Außerdem musste ich meinen nächsten Schritt im Plan erreichen, um die anstehende Hang-Erniedrigung umzulenken.

In einer halben Stunde hatte ich mich mit unserer superpraktischen Concierge Anna in Verbindung gesetzt. Zum Glück auf dem Handy in der Form von Nachrichten. Wann immer sie persönlich da war, schien sie völlig und ausschließlich von Jordan besessen zu sein. Eindeutig wurde sie nur von seinem Aussehen angezogen und hatte nicht genug Zeit mit ihm verbracht, um zu merken, wie furchtbar nervig er war.

Ich kann ein paar Anrufe tätigen und sehen, was machbar ist, aber es wird schwer, einen Lehrer zu finden. Zu dieser Jahreszeit ist die Nachfrage groß, da sie auch der allgemeinen Öffentlichkeit zur Verfügung stehen.

Ich runzelte vor meinem Handy das Gesicht. Was zum Teufel war das für eine Antwort? War denn die Concierge nicht hier, um uns besondere Dienste zukommen zu lassen? Wurde sie dafür nicht bezahlt?

Außerdem brauchte ich das, verdammt. Ich würde nicht irgendeine Frau, die offen mit einem offensichtlich vergebenen Milliardär flirtete, meinen Plan ruinieren lassen. Ich biss die Zähne zusammen und versuchte mich an der hässlichsten *Real Housewives*-Karikatur, die ich zustande brachte, und tippte wütend zurück.

Ist dieser Service nicht eigentlich hochwertig und verschafft uns Zutritt in einem hochwertigen Ressort? Und sind Sie denn keine hochwertige Concierge, die sich auf hochwertige Erfahrungen hier spezialisiert hat?

So eine Scheiße machte ich normalerweise nie, und ich verabscheute mich irgendwie, selbst wenn es jemand war, der derzeit einer Freundin auf die Füße trat. Ich war wütend für April. Also warum sollte ich nicht dick auftragen? Es war vielleicht die einzige Art, wie man von so einem Menschen Ergebnisse bekam, der vermutlich dachte, ihre Priorität wäre es, nur ihre Hauptgäste – Adam und Mia – zufriedenzustellen.

Ach, ja, natürlich. Es gibt einige Lehrer, die freie Slots haben werden. Was ich sagen will, ist, dass sie vielleicht nicht zu ganz praktischen Zeiten stattfinden, etwa am späten Nachmittag oder zum Abendessen, damit man Sie reinquetschen kann.

Ich sah mein Display finster an. Später Nachmittag? Abendessen? Skifahren bei Dämmerung? Das war ein wenig über meinen Talenten, aber wenn nötig machbar. Ich schätzte, ich konnte meine Talente auch in einer Feuertaufe verbessern.

Okay. Bitte stellen Sie während einer dieser Zeiten für mich was auf die Beine. Ich bin einfach nur äußerst begierig darauf, sobald wie möglich ein paar Unterrichtsstunden unterzubringen, beginnend morgen.

Etwa eine halbe Stunde später meldete sie sich mit einer Zeit bei mir. Dass man sich zickig vor einer Zicke benahm, führte offensichtlich zu Ergebnissen. Der Termin war am frühen Morgen festgesetzt, wie es sich erwies, und zwar am nächsten Tag. Mit einem langen Seufzen dachte ich mir, dass ich mich einfach durchbeißen und es tun würde. Dann konnte ich später am Tag auf den Hängen üben, was ich in der Stunde gelernt hatte.

Da ich heute Nachmittag ein kleines Zeitfenster hatte, beschloss ich, sofort anzufangen, und zwar in meinem eigenen Element. Unser schicker Rückzugsort war voll ausgestattet mit praktisch jedem Konsolensystem, das die spielende Menschheit kannte – Playstation, Xbox, Occulus, Vive, Nintendo Switch, alles. Mit einem neuwertigen Fernseher, Sound-System und allem Drum und Dran, um das Paket zu komplettieren.

Ich loggte mich in meinen Playstation-Network-Account ein und lud sofort Steep herunter, das Ski-Spiel.

Ich war auch gut darin. Na ja, ich war fast in jedem Videospiel gut, das man mir in die Hände drückte, nachdem ich minimalste Zeit damit verbracht hatte, es zu lernen. Also klar, es war nicht dasselbe wie tatsächlich Ski zu fahren – nicht mal annähernd. Aber es würde mich in Stimmung bringen und mir helfen, meine Reflexe zu schärfen, für die morgige Bemühung um die echte Variante. Das jetzt zu tun, war besser, als gar nichts zu tun.

„Ach du meine Güte", schnaubte Mia, die neben mir auf das Sofa sank. „Du übst doch nicht wirklich dein Rennen gegen deinen Mann auf einer Spielekonsole, oder?"

Ich legte mein bestes entsetztes Gesicht auf, als könne ich nicht glauben, dass sie das nahegelegt hatte. Meine Augen wurden groß, um ein O zu formen, mir stand der Mund offen. Hätte ich eine Hand frei gehabt, hätte ich sie vielleicht mit ausgebreiteten Fingern mitten auf meine Brust gelegt, weil ihr Vorschlag so unerhört war. Meine Daumen waren aber damit beschäftigt, stattdessen R3 und L3 am Controller zu bedienen.

„Himmel, Mia. Ich kann nicht glauben, dass du das andeutest. Ich meine – komm schon. Du bist eine Gamerin. Du verstehst doch, dass ein Mädchen manchmal ein bisschen Dampf ablassen muss. Das ist alles. Es hat nichts mit diesem blödsinnigen Rennen zu tun. Wie kannst du das auch nur andeuten?"

Mia wirkte verblüfft, als wäre sie echt schockiert, dass sie mich wütend gemacht hatte. Gut. Ich hatte sie von der Spur abgebracht, indem ich sie denken ließ, sie hätte mir schrecklich schlimm mitgespielt. Das funktionierte jedes Mal. Besonders bei Mia.

Sie machte damit weiter, durch einige Entschuldigungen zu stolpern. „Ich habe doch nur gescherzt. Ich … ich … Es tut mir so leid …"

„Schon okay. Ist okay. Ist ja nichts passiert", entgegnete ich großzügig. Es war Zeit, das Thema zu wechseln, damit sie sich wieder auf sich selbst konzentrierte. In dem Augenblick, in dem ich geschlagen wurde, pausierte ich das Spiel. „Also, wie geht's Adam? Benimmt er sich immer noch seltsam? Vielleicht ist das diese Geniesache. Ich habe gehört, für all diese Verstandeskraft muss man schon irgendwie bezahlen."

Sie öffnete den Mund, um zu antworten, aber die Eingangstür öffnete sich, und ein paar Typen drängten herein. Sie waren unten in dem offenen Freizeitraum unseres Resorts gewesen und hatten Billard gespielt und Bier getrunken. Aber offensichtlich waren sie fertig.

Leider schaltete ich das Spiel nicht schnell genug ab. Verdammt, diese Gamer-Reflexe waren echt eingerostet. Natürlich mussten sie sich, sobald sie mitbekamen, dass ich Steep spielte, mit ihren blödsinnigen Kommentaren zu Wort melden.

Der beste kam von Adam, als ich beschloss, dass Game wieder zu starten – da sie bereits gesehen hatten, was ich spielte – und meinen Abfahrtslauf mit einem Timer noch einmal machte.

Vielleicht wirkte die Piste verdächtig ähnlich wie die K12-Piste, die Lanny Meyer auf einem Ski im Film *Lanny dreht auf* herabrasen hatte müssen.

In seiner besten Nachahmung von Johnny dem Zeitungsjungen sagte Adam: „Ich will meine zwei Dollar. Zwei Dollar! *Ahhhh.*"

Ich schätzte, falls irgendwer einen Witz machte, bei dem es um einen Film aus den Achtzigern ging, würde es Adam sein, Mr. Achtziger-Jahre-Fan persönlich.

Ich musste mich schon fragen, wen ich auf den Arm nahm, indem ich in einem Videospiel Ski fuhr. Aber es gab mir einfach nur ein winziges bisschen Kontrolle über die Lage. Zumindest hatte ich uns von einer selbstmörderischen schwarzen Piste auf eine mittelschwere zurückgestuft, das war also schon mal gelungen.

Ich konnte jetzt schon die Schlagzeile sehen: *Mädchen vor Ort beschließt, ihren Mann zu übertrumpfen, bricht sich den Hals auf dem Berg, macht ihn nach nur neuneinhalb Monaten zum Witwer. Lesen Sie alles darüber.*

Natürlich nahm ich an, dass ich diejenige war, die sich den Hals brechen würde. Vielleicht ging ich aber auch in eine Situation, wo ich im gehobenen Alter von fast siebenundzwanzig zur Witwe werden würde. Verdammt. Irgendwann in der Vergangenheit hätte es mir vermutlich nichts ausgemacht, meinen jetzigen Mann, damals nur nervigen Kollegen, in schlimme Gefahr zu bringen, aber nicht mehr! Ich brauchte ihn, damit er sich zumindest um meine sexuellen Bedürfnisse kümmerte. Außerdem war es auch aus anderen Gründen gut, ihn um mich zu haben.

Okay, okay, ich liebte den Kerl halt. Aber ich hätte niemals damit gerechnet, dass wir gegeneinanderstehen würden.

Wie zum Teufel waren wir noch mal in diese Lage geraten?

KAPITEL SECHZEHN
LUCAS

ICH WÜNSCHTE, MEINE SCHWESTER WÄRE HIER, UM MIR EIN paar Tipps zu geben. Julia war eine ziemlich erfahrene Skifahrerin, und war es schon immer gewesen. Beim Aufwachsen hatte ich das ihre Errungenschaft sein lassen, und mich stattdessen an meine eigenen Stärken gehalten. Man bringe mich in ein Boot mit einem Ruder in der Hand, und ich würde jedem davonfahren. Aber Ski? Das war nicht wirklich meins.

Und ein Rennen gegen meine Frau einen Berg runter fahren? Auf gar keinen Fall meins. Der einzige Ort, an den ich mit ihr um die Wette laufen wollte, war ins Bett. Während wir nackt waren. Je mehr bei ihr auf und ab hüpfte, umso besser.

Ich schaute von meinem Standort oben auf der Piste den Berg hinab und seufzte. Obwohl das Rennen zu einer mittelschweren blauen Piste herabgestuft worden war, hatte Jordan mich auf diese schwierige Piste gelockt, als Möglichkeit, wieder zurück ins Spiel zu kommen. Wir standen an der Seite und waren gerade aus dem Sessellift ausgestiegen, wo ich mich selbst überzeugte, diesen Wahnsinn zu versuchen. Ich konnte vermutlich an zwei

Händen abzählen, oder an einer, wie oft ich schwarze Pisten schon mal ausprobiert hatte – und das war gleich doppelschwarz. Jordan und April neben mir schienen bereit und wollten loslegen. Sie waren beide genervt von meinem Zögern.

Jordan hatte mich den ganzen Tag angespornt, den Hintern hochzukriegen und zu üben. Offensichtlich hatte er Geld auf das Rennen gesetzt, und ich war sein Zugpferd.

Na, lieber ein Zugpferd als ein Esel, und der war ich im Augenblick.

„Komm schon, Mann. Wir stehen hier bereits fast fünfzehn Minuten rum. Legen wir los“, schnaubte Jordan, der sein glänzendes Snowboard auf den Schnee klatschte und seinen Fuß in die Bindung setzte. April stand neben ihm, das Abbild eines perfekten Ski-Häschens. Eine türkise Jacke und Ski-Hose, leuchtend pinke Handschuhe und Mütze. Teure Ski-Brille, Skistöcke und Stiefel dazu. Sie stand vorgebeugt, um sich jeden Augenblick den Berg hinabzuschieben. Aus den Einzelheiten, die ich im Lauf der Jahre, die ich mit ihnen privat verbracht hatte, zusammengesetzt hatte, hatte ich den Eindruck erhalten, dass April ebenfalls mit Geld aufgewachsen war, und dass ihr deswegen die Hänge schon vertraut waren. Ich würde vermutlich beide mit meinen eigenen Talenten enttäuschen.

„Warum setzt du auf ein Pferd, das nicht rennen will?“, sagte April mit einem Lachen in der Stimme zu ihrem Freund. Sie warf mir ein entschuldigendes, fast mitfühlendes Lächeln zu.

Ich runzelte die Stirn. „Ich bin doch kein Zuchthengst. Und warum sind wir auf dieser fortgeschrittenen Piste, wo wir doch bereits zugestimmt haben, eine mittelschwere zu machen?“

Jordan machte eine wegwerfende Geste. „Langweilig. Leb doch ein bisschen, Bro. Also wird das Rennen auf einer dieser blauen Babypisten stattfinden, aber wenn du hier auf der extra schweren schwarzen übst, bist du sehr viel besser darauf vorbereitet, ihr in den Hintern zu treten."

„Ich habe null Interesse daran, meiner Frau in den Hintern zu treten, vielen Dank. Sie hat einen tollen Hintern. Das letzte, was ich damit anstellen will, ist, ihn treten."

Jordan beugte sich vor, als würde er es einem Kind erklären. „Aber du willst nicht damit festsitzen, diesen Hintern den Rest deines Lebens zu küssen, oder, habe ich recht?"

„Mir würde es nichts ausmachen, wenn du meinen Hintern hin und wieder mal ein bisschen küsst", warf April ihrem Freund zu, während sie ihren Schal richtete, der im Inneren ihrer Jacke steckte. „Legen wir jetzt irgendwann demnächst los? Es bleibt nicht ewig hell hier, und es wird kalt."

„Ja, ja, ja, gib mir nur mal kurz." Ich drehte mein Ende der Ski quer zum Hang. Da, furchtlose Skifahrer und Snowboarder glitten mühelos aus ihrem Sessellift und gingen direkt zur Piste.

„Also gut! Machen wir mal." Jordan hatte letztlich die Geduld verloren und sich losgeschoben, um Schwung zu holen, während er die Kante erreichte und vor uns mühelos den schwindelerregend steilen Hang hinabglitt. April schob sich mit einem erfreuten Seufzen auf ihren Stöcken vor und folgte ihm. Mit einem großen Schluck und einem Griff an meine Brille, um dann die Ski-Stöcke fester und noch fester zu packen, glitt ich zögernd nach April hinab.

Ich kam nicht weit, bevor ich Schwierigkeiten bekam. Vielleicht war ich auf eine Stelle mit Eis oder einen Stein gefahren – wer wusste das schon, es war vielleicht nur eine Luftströmung, die mir nicht passte. Und so ging ich zu Boden, schlingerte seitlich auf meinem Oberschenkel und dem Hintern dahin, bis ich einen flachen Teil erreichte und langsam zum Halten kam.

Autsch. Im Tal sah der Schnee sehr viel weicher aus, oder überall anders, nur nicht in einer Gazillion Meter Höhe oben an der Seite eines Hanges. Zum Glück hatte ich viel Übung darin, aus der liegenden Position auf meinen Skiern aufzustehen, darum schob ich mich auf den rechten Stock, wie ich es gelernt hatte, und bohrte die Kanten meiner Ski in den Hang. Es war überhaupt nicht elegant. Ich ähnelte vermutlich einer Schildkröte auf dem Rücken, die sich aufrichten wollte.

Sobald Jordan und April bemerkten, dass ich nicht mehr direkt hinter ihnen war, kamen sie schlitternd zum Halt und warteten, bis ich auf sie aufholen konnte. Ich hatte das schreckliche Gefühl, dass das auf dem Rest des Weges nach unten ein Muster werden würde, und ich würde sehr viel länger brauchen, als einer meiner Begleiter es gern gehabt hätte. Ich schlug vor, dass sie vorfahren sollten, und ich würde aufholen, aber natürlich ließ sich Jordan das nicht sagen.

„Bro, bist du echt so eingerostet?"

Nein, das spiele ich vor, wollte ich stänkern, funkelte ihn hinter meiner Brille an, was ihm mit Sicherheit entging. „Eingerostet ist ein Wort dafür, schätze ich."

Er schüttelte den Kopf.

Hätte er vielleicht nicht auf die schwarze Piste bestanden, um meine Rückkehr auf den Hang zu erzwingen, würde es mir besser gehen.

„Fahrt schon vor", wiederholte ich.

„Wir werden ein bisschen weiter fahren und einen guten Platz zum Halten finden, um sicherzustellen, dass du dir nicht den Hals gebrochen hast."

Wunderbarer Gedanke, verflixten Dank aber auch.

Der nächste Teil der Abfahrt lief ungefähr genauso. Aber danach sagten sie mir, ich solle vorfahren. Das gestattete ihnen, meine Erniedrigung in Echtzeit mitzuerleben. Auf halbem Weg diesen Abschnitt hinab traf ich auf diese mystische Luftströmung, die mir schon öfter begegnet war, verlor das Gleichgewicht und glitt am Ende den Rest des Weges hinab – diesmal auf einer anderen Seite. Zumindest würden sich die blauen Flecken auf meinem Körper gleichmäßig verteilen, nach dem alles durch war. Aber bis ich es hinab nach unten geschafft hatte – hoffentlich in diesem Jahrhundert – würde ich sehr viel mehr aussehen wie ein Eis am Stiel, als es mir recht war.

„Alles in Ordnung?" April schob ihre Brille hoch, um mich anzuschauen. Ihre tiefblauen Augen waren im hellen Licht des strahlend von der Sonne beschienenen Hanges zusammengekniffen.

Jordan machte eine wegwerfende Geste. „Er ist in Ordnung. Komm schon, Bro, steh auf. Machen wir mal weiter. Du bist jetzt aufgewärmt. Keine Stürze mehr. Keine gebrochenen Knochen, ja?"

„Mir geht's *gut*", knurrte ich ihn mehr oder weniger an. Zum Glück hielt er mir eine Hand hin, um mich hochzuziehen. Zwei weitere Abschnitte des Hanges gingen genauso. Die Stürze schienen an zufälligen Stellen zu passieren, ohne dass dahinter irgendein Grund stand. Manchmal schaffte ich nur ein paar Meter, bevor ich hinfiel. Ein andermal schaffte ich es fast den ganzen Weg nach unten, bis zum nächsten Haltepunkt auf der Piste.

Nichts davon warf ein gutes Licht auf das große Rennen. Hätte ich keine wasserfeste Ski-Kleidung getragen, wäre ich schon von Kopf bis Fuß durchtränkt und eiskalt gewesen.

Irgendwann erklärte mich Jordan zu einem hoffnungslosen Fall. „Ich habe es allmählich satt, anzuhalten, und du lässt mich die Fahrt auf diesen tollen Hängen nicht genießen", knurrte er. „So was haben wir doch in Kalifornien gar nicht."

„Tahoe hat ein paar tolle Pisten", warf April ein.

Jordan hatte den Blick immer noch nicht auf mich gerichtet, sein Mund bewegte sich. „Vielleicht solltest du jetzt aufgeben und deinen Hals retten, solange er noch heil ist."

„Vielleicht solltest du mal mit dem Tag weitermachen mich verdammt noch mal in Ruhe lassen", fauchte ich zurück.

„Langsam, Junge", sagte er und hob die Hände in den Handschuhen, als würde er aufgeben. „Ganz locker."

Während ich ein weiteres Mal aufstand, streifte ich den Schnee ab, so gut ich konnte, und machte mich wieder bereit, stützte mich auf meine Stöcke.

„Du könntest ja versuchen, sie davon abzubringen. Wenn sie nicht mitspielt, versüße doch die Abmachung, indem du zustimmst, im nächsten Jahr ihr williger Sexsklave zu sein." Jordan zuckte mit den Schultern. „Aber diese Option kostet mich Geld, also bin ich nicht wirklich dafür."

„Danke für die Tipps zum Verhandeln", knurrte ich.

„Das klingt nach einer tollen Idee, Jordan." April nickte begeistert. „Ich glaube, du und ich sollten einen ähnlichen Handel schließen. Der Verlierer eines Rennens von hier bis ins Tal verpflichtet sich der sexuellen Dienerschaft dem Gewinner gegenüber."

Jordan legte den Kopf vor seiner Freundin schief. „Das willst du doch nur, weil du weißt, dass du gewinnst. Ich bin doch kein Narr. Diesen Handel gehe ich nicht ein."

April warf sich in Pose und schob die Lippe vor, um übertrieben eine Schnute zu ziehen. „Na, dann bist du halt hart am Nerven."

Ein breites Grinsen trat auf sein Gesicht. „Wenn du Glück hast, ja. Dann bin ich hart. Heute Nacht."

„Könnt ihr zwei euer Vorspiel irgendwo anders machen, bitte?", fuhr ich sie aufgebracht an. Ein paar von uns standen hier und versuchten herauszufinden, wie sie durch die nächsten paar Tage kamen, ohne sich auf einem Berg tausend Meilen von zu Hause entfernt den Hals zu brechen.

„Schon gut, Bro. Es wird vermutlich nicht schön." Er deutete den Hang hinab. „Fahr da lang, echt schnell. Falls irgendwas in deinen Weg gerät, fahr eine Kurve."

Ich machte eine Geste, um ihm zu zeigen, wie sehr ich seinen hilfreichen Rat zu schätzen wusste. Mit einem Lachen drehte er eine Kurve und schob sich weg, ohne April eine Vorwarnung zu geben. Sie brüllte ihm nach und schob sich dann hinaus auf den Hang, überholte ihn rasch, obwohl er waghalsige und angeberische Snowboard-Moves machte.

Ich seufzte. So nervig sie waren, sie ließen es auf jeden Fall sehr viel leichter aussehen, als es in Wirklichkeit war. Ich zog die Schultern hoch, um mich vorzubereiten, ihnen zu folgen, in einem sehr viel langsameren Tempo. Es gab von diesem Berg keinen Weg hinab, außer diesen verdammten Hügel hinunter. Nachdem ich ein paar Augenblicke gewartet hatte, damit Jordan und April aus dem Weg waren, biss sich die Zähne zusammen, stützte mich auf meine Stöcke und schob mich vor, betete, dass ich mich dabei nicht umbringen würde.

Eine lange Zeit später – den Schmerzen meines Körpers nach zu urteilen, fühlte es sich an, als wäre ich um Jahre gealtert – schaffte ich es den Berg hinab. Ich spürte vom Kopf bis hinab in die Knöchel Schmerzen und ging wie ein Achtzigjähriger.

Dieser Tag hatte mir nicht gutgetan, aber ich musste mich noch mit weiteren Scherzen von Jordan herumschlagen, selbst später am Abend, zurück in unserem Domizil. Wäre er nicht mein Boss gewesen – und hätte ich nicht mein Alter plus noch sechzig Jahre dazu gespürt – hätte ich vielleicht ausgeholt und ihm eine Ohrfeige gegeben, damit er das Maul hielt.

Die Kirsche oben auf diesem schlechten Tag? Als meine heiße Frau mich zur Schlafenszeit anmachte. Ich war so beschädigt und elend, selbst nachdem ich die Maximum-Dosis Ibuprofen genommen hatte, dass ich nicht liefern konnte, worum sie bat. Also fühlte ich mich auf mehr als nur eine Art wie ein Achtzigjähriger ...

Ich schlug beinahe, *beinahe* vor, das Rennen abzublasen. Aber sie erwähnte das Rennen gleich nach meinem Versagen darin zu ... ähem ... hochzukommen. Da mein Ego sogar noch mehr Schaden genommen hatte als mein Körper, konnte ich es nicht abblasen.

Ich musste nur mehr üben – auf einer mittelschweren Piste.

Und ich brauchte weitere Schmerzmittel. Auf jeden Fall weitere Schmerzmittel.

KAPITEL SIEBZEHN
MIA

AM ZWEITEN TAG IN FOLGE SCHOSS ICH FRÜH AUS DEM Bett, und Adam schlief immer noch wie ein Toter. Wir waren beide Frühaufsteher, weil es derzeit nötig war, aber ich war selten die Erste, die aus dem Bett kam. Ich ging auf Zehenspitzen aus dem Raum, ließ ihn schlafen. Er benahm sich immer noch seltsam, und wir waren nicht viel weiter gekommen, als den Ausflug mit Nacktbaden plus Tod durch einen eingebildeten Bären zu den heißen Quellen die Straße hinab.

Ein Teil der Gruppe hatte sich heute wieder zum Skifahren entschieden. Ein Teil wollte an unseren geplanten Aktivitäten teilnehmen. Wir genossen eine wunderschöne, umwerfende Fahrt in der *Peak 2 Peak*-Gondel, die uns über das Tal zwischen dem Whistler Mountain und dem Blackcomb Peak brachte. Es war eine beeindruckende Fahrt, obwohl der arme William darauf verzichten musste, weil er erklärt hatte, dass er Höhen nicht mitmachte.

Wir genossen ein leckeres Mittagessen in einem kleinen Ski-Ressort-Café oben auf dem Berg und ein wenig Schlittenfahren einen sanften Hang in der Nähe hinab. Der ganze Schneespaß, den wir uns nur wünschen konnten, aber niemals bekamen, wo wir wohnten.

An diesem Abend traf sich die ganze Gruppe wieder, und wir teilten uns ein Abendessen vom Catering-Service zu Hause. April wirkte aus irgendeinem Grund gestresst und genervt, und als ich sie in der Küche in die Enge trieb, redete sie nicht. Vielleicht hatte es irgendwas mit ihrer Abschlussarbeit zu tun?

Ich legte ihr einen Arm um die Schultern. „Na ja, du weißt, dass du immer kommen und mit mir reden kannst, wenn du es brauchst, okay? Über alles.“

Sobald allerdings der Spieleabend begann, war mein Mann der Einzige, der ein seltsames Verhalten an den Tag legte. Adam benahm sich … als stünde er neben sich.

Er wollte eine Menge Händchenhalten – sehr viel mehr als normal. Also eigentlich die ganze Zeit, wenn meine Hand nicht anderweitig mit irgendwas Wichtigem beschäftigt war, wie Karten halten oder würfeln, wurde sie von Adam gehalten. Da gab es keine Beschwerden. Was für eine Frau mochte es nicht, wenn ihr ein heißer Typ jeden Wunsch von den Augen ablas? Ich hielt gern Händchen mit ihm. Aber er berührte mich auch auf Arten, die nicht so … natürlich waren. Es war unbehaglich, als würde er sich in Erinnerung rufen, das tun zu müssen.

Berühre Mias Taille einmal, zweimal ihren Rücken, dreimal ihre Schulter. Als würde er sich durch eine Checkliste arbeiten – oder eine Subroutine beim Programmieren durchgehen.

Irgendjemand schlug vor, dass wir 20 Questions spielten. Jeder Spieler wählte eine Karte aus dem Stapel, und ohne sie anzuschauen, hielten wir sie uns an die Stirn, damit die anderen unsere Identität lesen konnten, ohne dass wir es wussten. Auf jeder der Karten stand eine berühmte Persönlichkeit: historisch, zeitgenössisch oder fiktional. Man hatte zwanzig Fragen, die mit ja oder nein beantwortet wurden, um Hinweise auf die eigene Identität zu erhalten. Derjenige, der die wenigsten Fragen zum Erraten seiner Identität brauchte, hatte gewonnen. Wenn es Gleichstand gab, würde es eine Endrunde geben. Drei von uns schafften es in die Endrunde. Jordan, Adam und ich.

Nur dass diese zwei Arschlöcher mogelten und ich verlor, und das alles nur, weil sie mich bei meiner ersten Frage in die Irre führten. „Bin ich männlich oder weiblich?" Und sie sagten männlich, ohne zu zögern. Und ich brauchte viel zu lange, um herauszufinden, dass ich R2-D2 war.

„Unfair", sagte ich und kniff vor ihnen die Augen zusammen. „R2-D2 ist nicht männlich, und ihr habt gesagt, das wäre er."

„Du hast ihn gerade mit *er* beschrieben, also ist er männlich", sagte Jordan.

„Na ja, er ist weder das eine noch das andere. Droiden haben doch kein Geschlecht."

„C3PO ist männlich", entgegnete Adam.

„Das liegt nur daran, weil Anthony Daniels, der ein Mann ist, ihm die Stimme verleiht. Aber R2 hat nicht mal eine Stimme. Wie kann man sagen, dass R2 männlich ist?" Ich stellte sicher, dass ich diesmal nicht in die Falle mit dem Pronomen tappte.

„Na ja, wie nennst du R2 denn dann?"

„Warum gibt es nur eine Wahl zwischen männlich und weiblich? Hättet ihr gesagt, nichts davon, hätte ich sehr viel schneller herauskriegen können, dass ich ein Droide bin."

„Streiten wir doch nicht deswegen", sagte Adam, der mir seine Hand hinhielt.

„Ich streite schon darüber, denn ihr zwei habt gemogelt."

Jordan schaute zwischen Adam und mir hin und her und warf die Hände in die Luft. „Ich lasse mich nicht auf einen Streit unter Liebenden ein. Oder einen Ehestreit, oder was immer das ist."

Adams Hand war noch immer ausgestreckt, wackelte mit den Fingern, als würde er wollen, dass ich sie nahm. Ohne nachzudenken, tat ich es. „Tut mir leid, dass du dich aufregst, aber R2-D2 ist auf jeden Fall männlich. C3PO spricht ihn als er an."

„Pronomen sagen überhaupt nichts, und es ist ein Produkt seiner Zeit. Würde das jetzt gedreht, hätte C3PO das Pronomen *they* benutzt. Wer um alle Welt entscheidet, dass Roboter ein Geschlecht haben?"

„Droiden", verbesserte Adam, der mir den Arm drückte. Ich ließ seine Hand genervt los und zog mich zurück. Er ließ nicht los. Während die anderen abgelenkt davon waren, das nächste Spiel aufzubauen, wandte ich mich an ihn. „Warum lässt du meine Hand nicht los?"

„Weil wir streiten."

„Wir stimmen nicht überein."

„Okay, aber streiten wir bitte nicht darüber, ob wir nicht übereinstimmen oder streiten."

Ich verdrehte die Augen. „Mir tut der Kopf weh. Kann ich die Hand zurückhaben?"

„Nicht, bis wir das gelöst haben."

Ich runzelte die Stirn. „Äh. Was?"

„Wir sollten Händchenhalten, während wir nicht übereinstimmen. Und Augenkontakt. Es ist gut, wenn man einen Konflikt verlässt, ohne sich danach schlecht zu fühlen."

Ich schaute ihn finster an. „Du benimmst dich seltsam."

Und er hielt meine Hand weitere zwanzig Minuten fest, während wir alle schon ein gutes Stück durchs nächste Spiel waren, ein mit mehreren Brettern gestaltetes Siedler von Catan im Turnierstil.

„Emilia ist die ultimative Gamerin. Sie wird alle schlagen", sagte Adam, während wir in der Gewinnerrunde das Endspiel starteten. Wie vorhin waren es ich, Adam und Jordan, diesmal zusätzlich noch Kat. Kat hatte sich an Adams Erklärung gerieben und warf ihm einen finsteren Seitenblick zu.

Als er aufgesprungen war und angeboten hatte, unsere Nachtischschälchen in die Küche zu bringen, drehte sich der halbe Raum zu mir um und fragte: „Was ist heute Abend mit Adam los? Alles in Ordnung?"

Ich konnte nur mit der Schulter zucken.

Natürlich musste Jordan eine wenig hilfreiche ätzende Beobachtung einbringen. „Ich glaube, er ist gerade mitten dabei, eine Gehirnblutung zu haben, um ehrlich zu sein."

KAPITEL

ACHTZEHN

ADAM

Am nächsten Tag hatten wir einen trägen Vormittag, bevor wir uns auf unseren großen Gruppenausflug vorbereiteten – ohne Jordan und April, die allein zu Abend aßen und sich vermutlich heute Abend verloben würden. Hätte Jordan mich nicht den Schwur leisten lassen, es geheim zu halten, hätte ich Mia vorgewarnt.

Aber Überraschungen waren was Gutes, und sie würde begeistert für ihre Freundin sein.

An diesem Nachmittag würden wir übrigen über kleine Pfade auf Schneemobilen zum Rand eines Gletschers fahren, wo wir uns mit mehreren Hundeschlittenteams zusammentun würden, um unsere Reise durch die Berge fortzusetzen und die Sonne am Gipfel untergehen zu sehen.

Aber bis dahin hatten wir an diesem gemütlichen Vormittag ein paar Stunden, um überhaupt nichts zu tun. Mehr als genug Zeit, um weitere Häkchen auf meiner Liste zu machen und sie vielleicht sogar abzuschließen.

Ich machte mir allerdings ein wenig Sorgen. Emilia wurde ungeduldig, und ganz offen, mein Körper war da ganz bei ihr. Aber meine eigene Sturheit weigerte sich, diese Gelegenheit sausen zu lassen. Denn dieses verdammte Quiz mit seiner unglückseligen Vorhersage einer Ehe, die keine drei Jahre hielt, lastete immer noch auf mir.

Aber keine Sorge, ich hatte mir eine Roadmap gemacht, um uns wieder auf Spur zu bringen – in der Form der superpraktischen, technikfreien Checkliste.

Nach dem Frühstück gingen wir zurück in unser Zimmer. Ich nahm etwas Holz von einem Stapel in der Nähe und machte ein Feuer, um uns aufzuwärmen. Emilie räumte ein bisschen auf, sammelte die Schmutzwäsche ein und machte das Bett, da wir minimalen Zimmerservice bestellt hatten, um unsere Privatsphäre zu haben.

Meine Gedanken rasten wegen der Möglichkeiten, was als nächstes zu tun war. Um besser nachdenken zu können, entschied ich mich dafür, eine Dusche zu nehmen, damit ich überlegen konnte.

Aber das brachte mich nirgendwohin, außer dass ich sehr viel sauberer wurde. Ich trocknete mich ab, entschieden, meine Liste rauszuholen und sie zu überfliegen. Ich schlang mir das Handtuch um die Hüfte und öffnete die Tür zum Schlafzimmer, um meine Kleider zu holen.

Das Zimmer war aufgeräumt, die Luft erwärmt von dem inzwischen knisternden Feuer. Und Emilia war da, sie wartete auf mich. Voll geschminkt, die Haare schön frisiert, und ihr Körper auf dem Bett ausgestreckt, den Kopf auf einen abgewinkelten Arm gestützt.

Ihre Nachtwäsche war jede Nacht immer verführerischer geworden. Und gerade jetzt trug sie die mit dem größten Sex-Appeal ... ein schickes Gewebe aus weißen Spitzenstücken, Riemen und großen Bereichen mit ihrer schimmernden, nackten Haut.

Tja ... *schluck.*

Unter meinem Handtuch war sofort ein Ständer. Heilige Scheiße. Sie war umwerfend, aufgetischt wie ein Fünf-Gänge-Menü, und wartete auf mich. Jeder einzelne Teil meines Körpers war ausgehungert und bereit, zu schwelgen.

„Ist dir kalt?", fragte ich, nachdem ich mich geräuspert hatte. Meine Stimme klang sogar in meinen Ohren angespannt, gestresst. Aber ich konnte nicht verhindern, dass ich diese köstlich steifen Nippel bemerkte, die Hallo sagten, daher die Frage.

Meine Zunge prickelte bereits bei dem Gedanken, sie zu schmecken, zu saugen, sogar zu knabbern.

Sie leckte sich über die Lippen. „Das wird schon, wenn du hier rüberkommst und das Handtuch abnimmst."

„Sagst du mir, dass du meinen Körper magst, damit ich ihn an dich halte?" Ich warf ihr ein schiefes Lächeln zu.

„Sagen wir einfach, es wird sich für dich lohnen." Sie streckte diese langen, köstlichen Beine aus und beugte das Knie, damit ich einen besseren Blick auf die Tatsache bekam, dass sie kein Höschen trug. Scheiße, ich könnte jetzt einfach auf sie springen, ohne auch nur ein bisschen Kleidung abzunehmen, und mich an ihr austoben, ganz, wie ich wollte.

Tatsächlich klang das unfassbar gut.

Die Dinge fühlen sich da unten bereits angespannt, ziehend und schmerzhaft an. Und eindeutig war der Stand der Dinge unter dem Handtuch sichtbar, denn ihr Blick konzentrierte sich auf die Wölbung. Mein ganzes Wesen und Denken konzentrierte sich im Augenblick auch auf diese Wölbung, verdammt.

Ich schluckte, und mein Herz raste zusammen mit dem Puls in meiner Kehle. Vielleicht wäre es ja gut, das jetzt mal vom Tisch zu bringen, damit wir zurück zur Checkliste gehen und die notwendigen Dinge erledigen konnten, die zu unserem Beziehungsspiel gehörten.

Denn diese Nippel, diese Nippel wirkten ganz so, als würden sie meinen Mund um sich wollen, meine Zunge, die an ihnen leckte, bis sie stöhnte und meinen Namen keuchte. Ja, das war genau das, was sie brauchten. Und auch das, was ich brauchte.

Ich ging zum Bett, ohne einen weiteren Gedanken an die Liste.

Emilias Blick leuchtete in dem Moment, als ich das Handtuch richtete, und meine Augen musterten jeden Quadratzentimeter dieser leuchtenden, wunderbaren Haut – und davon gab es eine Menge. Verdammt, das war ein zartes, rüschiges und trashiges Ding, das sie da trug, und ich war ganz dabei. Völlig.

Ich schlang die Hand um ihren Fußknöchel und zerrte fest genug daran, um sie übers Bett herab zu mir zu ziehen. „Komm her. Du verschaffst mir gerade sehr versaute Gedanken."

Sie grinste verschlagen. „Bin ich eine Verführerin?"

Sie wusste genau, was sie tat, verdammt. Verführerin und so weiter. Wer hätte gedacht, dass diese Sexgöttin, die auf dem Bett vor mir lag, einmal die süße und unschuldige – und leicht in Rage zu versetzende – Jungfrau gewesen war, die ich zum ersten Mal persönlich in einem unversöhnlichen und kalten Hotelkonferenzzimmer getroffen hatte? Mein Blick wanderte an ihr hinab. Dieses Mädchen war eine Million Meilen von der Frau entfernt, die sie jetzt war. Nicht, dass ich nicht unwiderruflich in beide von ihnen verliebt gewesen wäre.

Und ich konnte mir nicht erlauben, die Dinge locker anzugehen. Wir waren da auf einem guten Weg, und bisher hatte mir die Checkliste gute Dienste geleistet.

Wo immer sie war. Wo war sie denn überhaupt? War sie weggeworfen worden? Verdammt. Ich zögerte, darum zu bitten, mein Handy zurückzubekommen, denn ich hatte ihr wirklich beweisen wollen, dass ich es konnte – und dass ich ihre Wünsche ausreichend respektierte und ehrte, um es ohne Zögern zu machen.

Aber vielleicht konnte ich Jordan dazu kriegen, das Handy für mich zu holen? Er könnte es entsperren und die Checkliste zum Drucker im Business-Center schicken. Er würde deswegen unaufhörlich Scheiße labern, aber er würde es machen.

Emilia gab mir durch das Handtuch hindurch eine Massage mit dem Fuß. Genau dort, wo es sich am besten anfühlte. Ein Strom aus Lust ging knisternd durch mich hindurch. Ich ließ das Handtuch fallen und senkte mich auf das Bett, nagelte sie unter mir fest. „Oh, ich glaube, jemand wird gleich so richtig hart und gut durchgefickt."

Sie wand sich glücklich unter mir. „Ja zu beidem."

Ich schnappte mir grob ihr Kinn und zog ihren Mund zu meinem, bedeckte ihn mit einem bedürftigen und unnachgiebigen Kuss. Sie schmeckte nach Wein und Schokolade und Hitze. Ich schob ihr die Zunge in den Mund, hungrig, gierig nach mehr – nach allem.

Hatte ich nicht mal ein fotografisches Gedächtnis gehabt? Ich schwor bei Gott ... Warum konnte ich die Liste nicht in

Gedanken sehen, wie ich das normalerweise konnte? Besonders etwas, das ich selbst aufgeschrieben hatte.

Emilia stöhnte, ihre Finger fuhren doch meine Haare, schickten heiße Lustschocks, die mein Rückgrat direkt hinab zu meinem Schwanz liefen. Die Liste musste in der hinteren Hosentasche meiner Jeans sein. Die Jeans … Wo war die? Auf dem Boden im Bad? In der Reise-Wäschetasche? Scheiße, was, wenn sie das Papier aufgesammelt und es in den Kamin geworfen hatte, während ich geduscht hatte?

Emilias Atem ging keuchend zwischen ihren Lippen, während ich die Hüften bewegte, um endlich zwischen ihren warmen, offenen Oberschenkeln zu ruhen. Exquisit. Aber gottverdammt, ich konnte nur an diese verdammte Liste denken, und wie ich vermutlich die Gebote darauf auf sechs verschiedene Arten überschritt, und das an einem Sonntag. Der Rat hatte ganz eindeutig gelautet, sich nicht auf Sex zu verlassen, um die Eheprobleme zu flicken.

Machte ich das nicht gerade? Würde es nicht das ganze Gute auflösen, das wir zusammen in den letzten paar Tagen aufgebaut hatten, wenn wir jetzt miteinander schliefen?

Ich brauchte diese Liste, gottverdammt.

Ich gab der Endlosschleife in meinem Kopf nach, zog mich vor ihr zurück. Ich ging zum Nachttisch. Sie streckte sich wie eine Katze über den Laken aus, ein träges Lächeln auf ihren Lippen. Vermutlich nahm sie an, dass ich ein Kondom holte.

„Ich hab bereits eins. Genau hier." Sie drehte sich an der Taille, um das knisternde Papier zwischen Daumen und Zeigefinger hochzuhalten. „Siehst du? Komm zurück. Ich brauche deinen Schwanz – und dich."

„Gut, denn uns gibt es nur im Paket." Mein Blick musterte ihr Nachtkästchen, nachdem ich mein eigenes abgesucht hatte. Keine Liste zu sehen.

„Ich, äh, bin gleich wieder da, ich muss mal schnell ins Bad."

Ihr Arm senkte sich langsam, und ihr Gesicht verdüsterte sich. Der Wäschebeutel war im Bad, oder?

War er nicht. Nachdem ich also den Wasserhahn kurz aufgedreht und in der hinteren Tasche meiner Jeans auf dem Boden gesucht hatte, verließ ich das Bad und ging in unserem großen Schrank.

„Adam?", rief sie vom Bett aus.

„Gib mir nur kurz. Ich bin gleich da."

Aber nein, es dauerte länger als nur kurz, während ich jedes Kleidungsstück aus dem Wäschebeutel zog, das ich getragen hatte, seit wir hier angekommen waren. Ich schaute in jeder einzelnen gottverdammten Tasche nach, dann ging ich zurück und drehte sie alle um. Keine beschissene Liste.

Gottverdammt.

Bis ich ins Zimmer zurückkehrte, stellte ich fest, dass es leer war, die sexy Wäsche lag zusammengeknüllt auf dem Bett. Na, Scheiße.

KAPITEL

NEUNZEHN

JORDAN

DER GROSSE ABEND WAR DA, UND ICH HATTE JEDE FREIE Minute, die ich gehabt hatte, in die Planung gesteckt, hatte Möglichkeiten gefunden, mich wegzuschleichen, um mit Anna über jedes Detail zu kommunizieren, damit wir bei allem auf Augenhöhe waren. Die Concierge war tatsächlich ziemlich gut darin, Details abzudecken, an die ich gar nicht gedacht hatte, und nutzte ihre Verbindungen, um im ganzen Ressort Dinge zu arrangieren.

Ich hatte sogar Zeit gehabt, mich wegzuschleichen und die Gondeln am Vortag auszuprobieren. Anna war mit mir gefahren und hatte sich Notizen gemacht, während wir darüber gequatscht hatten, wie alles gemacht werden würde.

Hoffentlich ohne ein einziges Problem.

Das würde ein epischer Antrag werden. Derjenige, über den sie noch jahrelang reden würde.

Kein einziger Antrag in Whistler würde romantischer sein. Dafür würde ich sorgen.

Also war es nur noch eine Frage, wie wir sie dorthin brachten, und zwar rechtzeitig. Ich schaute wieder auf meine Uhr. April brauchte eine echte Ewigkeit im Bad, um sich für unseren besonderen Abend, an dem wir zusammen ausgingen, fertigzumachen.

Ich hatte ihr noch nicht einmal die Einzelheiten über das Abendessen in der Gondel gegeben. Nein, das war alles Teil meiner epischen Überraschung. Ich konnte mir nicht vorstellen, dass sie Schmetterlinge im Bauch hatte. Schmetterlinge waren viel zu zart für das, was ich spürte. Nein, das waren auf jeden Fall Dinosaurier, die dort unten herumstapften wie in *Ein Land vor unserer Zeit*, wo alles riesig gewesen war, sogar die Insekten. Meine ganzen Eingeweide waren ein vergessenes prähistorisches Biotop, das gegen sich selbst Krieg führte.

Und ich ging so heftig auf und ab, dass ich es riskierte, eine Furche in den Kleber des weichen Teppichs in unserem Schlafzimmer zu laufen.

„April, was ist los? Rupfst du dir die Haare an den Beinen einzeln aus?“

„Ich bin gleich da!“, rief sie durch die Tür.

„Das hast du vor zehn Minuten gesagt. Wir müssen los. Anna hat alles vorbereitet, und sie wartet, bis …“

Plötzlich wurde die Tür aufgerissen, und sie schaute mich mit brennendem Blick an. „Was? Was hast du gesagt?“, fuhr sie mich an.

„Ich sagte, dass wir zu spät kommen, und Anna …“

„Warum ist sie da? Warum geht *sie* mit auf unser Date?“

Ich blinzelte. „Äh, weil ich sie unsere Concierge ist und ich sie gebeten habe, mir zu helfen, etwas ganz Besonderes zu …“

„Also gut!" Sie stapfte barfuß zum Schrank hinüber, bückte sich und schnappte sich ein paar glänzende schwarze, hochhackige Schuhe. Sie sah heute Abend umwerfend aus, in einem tiefvioletten Kleid, das sich an ihre köstliche Figur schmiegte und ihre Kurven zur Schau stellte. Wenn sie sich bewegte, war ein ganz leichtes Glitzern zu sehen, und das Kleid haftete an ihren Oberschenkeln auf eine Art, bei der ich den Rockteil hochschieben und sie an eine Wand drängen wollte.

Letzten Abend war sie seltsam gewesen, als sie zu Bett gegangen war. Vielleicht hatte sie zu viel getrunken, denn sie hatte schreckliche Kopfschmerzen gehabt.

Der absolute Höhepunkt? Sie hatte nicht mal gewollt, dass ich sie von hinten im Arm hielt, was insgeheim mein Lieblingsteil war.

April war still, als wir zur Gondel kamen. Ihre süßen Augenbrauen waren zusammengezogen. „Ich dachte, wir würden zu Abend essen. Warum sind wir am Lift? Mir ist nicht klar gewesen, dass ich einen Skianzug brauche."

„Brauchst du nicht. Alles gut."

Sie runzelte die Stirn, beäugte den Weg zum Führerhaus der Gondel. „Aber wie komme ich in diesen hochhackigen Schuhen über den Schnee? Auf gar keinen Fall werde ich diese Loubs nass werden lassen."

„Hier." Ich ging vor sie und bückte mich, damit sie die Arme um meinen Hals legen konnte. „Steig auf meinen Rücken, und ich trage dich huckepack."

Einen Augenblick lang bewegte sie sich nicht, stapfte in ihrem Absatz empört auf. „Ich kann nicht huckepack, du Idiot. Dieses Kleid ist zu eng. Ich kann die Beine doch kaum bewegen, um einen großen Schritt zu machen."

Ich drehte mich um und beäugte sie. Wow, sie hatte echt richtig schlechte Laune. Sie hatte mich vorher noch nie einen Idioten genannt.

Ohne ein Wort nahm ich sie hoch und trug sie in meinen Armen. Sie stieß ein leises Kreischen aus, aber dann sah ich es ... das erste Lächeln dieses Abends! Es war flüchtig und zittrig, aber da war es.

Bald waren wir in der Gondel, in der ein Tisch, ein langes weißes Tischtuch, hübsches Porzellan, glänzend silbernes Besteck und Kristallgläser aufgestellt waren.

Unser erster Gang wäre eine kalte Platte und Champagner. Aprils Augen wurden groß, als sie einen Blick auf den Tisch erhaschte. *Perfekt.* Genau die Reaktion, die ich mir gewünscht hatte. Das würde episch werden. Der Antrag, der das Ende aller Anträge bedeutete.

Dafür würde ich jahrelang Sex in der Stellung meiner Wahl bekommen. Ich würde auch tonnenweise Freifahrtscheine für meine Pflichten als Ehemann bekommen. Ich würde die ganzen Ehemann-Punkte gewinnen, weil ich so unfassbar originell mit dem Antrag gewesen war, selbst wenn der pure Gedanke daran, was es alles bedeutete, mir immer noch eine Heidenangst machte.

Aber wir waren keine zehn Minuten unterwegs, als mir klar wurde, dass das nicht nur eine schlechte Idee war, sondern sich in eine absolut schreckliche Idee verwandelt hatte.

April hatte keine Höhenangst. Sie war gestern ohne Probleme im Sessellift gefahren. Aber bald schwitzte sie und zitterte und litt an einer ausgewachsenen Panikattacke.

Als Anna an der anderen Station in die Gondel kam, um uns den zweiten Gang zu bringen, schob sich April an ihr vorbei und übergab sich über den ganzen Gehweg draußen.

Anna schaute mich an. Ich starrte sie an. Sie zuckte mit den Schultern.

Und die arme April kotzte weiterhin die ganze Vorspeise auf den Gehweg, während die Passanten zurückfuhren und sich abwandten.

Na, verdammt, das würde auf jeden Fall ein Abend werden, der fest in ihre Erinnerung eingebrannt war, aber nicht das den Gründen, die ich mir erhofft hatte.

So viel zu unserer überepischen romantischen Gondelfahrt, verdammt. Wieder zurück auf Schritt eins.

KAPITEL ZWANZIG

APRIL

DER LETZTE ABEND WAR EIN VÖLLIGES FIASKO gewesen. Ich wusste, dass ich Jordan zutiefst enttäuscht hatte, weil ich seine ausgeklügelten Pläne ruiniert hatte. Dass mir auf der Gondelfahrt schlecht geworden war, war für mich genauso schockierend gewesen wie für ihn. Aber wenn man bedachte, dass ich diesen Abend übermäßig gestresst begonnen hatte, und geschwächt, weil ich den ganzen Tag zu wenig gegessen hatte, hätte es das nicht sein sollen. Irgendwann hatten sich meine Nervosität und mein niedriger Blutdruck zusammen getan und waren zu einer ausgewachsenen Panikattacke geworden, die mich auf die Knie gebracht hatte, während ich überallhin Bröckchen gehustet hatte. Verdammt. Ich hatte sogar was davon auf mein neues Kleid und in meine Haare gebracht. Jordan hatte sich neben dieses kokette kleine männerstehlende Fräulein gestellt und nichts getan. War das irgendeine Art Zeichen? Dass er nicht mal half, mir die Haare zurückzuhalten, wenn ich mich übergab?

Da war ich also am nächsten Vormittag, nippte vorsichtig an schwachem, lauwarmem Tee am Frühstückstisch und dachte darüber nach, ob mein Magen immer noch zu flau für Essen war oder nicht.

Aber ich wollte echt nicht um Leute sein und über die Dinge reden, die mir den Magen so verdorben hatten. Darum zog ich mich aus den nachmittäglichen Aktivitäten zurück, ohne auch nur wirklich durchzublicken, was sie eigentlich waren. Irgendeine Naturwanderung oder was auch immer. Ich entzog mich den Menschen für heute.

Ich hätte mich lieber mitten in meinem Bett zusammengerollt, mit meinem E-Reader und dem kitschigsten Buch, das ich finden konnte. Je schlimmer, desto besser.

Oder vielleicht was, das mich glücklich machte. Ein geschätzter Re-Read war immer eine sichere Bank. Selbst während ich mich in meinem derzeitigen Elend wälzte, freute sich mein innerer Buchnerd darüber. Ich hatte schon monatelang keine Zeit mehr für einen Re-Read gehabt.

Als ich allerdings hörte, dass Jordan mir folgte und auch aus den Aktivitäten mit Menschen ausstieg, änderten sich meine Pläne. Denn das bedeutete, dass wir das Anwesen für uns haben würden.

Und vielleicht konnte ich ein wenig von dem Schaden reparieren, den mein schwacher Magen und meine Nervosität am Vorabend angerichtet hatten. Alles, um ihn davon abzuhalten, von Miss Zierlich, Blond und Hübsch angezogen zu werden.

Es war Zeit, eine offene Unterhaltung über das zu führen, was los war – kein Sekt, keine schicken Dates.

Ich würde meine beste sexy Unterwäsche tragen. Wir würden uns ein wenig betatschen, und dann würde ich mit ihm reden, echt mit ihm reden, und ihn fragen, was genau los war. Und ich würde ihn direkt ins Gesicht fragen, ob ich mir Sorgen wegen des Schneehäschens Anna machen musste.

Die gute Nachricht war, dass er den ganzen Vormittag lang äußerst fürsorglich war und dafür sorgte, dass ich etwas bekam, um meinen Magen zu beruhigen, und mich fragte, wie ich mich fühlte. Ein sehr süßes Biest.

Nachdem er mir versichert hatte, dass er da blieb, machte ich ein Nickerchen, entspannte mich unter der Dusche und genoss es, mich ein wenig zu verwöhnen.

Dann machte ich mich auf die Suche nach meinen brandneuen sexy Dessous. Ich hatte sie speziell für diese kleine Reise als kleines nach-weihnachtlichen Geschenk für das Biest bestellt. Aber sie waren an keinem offensichtlichen Ort, und ich wühlte bald durch jede Schublade, in der meine Klamotten waren. Die Concierge und ihr Assistent hatten für mich ausgepackt.

Was zum Teufel hatte sie damit getan? Hatte das kleine Schneehäschen mich sabotiert?

Mit wachsendem Frust ging ich ein zweites Mal durch. Das Teil war umwerfend und höllisch teuer, und ich wollte es heute Nachmittag tragen!

Ich ging zum Schrank weiter – da war es nicht. Schaute noch mal im Koffer nach, den ich reingebracht hatte. Nein.

Mit einem genervten Schnauben machte ich weiter, immer noch nackt und nur in ein Handtuch geschlagen, um *seine* Schubladen nach dieser verdammten Tasche zu durchsuchen. Offensichtlich war nichts da, aber nur, um sicher zu sein, griff ich mit der Hand hinein und tastete nach der Tasche oder den Etiketten oder sonst was. Ich war verzweifelt, verdammt! Sobald ich zu seiner Socken- und Unterwäscheschublade kam, ging ich mit beiden Händen durch und war panisch, weil ich das verdammte Ding finden wollte. Fand es aber nicht.

War sie echt so tief gesunken, dass sie meine Wäsche versteckte? Was kam als nächstes? Mich für Mord drankriegen, um mich in irgendein kanadisches Gefängnis in der Arktis verschleppen lassen? Mein Herz raste, und ich wurde bei meiner Suche nur noch panischer.

Als meine Hand gegen einen harten Gegenstand in einem Bündel seiner Socken stieß, erstarrte ich.

Ich warf einen Blick über die Schulter auf die Tür. Sie war noch geschlossen. Ich zog den Sockenball auseinander, um zu sehen, was darin verborgen war. Vielleicht war es ein Wegwerfhandy, über das er mit Anna kommunizierte? Ich hatte gehört, dass Kerle das machten, wenn sie fremdgingen. Teufel, wer wusste es schon, vielleicht war es ein Fläschchen Viagra, damit er mit mir und den Bedürfnissen einer anderen mithalten konnte?

Mein Herz raste, und mein Magen drehte sich um, drohte, das kleine bisschen Essen wieder hochzuwürgen, das ich vorhin zu mir genommen hatte. *Nicht schon wieder.* Bitte nicht schon wieder. Ich hatte doch gestern schon genug für ein Jahr gekotzt ...

Die kleine wasserblaue Schatulle, die in meiner Hand lag, war auf jeden Fall kein Handy. Genauso wenig ein Pillenfläschchen.

Schluck.

Die Verpackung war sofort erkennbar wegen der typischen blauen Tiffany-Farbe. War das für mich? Mit einem weiteren schuldbewussten Blick zur Tür öffnete ich den Deckel auf dem kleinen Ding, um mal zu spicken, was darin war.

Die Schatulle leuchtete mit einem Blitz auf, um einen riesigen Ring zu präsentieren – Weißgold mit einem gigantischen eiförmigen Diamanten, der darauf ruhte. 2,5, vielleicht 3, schätzte ich. Besonders klare, reine Farbe – ich wollte wetten, eine Farbeinstufung von D. Das Ding hatte auf jeden Fall genug gekostet, um einen Rockstar auszulösen.

Ich blinzelte. Starrte. Blinzelte wieder.

Was zum Teufel war das? Ein Verlobungsring? In Jordans Schublade? *Mein* Jordan? Jordan Guy Fawkes hatte einen Verlobungsring unter seinen persönlichen Sachen verstaut?

War das die Apokalypse? Heirateten jetzt Katzen Hunde, war es eine Massenhysterie?

Was … was … Das passte einfach nicht.

Ich versuchte, nach Luft zu schnappen, stellte aber fest, dass ich es nicht konnte. Am Rande meines Sichtfelds waren schon Sterne. Ich war gerade mal ein Keuchen vom Hyperventilieren entfernt.

In diesem Augenblick öffnete Jordan die Tür und kam ins Schlafzimmer. In meinem Schock dachte ich nicht mal daran, das Ding wegzustecken.

Als er sah, was ich hielt, erstarrte er auf der Stelle, den Blick auf die Schatulle gerichtet, die hell den schimmernden Stein darin beleuchtete.

Er wirkte wie ein Mann, dem gerade eine Dampfwalze übers Gemächt gefahren war.

Er schien sich allerdings rasch zu erholen, seine Haltung wurde lockerer. Mit einer Hand rieb er sich übers Kinn. „Ach, oh. Ich sehe, du hast Williams Ring gefunden."

Ich blinzelte, starrte hinab auf die Schatulle, dann wieder zu ihm hinauf. „Was?“

Er trat noch einen Schritt auf mich zu, die Augen zusammengekniffen, als er sah, dass ich immer noch nur in ein Handtuch gewickelt war. „Ja, William hat mich darum gebeten, dass ich den für ihn aufbewahre. Er hat vor, Jenna zu fragen, während wir hier oben sind.“ Er hielt eine Hand für die Schachtel hin.

Jetzt war ich diejenige, die starrte und verständnislos war. So viele Möglichkeiten und Szenarien waren mir gerade durch den Kopf gegangen, dass sie in Lichtgeschwindigkeit zu einer seltsamen Filmmontage zusammenkamen. Langsam, mechanisch klickte ich die Schatulle zu und reichte sie ihm.

Dann blinzelte ich wieder. Das machte schon Sinn. Sehr viel mehr Sinn, als dass Jordan selbst einen Verlobungsring besaß.

Ich biss mir schuldbewusst auf die Lippen. „Ich habe … ich habe nicht geschnüffelt, das verspreche ich. Ich habe nach meinen … Na ja, ich habe was gesucht, was ich gekauft habe, aber es ist nicht zu finden. Also habe ich in deine Schubladen geschaut, um zu sehen, ob es vielleicht da miteingeräumt wurde. Mir gefällt es nicht, dass die Concierge für uns ausgepackt hat, und ich kann meine Sachen nicht finden!“

Gut. Da ging die Schuld dafür auch noch an das Concierge-Häschen. Hervorragend.

Er starrte mich an, legte den Kopf schief. „Fühlst du dich okay, Babe?“

Mein Blick war immer noch fest auf die Schatulle gerichtet. Als ihm das auffiel, schob er sie sich in die Tasche.

Ich schluckte, dann schob ich mich von den Knien hoch, um auf dem Bett zu sitzen, plötzlich fror ich in dem feuchten

Handtuch. „Ich komme schon in Ordnung. Ich bin nur genervt, weil ich was Besonderes tragen wollte … für dich. Da wir heute Nachmittag ja allein sind."

Seine Augenbrauen zuckten interessiert, aber in diesem Augenblick zitterte ich. „Lass mich hier drin ein Feuer anzünden, und ich werde vom Catering was zu essen bringen lassen. Und wir werden eine schöne Zeit allein verbringen. Uns vielleicht was Witziges und Schmutziges einfallen lassen. Wie klingt das?"

Ich runzelte die Stirn, dachte immer noch an diesen Ring, und dass sich der arme William die ganze Mühe gemacht hatte, ihn zu kaufen – und wahrscheinlich einen unpassenden Ratschlag für diese Aufgabe angenommen hatte, vermutlich von seinem Cousin Adam oder so was. Der Arme. Und sich dann den Stress machen, ihn zu verstecken, damit sie ihn nicht finden würde, und was Ausgeklügeltes zu planen, nur um ihr eine Frage zu stellen und ihr ein Stück Schmuck zu geben, das ihr vielleicht nicht einmal so gut gefiel. Mein Gott, ich hoffte, dass es ihr nicht gefiel.

Ich meine, der Diamant war riesig, aber …

Jordan starrte mich inzwischen perplex an, erwartete eine Antwort. „Tut mir leid, ich fühle mich nur schlecht für William."

Er blinzelte. „Was? Warum?"

„Jemand muss ihm sagen, dass er mit diesem Ring Jenna besser keinen Antrag macht. Ich meine, nur unter uns beiden, der ist krass hässlich."

KAPITEL

EINUNDZWANZIG

JENNA

ICH ZITTERTE, WAR FEUCHT VOM SCHWEIß VON UNSERER Wanderung, und ich wollte unbedingt eine glühend heiße Dusche. Stattdessen saß ich zusammengekauert vor dem Feuer im Wohnzimmer, denn William hatte verhindert, dass sich unsere Suite betrat.

Er hatte eine besondere Überraschung für mich, sagte er und hatte mich gebeten, zu warten. Und er war dabei so süß gewesen, wie konnte ich mich nur darüber beschweren? Nein, ich konnte durchaus hier sitzen und mich fragen, was er da drin vorhatte.

Ich hoffte nur, es war nicht so was wie, dass er plötzlich verlegen wurde, sich vor mir anzuziehen. Das hatte er noch nie gehabt, aber ... ein Leben mit William bedeutete, dass es nur selten langweilig wurde. Ich liebte alles daran.

Aber liebte er mich so sehr, wie ich ihn liebte? Vielleicht laugte es ihn ja aus, dass er sich jeden Tag mit meiner neurotypischen Art herumschlagen musste?

Und was das anging, liebte er mich denn überhaupt noch? Und wie konnte ich ihn dazu bringen, mir diese drei magischen Worte zu sagen, ohne ihn dazu anzustiften, sie nur aus

Pflichtbewusstsein zu sagen? Oder weil ich ihn darum bat? Und wo wir schon dabei waren, weshalb war es für mich so wichtig, dass er diese drei Worte sagte, ohne angestiftet zu werden, und dass er sie oft sagte?

Wann immer ich sie zu ihm sagte, erwiderte er sie normalerweise nicht.

Meine Gedanken wurden unterbrochen, als mir klar wurde, dass William neben mir stand.

„Ich bin bereit, dass du jetzt mit mir reinkommst."

Es wurde auch Zeit! Mir war bereits kalt, obwohl ich neben dem Feuer stand.

„Ist dir nicht kalt?", fragte ich ihn, fand es schwer, zu glauben, dass das nicht der Fall war, besonders nach seinen Beschwerden während des Eislaufens.

„Ich werde mich bald besser fühlen. Du hoffentlich auch."

Er geleitete mich zurück ins Zimmer und blieb im Eingang stehen, gestattete mir, zuerst einzutreten.

„Ich will einfach raus aus diesen Klamotten und mich in der Dusche aufwärmen." Ich schenkte ihm einen spielerischen Blick, während er eintrat und die Tür schloss. Mit einem Seufzen riss ich meinen Pulli und das Oberteil herunter. „Willst du dich mir anschließen?"

Er schüttelte den Kopf. „Nein. Ich werde mich dir nicht in der Dusche anschließen."

Meine Laune wurde etwas schlechter. Es war schwer, William dazu zu überreden, etwas Neues auszuprobieren, aber wir hatten schon mal zusammen geduscht. Er hatte nicht gesagt, dass wir das auf die Nie-wieder-Liste setzen sollten. Tatsächlich dachte ich, es hätte ihm eigentlich ziemlich gefallen.

Ich zog den Rest meiner Klamotten aus und eilte ins Bad, plötzlich überwältigt von dem Drang, zu zittern. Aber ich blieb abrupt stehen, als ich in die Dusche am gegenüberliegenden Ende des Bades gehen wollte, denn die große abgesenkte Wanne war bis zum Rand voll mit einem Berg glitzernder Bläschen.

Ach du meine Güte! Es war Ewigkeiten her, seit ich ein Schaumbad genossen hatte! Wie wunderbar.

„Das hast du gemacht?", fragte ich ihn, mein Mund stand offen, meine Augen waren groß. Ohne auf seine Antwort zu warten, stieg ich über den polierten Bambusrand, die Natursteinfließen und in die Granitwanne. Als ich meinen ganzen Körper in den Kokon aus schaumigen Bläschen gleiten ließ, seufzte ich tief. Die Temperatur war perfekt, meine Haut prickelte, wurde von Wärme umfangen. „O mein Gott, das ist toll."

Rosen standen in ganzen Stauden in Glasvasen, die überall am hinteren Rand aufgestellt waren, und der kleine Kamin hier war auch angezündet, um noch weitere Wärme beizutragen. Und Kerzen! Er wusste, wie sehr ich meine Kerzen liebte. Ich hatte daheim immer mindestens eine Votivkerze brennen. Manchmal beschwerte er sich, dass es ein Brandrisiko war, aber darüber hinaus protestierte er nicht.

Mein William.

Er lächelte. „Adam hat mir den Gedanken mitgegeben, als ich gefragt habe. Und die Concierge hat die nötigen Produkte geliefert. Und dann habe ich ein Thermometer genommen, um ..."

Ich lachte. „Zieh deine Klamotten aus und steig rein."

Er nickte nüchtern. „Ich wollte erst fragen, ob es dir was ausmacht ..."

„Ob es mir was *ausmacht?* Seit dem Augenblick, in dem ich diese tolle Badewanne hier drin gesehen habe, wollte ich mit dir baden."

Eine weitere Versicherung brauchte er nicht. William begann, seine Kleider auszuziehen und sie sorgfältig zusammenlegen, quälend langsam.

„Wirf sie doch erst mal auf einen Haufen. Das muss man doch sowieso alles waschen. Steig rein! Deine Dame hat dir ihren innigsten Wunsch kundgetan." Ich stand nicht darüber, meinen Rang einzusetzen, wenn ich ihn brauchte. William reagierte gut auf diese Sprache und den Ritterkodex, selbst wenn wir nicht an den Treffen unserer mittelalterlichen Reenactment-Gesellschaft teilnahmen.

Wie ich es erwartet hatte, funktionierte es, und er schlüpfte bald neben mir ins Wasser. Wir lächelten einander über die Schaumblasen hinweg an. „Ich war mürrisch, weil du mich in den feuchten Klamotten hast warten lassen, aber jetzt bin ich glücklich. Das hat sich gelohnt."

Er lächelte. „Gut. Das hatte ich gehofft. Und jetzt ist es dunkel, oder es gäbe eine tolle Aussicht auf die Berge gleich da. Ich habe die Vorhänge zugezogen, ansonsten wäre es sehr leicht, hier hereinzusehen. Niemand darf dich nackt sehen, nur ich." Er nickte mir äußerst ernst zu. „Ach, und vermutlich dein Arzt, aber daran versuche ich nicht zu denken."

Ich lachte wieder, lehnte mich zurück und seufzte vor Vergnügen.

„Die Concierge hat vorgeschlagen, dass ich die Rosen zerpflücke, damit sie im Wasser treiben können, aber ich habe es nicht über mich gebracht, diese perfekten Blüten zu zerrupfen."

„Sehe ich auch so." Ich sonnte mich in der Hitze. „Wow, die Wanne ist sogar noch beheizt. Wie genial. Also wird das Wasser warm bleiben."

William runzelte kurz die Stirn. „Es gibt diese Einrichtung, ja. Aber bis du es gerade eben erwähnt hast, hatte ich es vergessen. Möchtest du, dass ich es einschalte?"

Ich richtete mich auf, spürte die Hitze, meine Haut rötete sich. Tatsächlich fing ich an, mich ein bisschen zu warm zu fühlen. „Was meinst du? Das Wasser fühlt sich auf jeden Fall wärmer an, je länger ich darin sitze."

William blinzelte und neigte den Kopf zum Rand der Wanne, wo die Temperatursteuerung war. „Es ist auf jeden Fall nicht an."

Plötzlich war meine Haut nicht mehr warm, sie stand in Flammen. Brannte regelrecht. Und nicht auf die Art, wie es sich anfühlen würde, wenn die Temperatur erhöht worden wäre. Mit einem plötzlichen Stein im Bauch schaute ich zu ihm auf. „Wil, was hast du denn für ein Schaumbad genommen?"

William strahlte, löste den Blick von dem Heizmodul. „Ach, Anna, die Concierge war so freundlich, mir ein äußerst schickes Schaumbad in einer Champagnerflasche zu bringen." Er hielt sie hoch. „Siehst du? Es hat sogar einen französischen Namen, den ich niemals aussprechen könnte."

Ich blinzelte, meine Sicht zwar leicht verschwommen. Vielleicht war es der Dampf, aber ich fühlte mich auf jeden Fall nicht gut. Meine Augen tränten. „Scheiße, bitte sag mir nicht, dass da Jojobaöl drin ist."

Ich hob einen Arm aus dem Wasser und warf einen Blick darauf. Er war röter als ein Hummer mit Sonnenbrand. Die Haut so glänzend und strahlend, dass sie fast leuchtete. „Mist."

William musterte das Etikett mit den Inhaltsstoffen, aber ich hatte nicht vor, darauf zu warten. Ich sprang aus der Wanne und schlurfte weg, so gut ich konnte, während ich versuchte, nicht auf dem glatten Steinboden auszurutschen. Ich brauchte eine Dusche, und ich brauchte sie jetzt.

Panisch schrubbte ich jeden Quadratzentimeter meiner Haut mit Seife – woraufhin sie brannte –, als William sich näherte, sein ganzer Körper angespannt vor Nervosität. „Da ist auf jeden Fall Jojobaöl drin. Warum wusste ich nicht, dass du darauf allergisch bist?"

„Weil ich nie einen Grund hatte, es dir zu erzählen. Du hast mir nie irgendwie Kosmetik oder Badeprodukte gekauft. Und ich schaue alles ganz genau an."

„Du brauchst was. Sag mir, was du brauchst. Ich gehe zum Laden."

„Ich brauche Antihistamin. Aber es gibt hier einen Medizinschrank …"

Bevor ich noch etwas sagen konnte, war William am Medizinschrank, riss alles heraus und musterte die Etiketten. Offensichtlich gab es nichts, das er gebrauchen konnte, denn dann lief er aus dem Raum. Er war splitterfasernackt, also hatte ich keine Ahnung, wo er erwartete, von da aus hinzugehen. Ich wäre ihm ja nachgeeilt, aber meine Haut war im Augenblick ein Debakel. Ich war bis zu den Schultern ins Wasser getaucht gewesen, aber zum Glück hatte es meinen Hals, die Augen oder mein Gesicht nicht berührt. Darin lag zumindest ein gewisser Trost.

Der Rest von mir war rot, entzündet und ein Ausschlag bildete sich. Ich hatte die Wassertemperatur auf lauwarm zurückgedreht. Ich stöhnte bei jedem schmerzhaften Pochen.

Plötzlich rief jemand vom Eingang ins Bad herein.

„Jenna? Alles in Ordnung?" Es war Mia.

Na, es sah aus, als hätte William die Kavallerie gerufen. „Nur ganz kurz!", rief ich. „Ich bin nackt. Lass mich schnell ein Handtuch holen."

Nachdem ich sichergestellt hatte, dass die ganze Seife abgewaschen war, stellte ich das Wasser ab und schlang mir ein Handtuch um den Körper – aber ich konnte es nicht festziehen. Wo immer der Stoff meine Haut berührte, schmerzte es. Und ich bekam allmählich Kopfschmerzen. Selbst meine Hände fühlten sich angeschwollen an.

Mia warf einen Blick auf mich, und ihre Augen wurden groß. Sofort ging sie in den Doktorinnen-Modus über, griff vor, um mir die Finger an den Hals zu halten. „Hast du irgendein Risiko für einen anaphylaktischen Schock? Wie allergisch bist du denn auf Jojoba?"

„Ich hatte bisher noch nie einen anaphylaktischen Schock. Ich werde nur rot, manchmal kriege ich Ausschlag."

Ihre Hände waren immer noch an der Seite meiner Kehle. „Schluck mal."

Ich tat, wie geheißen. Dann drehte sie mich um, um alle Lichter einzuschalten und meine Haut zu mustern. „Deine Hände sind geschwollen. Wir brauchen etwas Antihistamin für dich, sofort."

„Das habe ich William gesagt … ist er losgelaufen, um dich zu holen?"

Sie schaute zu mir auf, dann legte sie mir einen Daumen auf das Augenlid, um ein Auge offenzuhalten, und fragte mich, ob ich nach links und rechts schauen könnte. „Er ist brüllend aus eurem Zimmer gelaufen."

„War er … war er nackt?"

Ihre Augenbrauen legten sich in Falten, und sie schaute mich seltsam an. „Nein, er hat Jogginghose und ein T-Shirt getragen, warum?"

Ich schüttelte den Kopf und winkte ab. „Spielt keine Rolle. Ich mache mir Sorgen um ihn."

Sie schüttelte den Kopf. „Er war sehr besorgt, aber als ich gehört habe, dass du eine allergische Reaktion hattest, bin ich reingerannt und wollte nicht sonderlich viel Aufmerksamkeit auf das verschwenden, was er tut. Du hast das ganze Zeug abgewaschen? Spürst du irgendwelche offenen Stellen? Ich sehe, wie sich ein Ausschlag bildet."

„Ja, ich hab es alles abgewaschen."

Mia senkte die Hände und stand von dort auf, wo sie neben mir auf dem Bett gesessen hatte. „In der Bar gibt es ein Erste-Hilfe-Set. Die Concierge hat es mir an unserem ersten Tag hier gezeigt, und ich habe ein Inventar des Inhalts gemacht, um sicherzustellen, dass es in Ordnung ist. Ich erinnere mich, dass ich da drin Antihistamintabletten gesehen habe. Ich hole sie schnell, und eine Flasche Wasser. Such dir vielleicht mal was Lockeres zum Tragen, oder schlüpfe einfach nur unter das Laken. Die Medikamente werden dich sowieso schläfrig machen."

„Bitte, kannst du rausfinden, ob Wil in Ordnung ist? Ich mache mir Sorgen, dass er sich das zum Vorwurf macht. Es ist meine Schuld. Ich habe ihm nicht gesagt, dass ich eine Allergie auf Jojoba habe."

Mia war schon fast aus der Tür. „Ich setze Adam darauf an." Sie verließ den Raum laufend.

Ich beschloss, das Handtuch von meinem Körper zu nehmen – es fühlte sich inzwischen wie reibendes Sandpapier an – und einfach nur nackt unter die Laken zu gleiten, aber nicht, bevor ich kurz meine Haut untersucht hatte. Ein leichter Ausschlag aus kleinen roten Erhebungen begann sich zu bilden, aber es gab keine offenen Stellen. Was für ein Glück.

Trotzdem, überall, wo mein Körper das Laken berührte, war es schmerzhaft, meine Gelenke taten weh, als hätte ich Arthritis. Mit einem lauten Stöhnen lehnte ich mich an die Kissen, und bis ich das geschafft hatte, kam Mia zurück an meine Seite, mit einer Flasche Wasser und den Pillen. Ich schluckte sie dankbar.

Sie öffnete ein weiteres Päckchen. „Die nimmst du auch. Schmerzmittel. Die wirst du brauchen."

Ich tat, wie geheißen, und dann schaute ich mit flehendem Blick zu ihr auf. „William?"

Sie kniff die Lippen zusammen. „Na ja, Adam konnte ich nicht finden, aber Jordan hat mir gesagt, dass William so panisch war, dass er praktisch barfuß raus in den Schnee gelaufen ist, um dir deine Medizin zu kaufen. Adam hat sich auf ihn gestürzt und ihn dazu gebracht, Schuhe anzuziehen, und sie sind zusammen losgegangen. Ich kann Adam nicht schreiben und ihm sagen, dass er nach Hause kommen soll, denn er hat sein Handy nicht. Aber wir haben alles, was du brauchst, gleich hier. Ich bin nicht sicher, in welchem Zustand William ist, aber ich sorge dafür, dass ich mich mit ihm hinsetze und ihm alles erkläre, wenn sie zurück sind."

Ich blinzelte. „Okay."

„Schon müde?"

Ich nickte träge. „Ja."

„Gut. Du wirst das einfach wegschlafen müssen. Ich lasse alle wissen, dass du heute Abend nicht bei den Aktivitäten dabei bist. Und ich werde sicherstellen, dass jemand hierbleibt, der dich im Auge behält."

Ich glaubte, ich murmelte eine Antwort, aber ich konnte mich nicht erinnern. Der Schlaf überwältigte mich zum Glück, und das Brennen meiner Haut war inzwischen nur eine ferne Wahrnehmung.

Irgendwann später regte ich mich, mit dem Bewusstsein, dass ich schrecklichen Durst hatte. Das sagte ich auch laut ins Zimmer, als könnte ein ganzes Publikum mit angehaltem Atem darauf warten, mir meine Wünsche zu erfüllen. Tatsächlich gab es nur einen. Mein wachsamer Ritter saß auf der Bettkante, hielt mir die Hand und beobachtete mich ganz genau. Bevor ich meine Bitte auch nur fertig aussprechen konnte, hielt er mir eine kalte Flasche hin, neigte sie sorgfältig zu meinen Lippen, damit ich mit einem Minimum an Mühe schlucken konnte.

„Vielen Dank", flüsterte ich, ließ den Kopf zurück ans Kissen fallen, während er die Flasche wieder auf das Nachtkästchen stellte. „Wie spät ist es? Es ist bestimmt spät. Warum bist du nicht ins Bett gekommen?"

„Ich muss sicherstellen, dass es dir gut geht. Mia hat gesagt, du brauchst mehr Pillen, alle vier Stunden, und es ist fast Zeit. Wirst du noch weitere siebzehn Minuten wach sein?"

Ich lächelte. „Ich glaube, es passt, wenn du sie mir jetzt gibst. Aber erst …" Ich griff vor und nahm seine Hand. „Ich will, dass du mir versprichst, dass du aufstehst und um dich kümmerst, und um Gottes willen, geh schlafen. Ich bin kein Baby. Du musst nicht die ganze Nacht um mich herumtüddeln."

„Ich bin dafür verantwortlich."

„Bist du nicht. Hör auf." Ich hatte Mühe, mich hinzusetzen, aber seine großen Hände legten sich auf meine Schultern, hielten mich zurück. „Was brauchst du? Ich mache es für dich."

„Kannst du nicht. Ich muss mal pinkeln."

Er zögerte kurz, als würde er irgendeine Möglichkeit suchen, wie er das für mich tun konnte, aber ich schlug seine Hände sanft zur Seite und stand auf. Ich fühlte mich ein bisschen besser. Die Reaktion war zum Großteil vorbei, mit nur einem ganz leichten Ziehen in einigen Gelenken, Reste der Entzündung.

Als ich zurückkehrte, hielt mir William die Pillen und das Glas wieder hin. „Ich glaube, du kannst sie neun Minuten zu früh nehmen."

Ich dankte ihm und nahm die Pillen und das Wasser. Er fragte, ob ich Hunger hätte, und ich sagte Nein. „Hast du zu Abend gegessen?"

William schüttelte den Kopf. „Sie haben ein bisschen Essen für uns von ihrem Abendessen mitgebracht, aber ich wollte nicht ..."

Ich deutete zur Tür. „Geh. Jetzt. Iss. Wenn du es nicht machst, bin ich genervt, und dann kriege ich vielleicht wieder Ausschlag." Eine komplette Unwahrheit, aber ich kannte meinen sturen Süßen gut genug, um zu wissen, dass er meine Seite nicht verlassen würde, während er dachte, dass ich krank war. „Oder besser noch, stell es auf ein Tablett und bring es hierher. Ich liege dann neben dir, und du kannst dein Abendessen haben und gleich neben mir sein, okay?"

Ich ließ mir ständig Kompromisse für ihn einfallen. Und sie funktionierten und machten uns beide glücklich. Es half ihm, sich behaglich zu fühlen, und machte es wahrscheinlicher, dass er bei Dingen nachgab, gegen die er sich sonst gesträubt hätte.

Diese kleinen Tricks und Tipps, die ich mir ausdachte, um unsere Beziehung glatt am Laufen zu halten – ich nahm an, dass er auch einige davon für sich erdacht hatte.

Waren wir tatsächlich Erwachsene in einer echten und ehrlichen, erfüllenden Erwachsenenbeziehung? Na ja, ja, ja, waren wir.

Aber ich konnte immer noch nicht rausbringen, warum es für mich so wichtig war, diese Worte von ihm zu hören. Ich wusste tief in meinem Herzen, wie er fühlte. Aber ich hatte diese Worte schon seit einem Jahr nicht mehr gehört.

Er kehrte mit einem Tablett voller Essen ans Bett zurück und bot mir sofort etwas an. Ich lehnte erneut ab, und er fing an, sein Sandwich zu verschlingen, war offensichtlich am Verhungern gewesen. Und doch hatte er nur zögerlich meine Seite verlassen, und auch nur, weil ich darauf beharrt hatte. Wäre ich nicht aufgewacht, hätte er an diesem Abend vielleicht niemals was zu essen bekommen. Und vermutlich auch keinen Schlaf.

Ich konnte das Zupfen der Schläfrigkeit wegen der neuen Dosis der Medikamente spüren, meine Lider wurden ganz schwer. Während William sein Sandwich zu Ende aß und sich ans Kissen zurücklehnte, griff ich vor und legte meine auf seine große Hand. Hier war ich in einem Kokon aus Wärme und Sicherheit, von meinem Liebsten streng bewacht. Ich hatte so ein Glück.

„Versprichst du mir bitte was?"

„Was?"

„Nein, versprich es mir, bevor ich dir sage, was du versprichst."

„Ähm, was bedeutet das?"

„Es bedeutet, dass du mir vertraust, indem du mir versprichst, etwas zu versprechen. Mach es einfach und stell keine Fragen."

Sein Kopf fuhr zu mir herum. „Versprechen, dir etwas zu versprechen …?"

„Wil, mach es einfach."

„Ähm, okay. Ich verspreche es. Was verspreche ich denn jetzt?"

„Versprich mir, dass du heute Nacht schläfst, gleich hier, neben mir. Mir wird es gut gehen, und ich will nicht, dass du dich erschöpfst. Morgen werde ich mich sehr viel besser fühlen und mit dir Sachen unternehmen wollen, rausgehen und die Natur genießen und einfach nur zusammen sein. Versprich mir, dass du schläfst und nicht über mich wachst."

Er seufzte.

„Du hast versprochen, es mir zu versprechen."

Sogar er lachte darüber. „Ich schätze schon. Okay, ich verspreche, ich werde schlafen, und wir werden morgen die Natur genießen."

„Und einander. Wir werden einander genießen."

Er drehte die Hand nach oben, um sie um meine zu legen. „Ich genieße es immer, bei dir zu sein. Außer vielleicht, wenn du mich dazu zwingst, zu versprechen, etwas zu versprechen, und ich verwirrt bin, was das bloß bedeuten soll."

Meine Finger legten sich um seine große, raue Hand. Meine Gedanken glitten bereits weg zu diesem warmen, gemütlichen Ort. Meine Augenlider sanken herab. „Ich liebe dich, Wil."

Er erwiderte nichts. Aber seine Hand drückte meine fester. Ich hatte keine Ahnung, wann er aufhörte, meine Hand zu halten, ob es fünf Minuten waren oder länger. Wie ich Wil kannte, saß er vermutlich stundenlang so da, zögerlich, seine

Hand wegzuziehen oder sich auch nur fürs Bett umzuziehen. Sturer Mann.

Sturer, süßer, liebenswerter und einzigartiger Mann. *Mein* Mann.

KAPITEL

ZWEIUNDZWANZIG

WILLIAM

„WANN BEKOMME ICH ENDLICH DAS PROJEKT ZU sehen, an dem du gearbeitet hast?", fragt mich Jenna mit diesem Tonfall und diesem vertrauten Blick – demjenigen, bei dem sie es wirken lassen will, als würde sie die Sache nicht erzwingen, wenn sie es doch eigentlich tut. Sie späht mich aus dem Augenwinkel an, ohne ihre Kopfhaltung zu verändern.

„Du hattest Gelegenheiten, dir das Buch anzusehen, als ich es unbeaufsichtigt zurückgelassen habe. Hast du nicht versucht, reinzuschauen?"

Jetzt dreht sie den Kopf, um mich anzuschauen, ihr Mund schockiert geöffnet.

Wir schlurfen früh am Morgen durch den Schnee, gleich nach dem Frühstück. Niemand sonst regt sich schon, außer Jordan, der sowieso immer bei Sonnenaufgang wach ist. Er hat in aller Stille an seinem Kaffee genippt und Finanzreporte auf seinem Handy gelesen.

Ich muss zugeben, ich war nicht begeistert von dem Vorschlag, als es anfing zu schneien, aber Jenna sprang aufgeregt auf und ab, als sie es sah.

„Neuschnee!", hat sie gerufen, und obwohl ich den Gedanken verabscheute, wieder draußen in der Kälte herumzulaufen – und die Wölkchen bei jedem Atemzug aus meinem Mund entweichen zu sehen – gab ich ihr nach, zog mich an, und wir gingen hinaus. Jetzt halten wir in Handschuhen Händchen und trotten durch den Neuschnee – noch etwas, das ich nicht mag. Laufen auf dem Schnee ist schlimmer als Laufen auf dem Sand am Strand, einfach kalt. Und nass. Zumindest habe ich eine Ausrede, um noch einmal diesen kratzigen, unperfekten Schal zu tragen, den sie nur für mich mit ihren hübschen, eleganten Händen gemacht hat.

Jenna starrt mich an, schockiert von meiner Andeutung, dass sie vielleicht einen Blick auf meine Arbeit geworfen haben könnte. „Ich würde mir noch nie deinen Skizzenblock ohne Erlaubnis ansehen, Will!" Aber irgendwas ist an der Röte in ihrem Gesicht, nicht nur von der Kälte, das mich denken lässt, dass sie es zumindest in Erwägung hat. Trotzdem traue ich ihr völlig. Sie würde mich nie anlügen, und ich glaube nicht, dass ein kleines Problem wie dieses ein Grund wäre, damit anzufangen.

Allerdings will ich nicht, dass sie deswegen neugierig ist. Es ist immerhin eine Überraschung. Aber etwas stört sie. Sie benimmt sich anders, seit wir hierhergekommen sind. Auf eine feine, aber für mich leicht zu entdeckende Art.

Sie bleibt neben mir an einem leeren Grundstück an der Straße stehen. „Du weißt, was wir im Neuschnee machen müssen, oder?"

Ich runzle die Stirn. „Reingehen und heiße Schokolade trinken?"

Sie schnaubt, die Luft entweicht durch ihre Nase wie Dampf aus einer Drachenschnauze. Sie ist schön, wie immer, aber das Bild nicht. Ich mag es auch nicht, den Atem aus ihrem Gesicht herauskommen zu sehen.

„Schneeengel! Komm schon, Wil. Das ist die perfekte Stelle, gleich neben diesen Bäumen. Frisch und unberührt."

„Das liegt daran, dass Leute keinen Schnee anfassen wollen. Der Grund für Handschuhe und Schals und Jacken und…"

Aber sie hat mich an der Hand, und sie zerrt mich zu dem frischen Hügel aus Schnee. Zögerlich lasse ich mich von ihr hinziehen. In dem Augenblick, in dem wir ankommen, lässt sie sich in den Schnee fallen, wirkt wie ein fröhliches Kind, wedelt mit den Armen und Beinen vor und zurück. „Mach einen Engel mit mir."

Mit einem langen, gedehnten Seufzen – von dem ich jeden Quadratzentimeter um mein Gesicht herum sehen kann – lasse ich mich neben ihr nieder und imitiere ihre Bewegungen. Zugegeben, mit sehr viel weniger Begeisterung, als sie an den Tag legt. Aber es macht sie glücklich, denn sie lacht mehr, und ich muss zugeben, ich sehne mich nach dem Geräusch ihres Lachens. Ich würde alles tun, um sie etwas mehr lachen zu lassen – besonders nach dem Desaster von gestern. Heute bin ich geneigt, zu tun, was immer sie will, wann immer sie es will. Ich bin immerhin ihr höflicher Diener auf jegliche Art, nicht nur ihr beschützender Ritter.

Aber den Schneeengel zu machen, macht mich völlig elend. Zunächst einmal war es schon von Anfang an kalt, und hier wird mir noch kälter, obwohl ich eine Jacke und den Schal trage. Der

Schnee ist hinten in meine Jeans gerutscht. Und zum Zweiten bin ich jetzt nass, was die Kälte noch schlimmer macht. Und nasse Kleider sind völlig inakzeptabel. Wie gestern bei dem Fiasko mit dem Bad werden wir mit nassen Kleidern in das Haus zurückkehren. Zumindest weiß ich es jetzt besser, als ein Schaumbad einzulassen, das ist sicher.

Jenna hat sich komplett von dieser schrecklichen Erfahrung erholt, und es gibt überhaupt keinen Hinweis mehr auf einen Ausschlag oder sogar auch nur irgendeine Krankheit. Sie hat mehr Energie als je zuvor. Und obwohl ich das an ihre liebe, hasse ich es, dass sie immer draußen sein will.

Ich liebe die Natur und das Draußen genauso sehr wie sie. Ich habe viele Lager mit unserer Reenactment-Gruppe gemacht und habe sogar ein paarmal unter den Sternen geschlafen, aber zum Großteil bevorzuge ich mein Pavillonzelt. Am allermeisten bevorzuge ich es, wenn mir warm ist. Ich mag die Kälte nicht. Ich mag es nicht, wenn es nass ist. Das weiß sie. Aber ich werde alles tun, was ihr gefällt, darum mache ich es erst mal.

Es heißt aber nicht, dass ich es genießen muss.

„Oh, du hast einen tollen Engel gemacht", sagt sie, setzt sich hin, um meine Arbeit zu begutachten. „Einen sehr großen, tollen Engel. Hier, lass mich dir aufhelfen, damit du ihn nicht kaputtmachst, wenn du aus dem Schnee steigst."

Sie wiegt nur wenig mehr als die Hälfte von mir, aber sie lehnt sich zurück, nutzt die Hebelwirkung, und hilft mir aus dem Schnee. Ich bin jetzt bis auf meine Boxershorts nass, hab Schnee unter der Jacke und dem Hemd. Ich fühle mich extrem elend.

„Ach, sieh mal, ist das nicht fantastisch! Dein Schneeengel."

„Es ist ein Abdruck meines Körpers im Schnee, und das erinnert doch wohl kaum an einen Engel."

„Nutz doch deine Vorstellungskraft! Er ist toll. Komm schon, gehen wir noch ein bisschen weiter."

Ich hatte befürchtet, dass sie das vorschlägt. Wann darf ich einen heißen Kakao und eine warme Decke vorschlagen? In trockenen Klamotten, am Feuer? Vielleicht werde ich nächstes Mal, wenn Mia beschließt, einen großen Freundesausflug zusammen zu veranstalten, eine Tropeninsel vorschlagen. Aber das bedeutet Sand, und ich hasse Sand, vermutlich genauso sehr wie Anakin Skywalker.

Ich beginne an andere warme Orten zu denken, die keinen Sand haben, und die mich nicht so sehr nerven wie es die Nässe und die Kälte tun.

„Wil? Kann ich dir eine Frage stellen?"

„Ich habe dich nie davon abgehalten, mir Fragen zu stellen."

Sie lacht. „Ja, weiß ich. Das habe ich nur gesagt, um, du weißt schon, eine neue Unterhaltung anzufangen." Wir halten jetzt Händchen und begeben uns die Straße hinauf zu den heißen Quellen. Wenn es nicht geheißen hätte, sich nass zu machen – und dann direkt wieder hinaus in die kalte Luft zu gehen – hätte ich sogar in Erwägung gezogen, in was Heißem zu schwimmen. Vielleicht nicht Suppe, aber …

„Ich wollte dich fragen … bitte lach nicht. Liebst du mich?"

Ich runzle die Stirn, nicht sicher, ob ich ihre Frage richtig verstanden habe. Dann schaue ich sie an, um sicherzustellen, dass sie nicht irgendwie scherzt. Manchmal bin ich langsam, wenn ich mitkriegen will, wann Leute scherzen.

Aber das ist bestimmt ein Scherz, denn sie weiß doch verdammt gut, dass ich das tue. Sie meint es ernst – kein Lächeln. Es ist kein Scherz. Aber wieso? Sie weiß doch bereits die Antwort auf diese Frage.

Ich blinzle. „Das ist eine lächerliche Frage, Jenna. Und ich kann den Humor darin nicht erkennen."

Sie schüttelt den Kopf. „Ich mache keinen Scherz. Es ist nur … Ich muss unbedingt … Ich will wissen, wie du fühlst. Genau jetzt, in diesem Augenblick."

„Kalt und nass und jetzt, da du mich das gefragt hast, genervt."

„Genervt? Von mir?"

„Warum stellst du eine Frage, auf die du die Antwort bereits kennst?"

Sie runzelt die Stirn, ihre blonden Augenbrauen sind verkniffen unter ihrer flauschigen pinken Mütze. „Ich sage nicht, dass ich an dir zweifle, Wil. Das ist nicht, was ich sage, überhaupt nicht."

„Das ist gut. Dann gibt es ja nichts mehr zu bereden."

Jetzt, da wir nicht mehr länger gehen und ein leichter Wind aufgekommen ist, ist mir mehr als nur kalt. Sogar die Muskeln an meinem Hals ziehen sich unweigerlich zusammen, um zu einem Ganzkörperzittern zu werden, das mich erfasst. Ich hasse es, wenn mir kalt ist. Ich hasse es, wenn ich nass bin. Und ich hasse unnötige Fragen.

Ich bin genervt. *Angepisst,* würde Adam sagen. Obwohl ich nicht das Verlangen habe, mir in die Hosen zu machen, auch wenn das zunächst warm wäre. Ein paar Minuten lang. Bis es kalt wird.

Ich drehe mich um und gehe zurück zum Haus. Sie kann sich entscheiden, mir zu folgen, wenn sie mag, oder sie kann mich allein zurückgehen lassen. Ich werde sicherstellen, dass ich sie nicht aus dem Blick lasse. Mit Erleichterung höre ich ihre Schritte, die hinter mir auf dem Schnee knirschen, aber ich warte nicht, dass sie auf mich aufholt. Die Kälte übernimmt jetzt all meine Gedanken, und es sind keine angenehmen. Niemand hat es verdient, um mich herum zu sein, wenn ich so elend bin.

„Wil, warte mal kurz!"

Ich marschiere weiter und halte den Mund geschlossen, will unbedingt in die Wärme kommen. Als wir zurück auf der Eingangsstufe sind, warte ich nur lange genug, um die Tür für sie offenzuhalten, aber nicht länger. Ich kann es kaum noch eine Sekunde in dieser Temperatur aushalten, und ich springe fast über die Schwelle, um nach drinnen zu kommen. Ich würde die Tür einrennen wie ein Gorilla, wenn ich das müsste. Zum Glück ist die Eingangstür offen, und es ist unnötig.

Schweigend nehmen wir unsere Stiefel ab, und ich bin unterwegs zu unserem Zimmer, will unbedingt unter die Dusche, möchte es aber nicht vor ihr tun.

Mit einem Seufzen und einem tiefen, resignierten Tonfall besteht Jenna darauf, dass ich zuerst dusche. „Ich habe einen Kamin, und mir macht die Kälte nicht so viel aus wie dir. Muss mein Balkanblut sein."

Ich sage nichts außer Dankeschön und wärme mich sofort mit einer glühend heißen Dusche und weichen, warmen Klamotten auf, die ich anziehen kann. Ich wäre lieber allein, aber da mir noch immer kalt ist, mache ich uns beiden in der Küche eine heiße Schokolade.

Als ich allerdings am Feuer sitze und auf sie warte, verlässt sie das Bad nicht, bis die heiße Schokolade nicht mehr so genannt werden kann. Jetzt ist sie nur noch zimmerwarme Schokolade.

Aus Angst, dass ich irgendwas schlimmer mache, verlasse ich das Schlafzimmer und schnappe mir meinen Skizzenblock von dort, wo ich ihn gelassen habe. Jenna kommt schließlich aus unserem Zimmer, aber ich bin so in meine Arbeit vertieft, dass ich kaum darauf achtgebe, ob sie die zimmerwarme Schokolade gefunden hat, die ich für sie da gelassen habe.

Kapitel

Dreiundzwanzig

Katya

ICH HATTE AM ZWEITEN TAG HINTEREINANDER EINE SKI-Unterrichtsstunde früh am Morgen, nach der der Lehrer mich warnte, keine der blauen Pisten des Resorts zu nehmen. „Arbeite diesen Winter einfach mit den grünen Rundwegen, und alles ist bestens. Grüne Pisten sind hier wie blaue, oder sogar schwarze, bei manchen dieser Resorts in Südkalifornien."

Hier war einer meiner Landsmänner, der mir die Gelegenheit wegnahm, die kanadische Überlegenheit über meine neu angenommene Heimat zu demonstrieren. Er hatte keine Ahnung, dass ich in Vancouver City geboren und aufgewachsen war. Ich sah allerdings nun wirklich nicht wie ein kalifornisches Mädchen aus. Ich arbeitete ja vielleicht in Südkalifornien und lebte dort, aber ich war bis aufs Mark Vancouver – ein Mark, das hoffentlich während des derzeitigen Ehedilemmas intakt blieb, vor dem ich mich befand.

Trotz der Warnungen des Lehrers fühlte ich mich zuversichtlich, dass ich es zumindest in einem Stück eine der mittelschweren Pisten hinunter schaffen würde. Und heute hatte ich die Zeit, um noch weiter zu üben.

Ich nahm durchaus zur Kenntnis, dass Lucas Zeit fand, sich zu verdrücken, sehr wahrscheinlich, um selbst etwas zu üben. Aber auch, um zu arbeiten, was mir Sorgen machte. Ich wollte nicht wie Mia enden, die ständig versuchte, Adams Neigung zum Workaholic in den Griff zu kriegen, indem sie unter Zwang ein Gegengewicht einbrachte – wie etwa eine ganze Villa zum Rückzug für die beiden zu mieten, und alle ihre engsten Freunde, nur so als Beispiel.

Lucas hatte ein paar Onlinekonferenzen mit Arbeitskollegen, und er schien echt nicht zufrieden mit dem zu sein, was da in der Arbeit los war. Sehr wahrscheinlich würde er es nicht freundlich aufnehmen, wenn ich mein Mitgefühl ausdrückte, so sehr ich das auch gewollt hätte. Obwohl wir verheiratet waren und uns sehr liebten, hatte keiner von uns schon ganz das Wettbewerbsgefühl abgelegt, das durch die Grundfesten unserer Beziehung verlief. Und dass ich Mitgefühl ausdrückte, würde er vielleicht als Überheblichkeit interpretieren.

Und ich wollte nicht überheblich sein. Ich wusste nur nicht, wie ich ihm sagen sollte, dass ich nicht überheblich war.

Stattdessen ließ ich ihn darum mit seinem Zeug selbst klarkommen, stellte keine Fragen und wartete darauf, dass er mir freiwillig jegliche Informationen anbot, die er teilen wollte.

Wozu immer Lucas heute Nachmittag weggegangen war, ich nutzte den Zeitblock, um mir meine Ski-Ausrüstung zu schnappen und zu den Schlangen für Singles am Lift zu gehen. Ich hatte den Tipp gelesen, dass die Liftschlangen sich schneller auflösten, wenn man freiwillig den Stuhl mit einem zufälligen

Fremden teilte. Und das würde mir mehr Zeit geben, um extra viel zu üben, bevor Lucas auch nur merkte, dass ich weg war.

Ich konnte eine der einfacheren fortgeschrittenen Pisten versuchen, nur um herauszukriegen, wie ich mich anstellte. Von da an konnte ich mich immer noch herabstufen.

Das wirkte wie ein guter Plan.

Aber der Plan hatte nicht mit einberechnet, wie gruselig der fortgeschrittene Hang von oben aus dem Sessellift aussah, wenn man hinabschaute. Als ich mühelos aus dem Sessel gleiten sollte, wie der Rest der Ski-Freunde und Hangjunkies, stellte ich mich an.

Als ich ganz oben auf dieser schwarzen Piste ankam, wollte ich mich nicht bewegen. Mein Hintern blieb fest an den Sessel geklebt, fuhr damit wieder hinab bis ins Tal. Wäre ich oben ausgestiegen, wäre der einzige Weg nach unten über die Ski gewesen. Und dafür war ich auf keinen Fall bereit.

Ich fuhr die komplette Runde mit – und wich verlegen dem Blick des Liftarbeiters aus, als ich voller Scham aus dem Sessel sank. Tatsächlich war die Vorstellung, dass ich schwarze Pisten fuhr, völlig daneben – selbst zum Üben. Ich wollte, dass mein hübscher kleiner Hals so lange wie möglich heil blieb, danke aber auch.

Sobald ich einmal diese – total so geplante – Luftüberwachung dessen, wie ein schwarzer Hang tatsächlich aussehen mochte, hinter mir hatte, war ich mehr als nur erleichtert, dass dieses dämliche Rennen stattdessen auf einer blauen Piste stattfinden würde.

Leicht, oder? Klar, klar, das konnte ich. Ich begab mich zum passenden Lift, für etwas, das eine sehr viel leichtere blaue Piste zu sein schien, und stellte mich wieder als Single an.

Dieses Mal ließ sich allerdings, anders als auf der letzten Fahrt, als eine Frau auf der anderen Seite des Sessels gewesen war, irgendein Typ neben mich fallen. Ein gesprächiger Typ – und so, wie er aussah, ein Viel-Skifahrer. Er redete gern. Über sich. Und davon, wie toll er wedeln konnte und wie der Schnee wegspritzte. Ich schaute mich um, sah eine Schar anderer Typen in meinem Alter oder älter, die sich anstellten. Die meisten von ihnen beäugten Frauen. Mein konkreter Plauderfritze hatte sich in dem Augenblick auf mich konzentriert, als ich die Schlange betreten hatte. Es war, als hätten sie alle eine Art Abkürzung aus demselben langweiligen Buch ausprobiert, wie man eine Frau anmachte.

Der Kerl neben mir verschwendete da keine Zeit.

Und mein Ehering war begraben unter etwas, das sich wie Meilen von Lederhandschuh anfühlte, verdammt aber auch. Es gab keine einfachere Art, um einen Kerl zu verscheuchen, der es auf mich abgesehen hatte, als meinen kleinen Gold-Diamant-Ring an der linken Hand aufblitzen zu lassen.

„Hallo auch, ich bin Robert. Wer bist du?"

„Persy", sagte ich, ohne auch nur mit der Wimper zu zucken oder zu zögern. Es war die Kurzversion meines liebsten Gamer-Namens, Persephone, also war es nicht direkt gelogen. Weshalb um alle Welt sollte ich irgend so einem dahergelaufenen Typen meinen echten Namen geben? Ich war verheiratet, um Himmelswillen. *Äußerst* verheiratet. Äußerst glücklich verheiratet *und* sexuell befriedigt, was das anging. Ich war nur in dieser verdammten Reihe für Singles, weil sie halb so lang war wie die andere. Aber aus irgendeinem Grund schienen diese Kerle zu denken, das wäre ein gutes Jagdgebiet für Aprés-Ski-Affären.

Ich meine … das war ja wohl ein aufnahmefähiges Publikum. Man spricht ein Mädchen im Sessellift an, wenn sie nur von einem wegkommen kann, indem sie sich Dutzende oder sogar hunderte Meter durch die Luft aus dem Sessellift fallen ließe. Ich warf ihm einen finsteren Seitenblick zu, während er über seine Fähigkeiten am Hang sprach, und dass er sich auf der blauen Piste nur ausruhte.

Mit einem Seufzen wurde mir klar, dass ich sogar während meiner Zeit als Single, wenn ich hier raufgekommen wäre, um einen Freund zu finden, nur auf einen Loser nach dem anderen gestoßen wäre. Na, das konnte man also von meiner Liste mit Dingen streichen, die ich niemals bedauern würde, nicht getan zu haben.

„Also, Persy, kommst du hier oft her? Fährst du gern Ski?"

„Ich schätze, man könnte sagen, dass ich immer wieder mal herkomme. Ich bin immerhin aus PoCo. Also ganz in der Nähe." Manchmal machten ja Kerle in Touristenorten wie diesem Mädchen an, weil sie nur eine Urlaubsaffäre wollten, und das Wissen, dass man hier lebte, törnte sie so richtig ab.

Na ja, offensichtlich nicht Robert. Er fragte mich nach meiner Nummer, bevor wir auch nur auf halbem Weg oben waren. Ich sagte ihm, daran könnten wir arbeiten, sobald wir aus dem Lift gestiegen waren. Dann, als er aus seinem Sessel glitt, um rüber zu mir zu rutschen, fuhr ich damit fort, die Fahrt den Hügel hinab einmal mehr anzutreten.

Man musste dem armen Robert keine falschen Ideen in den Kopf setzen, oder?

Letztlich fuhr ich tatsächlich mehr im Sessellift, als ich einen Hang hinabfuhr. Wenn überhaupt, dann verschaffte es mir einen großen Überblick über das Ressort.

Bei jeder Fahrt versuchten mich noch mehr Typen, jeder schrecklicher als der vorherige, anzumachen. Schließlich hatte ich die geniale Idee, dass ich so tat, als würde ich kein Englisch sprechen, und murmelte stattdessen irgendeinen Unsinn, der vielleicht als Norwegisch und Schwedisch durchging. Ich nehme an, ich hätte etwas gebrochenes Französisch hervorgebracht, aber da wir in Kanada waren, standen die Wahrscheinlichkeiten, dass man einen weiteren Französischsprecher fand, zu hoch, um diesen Stunt auszuprobieren.

Ich bedeutete ein paar Dinge mit den Händen und lächelte und nickte, und mir blieben weitere kitschige Anmachsprüche erspart, genauso Prahlereien der Typen.

Okay, ich fuhr ein paar Mal nach unten, langsam und zögerlich, und der Lehrer hatte es vermutlich genau getroffen, dass er mich für den grünen Rundweg einstufte, anstatt für den mittelschweren. Aber ich war nun zuversichtlich, dass ich mich nicht erniedrigen würde, selbst wenn Lucas mich Schnee fressen ließ.

Er würde sehr wahrscheinlich gewinnen, aber das war mir recht. Vielleicht wurde es damit wahrscheinlicher, dass er in jener Nacht meine sexuellen Bedürfnisse erfüllte, um seinen Sieg zu feiern. Letzte Nacht hatte er mich abgewiesen, gestöhnt, als wäre er ein alter Mann mit Leistenbruch, und hatte sich geweigert, sich in meinem Beisein umzuziehen, aus welchem Grund auch immer. Und er war grummelig wie ein alter Mann, das musste man sagen. Er könnte den Stressabbau echt auch gebrauchen!

Von all den Liftfahrten wurde ich müde, darum ging ich in die Bar, um mir einen Jägertee mit extra Whisky zu holen. Und natürlich auch mit Fritten dazu – mit kein bisschen Käse obendrauf und keiner Bratensauce in Sicht! Ich beobachtete Leute und dachte über die Ereignisse des Tages nach, die verpassten Fahrten, die abgewehrten Flirts und die verrückten Anmachsprüche.

Offensichtlich machte es mich, obwohl ich hier meinen Ehering prominent zur Schau stellen konnte, nicht immun gegen noch weitere unerwünschte männliche Aufmerksamkeit.

Den Kerlen war es einfach egal. Mir wurden ein paar Getränke vorbeigeschickt – die ich abwies. Ein paar Typen nahmen den Hocker neben mir – obwohl ich da meine Tasche als Abwehr draufgestellt hatte. Es ging so weit, dass ich in dem Augenblick, als sich ein Typ dorthin setzte, als allererstes die Worte aussprach: „Ich bin glücklich verheiratet. Danke, aber nein danke."

Diese Kerle mussten endlich mal dazulernen, auf jeden Fall, wenn sie eine hochwertige Begleitung wie mich wollten. Aber ich würde es nicht sein.

Ich hatte bereits meinen grummeligen Lebenspartner. Und er war sexy und heiß und alles, was diese Typen nicht waren.

Ich musste nur noch eine Möglichkeit finden, wie ich ihn heute Abend ins Bett kriegte.

Ich verfluchte dieses verdammte Rennen und mein großes Maul. Wäre ich von Anfang an ehrlich gewesen, würden wir zusammen in dieser Bar sitzen und über die Idioten lachen, die versuchten, Mädchen aufzugabeln und Körbe bekamen, während wir tranken und miteinander flirteten.

Ich meine, wem war es denn wirklich wichtig, dass ich ihn im Skifahren schlug? Ich versohlte ihm regelmäßig den Hintern in dem, was zählte – Videospielen – und das war mehr als nur befriedigend. Wen interessierte es schon, ob er der bessere Skifahrer war?

Ich seufzte schwer und verfluchte mein dummes, großes Maul, das mich in diesen Schlamassel befördert hatte.

KAPITEL

VIERUNDZWANZIG

LUCAS

MEINE FRAU WAR NIRGENDS ZU FINDEN. ES WAR EIN großes Anwesen, aber das war lächerlich. Ihre Ski-Kleidung und ihre Jacke waren außerdem auch nicht im Schrank, also war sie auf jeden Fall raus auf die Piste gegangen. Was sie nicht machte, war eine Antwort auf meine Nachrichten zu schreiben, verdammt noch mal.

Wir waren hier im perfekten Ski-Urlaub mit engen Freunden und hatten kaum überhaupt mal Zeit zusammen verbracht. Stattdessen saß ich ohne sie in diesem schönen Anwesen und kümmerte mich um dumme Mitarbeiter, die es darauf anlegten, einander schlecht dastehen zu lassen.

Ich schlug mich damit herum, einem Freund aus dem Weg zu gehen – der auch einer der Bosse war. Er nannte mich immer wieder ein lahmes Rennpferd, das ihn Geld kosten würde. Als würde er hundert Mäuse vermissen. Er war Milliardär. Ich war schon fast bereit, ihm selbst einen Hunderter in die Kehle zu stopfen, damit er nur den Mund halten würde.

Dem anderen Boss ging ich aus dem Weg, weil ich nicht wollte, dass er was von meinem Problem in der Arbeit mitbekam. Oder die Wahrheit über meine Ski-Talente.

Das einzig Gute, was gerade für mich sprach, war, dass ich den perfekten Ort in diesem Anwesen gefunden habe, um einfach allen aus dem Weg zu gehen – die Bibliothek im zweiten Stock, mit einem vollen dreistöckigen Aussichtsfenster auf den Blackcomb Peak.

Meine Einsamkeit ging ungefähr eine Stunde lang – na ja, die körperliche Einsamkeit auf jeden Fall. Heath schlenderte herein und setzte sich auf ein Sofa auf der gegenüberliegenden Seite des Raumes. Aber er hatte seine Ohrstöpsel drin und das Handy in der Hand, und er ließ mich in Ruhe, blieb danach fast eine Stunde konzentriert an seinem Handy.

Sobald er so fertig war, schlenderte ich zum Fenster und schaute hinaus auf die umwerfende Aussicht. Ich zog mein eigenes Handy heraus und schrieb Kat, um herauszufinden, wo sie war. Der Nachmittag wurde bereits spät, und mir war schrecklich langweilig, weil ich allein hier herum saß.

Heath fing an zu summen und mit dem Kopf zu nicken, zu irgendetwas, was er sich anhörte. Ich neigte den Kopf, um auf sein Handy zu spähen, und sah, dass er auf TikTok war.

„Das ist klasse", sagte er vor sich hin.

„Was denn?", fragte ich.

„Ein Shanty."

Ein was?

Er zog seinen Kopfhörer auch raus und drückte auf Play, um es vorzuführen – eine ansteckende maritime Melodie, die ohne Begleitung gesungen wurde und fast klang, als würden Piraten in perfekter Harmonie singen. Er tippte im Takt mit der Musik mit dem Fuß, und ich stellte fest, dass ich auch mitmachte.

„Das macht süchtig." Heath grinste. „Klingt irgendwie ein bisschen wie ein paar der irischen Lieder, die Connor früher gesungen hat. Der Mann hatte so eine tolle Singstimme ..."

Ich runzelte die Stirn, weil mich der sehnsüchtige Tonfall von Heath traf. Ich war Connor nie begegnet, aber Kat hatte mir erzählt, dass es Heaths ehemaliger Freund war, der inzwischen in Irland lebte. Kat hatte mir gesagt, dass er nach ihrer Trennung im letzten Jahr nicht mehr ganz derselbe gewesen war.

Ich sank neben Heath auf die Couch, während er durch TikTok scrollte und ein paar weitere Versionen des Liedes spielte, und bevor wir uns versahen, sangen wir beide über Wellerman und Waljagd bei dem Video mit.

„Ist ansteckend, oder?" Heath stieß mich spielerisch mit dem Ellbogen an.

„Ja." Wir schauten einander an und brachen gleichzeitig in Gelächter aus. Es wirkte so seltsam und weit hergeholt, echt jetzt.

„Du hast hier gesessen und dir Musik aus dem neunzehnten Jahrhundert angehört, und ich dachte mir noch, du würdest Among Us spielen und skrupellos Fremde ermorden."

Heath lachte. „Na ja, das hat auch was für sich. Das ist toll, um Frust abzubauen. Vielleicht werden die Shantys die Among-Us-Sucht übernehmen."

Ich zuckte mit den Schultern. „Vielleicht ist diese Sucht gesünder. Zumindest sorgen die Shantys dafür, dass man mal aufstehen und sich bewegen will, anstatt nur ein Spiel auf dem Handy zu spielen. Nicht, dass daran was falsch ist."

„Wir sind doch hier alle Hardcore-Gamer, also glaubt niemand, dass daran was falsch ist." Heath grinste und spielte dann erneut den ansteckenden Song ab, summte mit, dann ließ er den Kopf auf das Sofa zurücksinken und starrte an die Decke.

„Verdammt, ich vermisse ihn noch."

„Na ja, du weißt ja, was man über die beste Möglichkeit sagt, um über jemanden wegzukommen ..."

Heath lachte und nickte. „Man kommt unter jemand anderem, ja, ja. Habe ich schon hinter mir, vermutlich ein paar Dutzend Mal inzwischen."

„Was ist dann einer mehr? Der Assistent der Concierge war ja nicht gerade subtil mit seinem Interesse an dir ..."

Heath warf mir einen Seitenblick zu. „Überhaupt nicht mein Typ. Auf jeden Fall glaube ich, ich bin durch mit diesem lockeren Mist. Ich war sowieso nie gut darin."

Ich schluckte, versuchte, mir einfallen zu lassen, was ich sagen sollte. Die Stimmung hier drin hatte sich verschlechtert, und ich spürte, dass Heath wirklich einen Rat wollte. Ich war in diesem Scheiß nicht gut – wie die meisten Leute, die mich kannten, auch wussten. Und bis vor Kurzem war ich, was romantische Beziehungen an sich betraf, ein echt unschlagbarer und ungläubiger Zyniker gewesen.

„Beziehungen sind schwer." Das war alles, was ich auf meine eigene lahme Art hervorbrachte. Es stimmte immerhin. Ich war derzeit bei Ehe Nummer 2 – derjenigen, die halten würde, wenn überhaupt was hielt. Aber trotzdem, Nummer 2 bedeutete, dass ich es beim ersten Mal falsch gemacht hatte – *total* falsch.

Heath hob vor mir eine Augenbraue. „Das ist nichts, was ich von jemandem zu hören erwarten würde, der sich total in die

Frau verliebt hat, mit der ich ihn letztes Jahr fingiert verheiratet habe. Sollte ich mir Sorgen machen?“

Ich lachte. Ich hätte mir Sorgen gemacht, dass jemand mithörte, aber es war niemand in der Nähe von uns, und Heath hatte unser Geheimnis für sich behalten. Kat und ich mochten inzwischen ein echtes verheiratetes Paar sein – und wirklich verliebt – aber so hatte es nicht angefangen. Und so war es auch nicht gewesen, mindestens die ersten sechs Monate unsere Ehe lang.

„Nein, ich rede mehr allgemein. Sorgen machen musst du dir vielleicht nur um dieses verrückte Ski-Rennen. Ich schätze, wir haben nicht wirklich *bis dass der Tod uns scheidet* bei unseren Gelübden gesagt. Trotzdem hoffe ich innig, dass das vielleicht heißt, länger als morgen.“

Heath verzog das Gesicht. „Wenn du dir Sorgen machst, red vielleicht mit ihr?“

Ich zuckte mit den Schultern. „Sie scheint sich mit ganzem Herzen darauf zu stürzen, dass ich hinter ihren Schneefontänen her hechle.“

Er wackelte suggestiv mit den Augenbrauen. „Ich glaube, sie wäre sehr viel glücklicher, wenn du was anderem hinterherhechelst. Und das wäre nicht lebensbedrohlich.“

Ich stieß ein Lachen aus. „Du hast absolut recht.“

„Ernsthaft, warum sagst du nicht einfach, dass du es dir mit dem Rennen noch mal überlegt hast?“

Ich blinzelte. Ich schätzte, das könnte ich. Warum ließ ich mein Ego der aufrichtigen ehelichen Ehrlichkeit in den Weg geraten?

„Nur dass du’s weißt, ich habe fünfzig Mäuse auf dich gesetzt, denn ich habe sie niemals in der ganzen Zeit, in der sie bei mir gewohnt hat, übers Skifahren reden hören. Vielleicht wäre sie erleichtert, wenn du derjenige bist, der als erster zurücktritt."

Darüber dachte ich eine Weile nach – denn es waren fast ein paar Stunden, bis ich sie wieder sah. Sie musste mir unbedingt erzählen, dass sie ein paarmal den Lift für die schwarze Piste hochgefahren war, nur um sich für morgen locker zu machen.

Sie wirkte begeistert von der Aussicht, mich zu schlagen, aber ich hatte nicht den Mut, jetzt zurückzutreten. Kat würde ihren Sieg bekommen, und ich würde meine eigene Belohnung kriegen, in der Form einer äußerst willigen und siegreichen Frau im Bett in dieser Nacht.

Seufz. Komme Schneegestöber oder die Rolle über den Hang, ich schätzte, wir machten das jetzt.

Kapitel Fünfundzwanzig

Mia

NACH FÜNF TAGEN UNSERES EINWÖCHIGEN TRIPS begann ich zu argwöhnen, dass Adam tatsächlich an einer Gehirnblutung litt. Oder sich wegen irgendwas echt Stress machte. Vielleicht waren es aufrichtige Entzugssymptome wegen seiner persönlichen Elektronikgeräte? Sollte ich ihm anbieten, ihm sein Handy zurückzugeben? Oder sollten wir allmählich mal Zwölf-Punkte-Programme für ihn ansehen?

Hi, mein Name ist Adam Drake, und ich bin Smartphone-süchtig. Ich konnte es mir regelrecht vorstellen.

Mit einem Seufzen begann ich in unserem Zimmer aufzuräumen, während Adam mit den drei anderen Typen auf einer Schneeschuhwanderung war. Ich hatte in ein paar Minuten einen Termin mit den Mädels, um in der Infrarotsauna zu sitzen.

Vielleicht sollte ich ehrlich anfangen, mir Sorgen um ihn zu machen? Was, wenn er neurologische Probleme hatte? Oder eine Geisteskrankheit einsetzte? Ich hatte gerade erst vor ein paar Monaten die Neurologie-Station des Medizinstudiums hinter mir. Ich erinnerte mich an die Anzeichen – ungewöhnliche oder ungleiche Pupillenerweiterung. Adams Augen waren so dunkel, dass es sich schwer sagen ließ, außer ich saß ganz nahe bei ihm in einem hell erleuchteten Raum. Bewegungsbeobachtungen und einfache Fragen beantworten gehörten auch zur Untersuchung. Ich merkte mir vor, das anzuwenden, wenn ich nächstes Mal mit ihm sprach.

Ich bückte mich, um die Zierkissen aufzuheben, die auf einem Sessel in der Nähe gestapelt waren, um sie aufs Bett zu legen. Als ich das letzte Kissen aufhob, fiel ein Blatt Papier auf den Boden. Mit einem Seufzen holte ich es mir. Er war normalerweise keiner, der Müll herumliegen ließ. Tatsächlich war er für einen Mann verdammt noch mal ziemlich aufgeräumt.

Es war eine Liste, geschrieben in seiner gleichmäßigen, präzisen Handschrift. Ein paar Punkte waren schon abgehakt.

- *unaufhörliche Ermutigung*
- *Hände halten, auch wenn man nicht übereinstimmt*
- *eine stille Zeit finden, in der man einander tief in die Augen schaut.*
- *dreißig Minuten damit verbringen, einander nur zu küssen, ohne einander zu berühren, oder dass es zu Sex führt.*
- *Zeit damit verbringen, zu kuscheln und nur zu reden, sonst nichts.*
- *zur Teamarbeit sucht euch ein witziges Projekt, an dem ihr zusammen arbeiten könnt.*
- *schreibt einander einen langen Brief, in dem alle Gründe aufgelistet sind, große wie kleine, weshalb ihr einander liebt*

- zeigt euch spontan. Beschließt, etwas Wildes und Verrücktes zusammen zu tun, das ihr noch nie zuvor gemacht habt.

Meine Stirn legte sich in Falten, als in mir plötzlich … die Erkenntnis aufkam.

Nein, es war doch keine Gehirnblutung. Es war mein Mann, der sich an der Tatsache festgeklammert hatte, dass wir einen niedrigen Punktestand in irgend so einem doofen Quiz in einer App irgendwo erreicht hatten, und er beharrte darauf, dass wir diesen Punktestand erhöhten, wie ein echter Gamer.

Min-Maxing im echten Leben. Ach, Adam.

Nirgendwo auf dieser Liste stand: *Ignoriere deine Frau in diesem sexy Body, die auf dem Bett wie eine Königin ausgebreitet liegt, die darauf wartet, dass du ihr sexuell zu Diensten bist.*

Ich dachte darüber nach, wie ich mich dafür an ihm rächen konnte … Ein wenig eheliche Vergeltung hat noch nie geschadet, oder? Ich spürte, wie die Inspiration zu einem Scherz aufkam …

Nur doch nicht, denn er platzte bei mir herein, während ich die Liste in der Hand hielt. Er war Stunden zu früh zurück – so wie es klang, waren das alle Typen. „Was … ich dachte, du gehst heute zum Schneeschuhwandern?"

Er schüttelte den Kopf. „Das erlauben sie heute nicht wegen des Lawinenrisikos."

Ich blinzelte. „Oh …"

„Also haben wir den Nachmittag frei …", sagte er, während er leicht mit den Augenbrauen wackelte. In einer raschen und äußerst beeindruckenden Bewegung ließ er den Arm um meine Taille gleiten und stieß mit dem Fuß die Schlafzimmertür zu. „Was sollen wir damit anfangen?"

„Hmm", sagte ich mit gerunzelter Stirn. „Wir könnten versuchen, ein paar mehr dieser Sachen auf der Liste abzuhaken, wenn es nicht so lächerlich wäre."

Sein Stirnrunzeln glich meinem, bis ich die Liste hochhielt und vor ihm damit wedelte. „Ich schätze, deine zwangsgestörte Jagd nach dem Zettel ist das, was gestern ein paar außergewöhnliche Sex-Eskapaden vereitelt hat?"

Adam blinzelte und griff mit seiner freien Hand nach der Liste. Ich entzog sie seinem Griff, denn so kleinlich war ich eben. „Ich sehe kein ‚kaufe deiner Frau für eine Milliarde Dollar eine brandneue Gaming-Ausrüstung oder Schmuck' auf dieser Liste. Kann ich das anfügen? Oder vielleicht ‚schenke deiner Frau nicht weniger als fünf Orgasmen, jedes Mal, wenn ihr miteinander schlaft'. Das gefällt mir sogar noch besser."

Er hob erwartungsvoll die Augenbrauen, verlangte wortlos, dass ich ihm sein kleines Programmier-Flowchart, um unseren Beziehungspunktestand zu erhöhen, zurückreichte.

„Wie wäre es damit … du stimmst zu, in den nächsten vierundzwanzig Stunden mein williger Sexsklave zu sein?"

Er kniff die Augen zusammen, seine Hand stieß vor, schnell wie der Blitz, und riss mir die Liste aus den Fingern. Dann, mit einem fiesen Flimmern in den Augen, beugte er sich vor. „Vielleicht bist du meine willige Sexsklavin."

Ich stieß Luft aus und verdrehte die Augen. „Leere Versprechungen."

Aber er ging die Liste wieder durch und steckte sie sich in die hintere Hosentasche. Ich hätte sie in den Kamin werfen sollen, als ich die Gelegenheit gehabt hatte!

Seine gierigen Hände waren überall auf mir, bevor ich auch nur von der Vision wegkommen konnte, wie diese verdammte

Liste zu einer Handvoll Asche wurde. Und in einer Wendung, die ich nicht hatte kommen sehen, schob ich ihn weg. Als er mir einen fragenden Blick zuwarf, deutete ich auf das Ende des Bettes.

„Wir müssen reden."

Seine ansehnlichen Züge wurden nüchtern. „Das klingt nicht gut."

„Komm her ..." Ich setzte mich hin und klopfte auf den Platz neben mir. „Du musst diese Liste wegwerfen."

Nach einem kurzen Zögern machte er zwei Schritte und setzte sich neben mich auf das Bett. „Ich habe nur versucht, die richtigen Dinge zu tun, und dieses Quiz ..."

„War furchtbarer Blödsinn, den jemand geschrieben hat, um Raum auf so einer Pseudo-Newsseite zu füllen. Sie kennen uns doch nicht."

Er blinzelte, während er mich anstarrte, dann rieb er sich den Nacken, während er hin und her rutschte. „Okay, aber machst du dir keine Sorgen?"

„Warum? Glaubst du, dass wir eine schlechte Ehe führen?"

Er schüttelte heftig den Kopf. „Natürlich nicht. Aber du musst zugeben, wir sind sehr beschäftigte Leute."

„Sind wir. Wir sehen einander gerade nicht so oft, wie wir das wollen. Aber das ist nur eine Phase. Eine Aufbauphase. Ich habe die Uni, du hast all die Arbeit. Wir bauen uns gerade jetzt eine Zukunft auf. Das ist nur vorübergehend."

„Vorübergehend für mindestens noch ein paar Jahre."

Ich zuckte mit den Schultern. „Klar, aber in der Zwischenzeit machen wir das Beste aus der Zeit, die wir zusammen haben, oder? Ich meine, du hast freiwillig dein Handy hier oben abgegeben, ohne auch nur einen winzigen Hauch Streiterei, weil du mit mir eine gute Zeit verbringen wolltest. Das ist riesig, und ich weiß das echt zu schätzen." Meine Hand ging vor, und ich nahm seinen Bizeps, dann ließ ich sie langsam seinen Arm hinabgleiten, genoss die festen Muskeln unter seinem Ärmel. Ich lächelte. „Ich liebe dich, weil du dir solche Sorgen um uns gemacht hast, dass du diese Liste angefertigt hast, obwohl die Liste lächerlich war."

Er legte die Stirn in Falten. „Lächerlich? Was? Du meinst, dir hat es nicht gefallen, einander in die Augen zu schauen, während wir zusammen auf dem Bett lagen?"

Ich brach in Gelächter aus. „Das war komisch, das musst du zugeben. Wann haben wir das denn je gemacht, und weshalb sollten wir? Wenn ich mit dir rede, will ich dir alles sagen, und ich will dich über alles reden hören, was du mir sagen willst. Und wenn wir nicht reden …"

„Sollten wir Ficken?"

Ich lachte. „Dagegen habe ich nichts einzuwenden."

Er hob eine Hand, legte sie mir um den Nacken und zog meinen Kopf zu ihm, schmeckte langsam meine Lippen, fest, mit gemessenen Bewegungen. „Ich muss zugeben, ich habe mich selbst in den Wahnsinn getrieben."

„Ja, dazu neigst du, oder?"

Er legte den anderen Arm um mich und zog mich mit ihm aufs Bett hinab. Ich lachte, und wir schauten einander an. „Ich werde dir diesen Bikini mit den Zähnen ausziehen."

Ich lachte und schob mich gegen seine Schulter, damit ich ihm ins Gesicht schauen konnte. „Ich will diese Liste nicht wiedersehen. Und um Gottes willen, hör mit dieser schwachsinnigen Ermutigung auf. Ich meine, ich liebe es, wenn du mich ermutigst, aber halten wir das doch für besondere Gelegenheiten vor, okay?"

Er küsste mich wieder, schob mir die Zunge in den Mund. „Gerade jetzt kann ich nur daran denken, wie sehr ich in dich rein muss. Ich bin so richtig geil."

Ich lächelte, griff mit der Hand nach unten, um sie ihm aufs Geschlecht zu legen. „Gott sei dafür gedankt."

Es klopfte an der Tür. Jenna und Kat riefen nach mir, dass ich den Hintern hochkriegen und sie in der Sauna treffen sollte.

Na Scheiße, so viel also zu heißem Nachmittags-Sex. Adam legte sich mit einem Seufzen zurück, starrte an die Decke und fuhr sich durch die dunklen Haare. Ich gab ihm einen Trostkuss und flüsterte ihm süße, schmutzige Nichtigkeiten ins Ohr, um ihn durchhalten zu lassen, bis wir endlich richtig rangehen konnten.

KAPITEL
SECHSUNDZWANZIG
JORDAN

HIMMEL, FAWKES, DU VERDAMMTER IDIOT! WARUM HAST DU *ihr nicht einfach die Wahrheit gesagt?*

Ich fuhr mir mit der Hand durch die Haare, krallte die Finger hinein, um daran zu zerren, meine Gedanken liefen in einer Endlosschleife.

Ich war wie vom Blitz getroffen gewesen und hatte geschwiegen, kurz vor einer vollen innerlichen Kernschmelze, als ich an diesem Nachmittag ins Zimmer gekommen war und gesehen hatte, wie sie die Ringschatulle hielt. Also hatte ich natürlich das Erste getan, was mir in den Sinn kam. Ich hatte gelogen wie verrückt.

Denn alles, an das ich denken konnte, war, dass ich nicht einfach hier an Ort und Stelle auf ein Knie sinken konnte. Wo zum Teufel war denn das bitte episch? Man stelle sich vor, wie sie vor ihren Freundinnen mit ihrem idiotischen Verlobten prahlte, der ihr den Antrag gemacht hatte, als sie nichts trug bis auf ein Badehandtuch.

Ich hatte schon früher mehr als nur genug Frauen angelogen, aber niemals April. Na ja, bis dieser ganze Schwachsinn mit dem

Antrag herauskam. Was für eine komplette und völlige Katastrophe – alles daran. Bis hin zu der Tatsache, dass sie den verdammten Ring hasste und ihn für hässlich hielt. Das hätte sie niemals vor mir zugegeben, hätte ich ihn ihr auf den Finger geschoben. Sie hätte ihn nur schweigend verabscheut – hätte sie überhaupt zugestimmt, ihn zu tragen?

Nachricht an mich: Such sofort einen neuen Verlobungsring, gleich nachdem du Adam kräftig in den Hintern getreten hast für seinen beschissenen Rat. Oder vielleicht war sein beschissener Rat die Rache für die ein- oder zweimal oder vielleicht sogar dreimal gewesen, als mein Rat ihn fast seine jetzige Ehefrau gekostet hatte. Was auch immer.

Ich riss mich von der Aussicht aus unserem Fenster im Hauptspeisesaal los und zog mein Handy heraus, um Anna zu schreiben, dass ich weitere Hilfe brauchte. Ein Ringkauf im nächstbesten Schmuckladen war angesagt. Und ein neuer Plan, wie ich April die Frage vorsetzen konnte.

Was sollte man also jetzt zur Schadensbegrenzung betreiben? Meine Spuren verdecken wie ein Feigling, oder beichten und einfach meine Erniedrigung hinnehmen?

Als wäre er vom Universum geschickt worden, kam in diesem Augenblick William aus der Küche, mit einer dampfenden Tasse in den Händen. Ich starrte ihn einen Augenblick an, erstarrt in Unentschlossenheit.

Dann also der Weg des Feiglings.

Williams Blick huschte zu mir, und er blieb stehen, um sich etwas von den Wurst- und Käseplatten und ein bisschen Obst von einem Snacktablett zu nehmen.

„Warum starrst du mich an?" Er schaute nicht auf, während er seinen Teller füllte.

„Ich muss echt schnell mit dir reden ... Können wir in die Küche?“

„Ich komme gerade aus der Küche.“

„Ich muss ... sicherstellen, dass niemand mithört. Bitte?“

Ich sah erleichtert, dass keine weiteren Argumente nötig waren – was eigentlich ziemlich ungewöhnlich für William war. Aber nachdem ich ihn zur Seite gezogen und die Lage erklärt hatte, begannen die Schwierigkeiten.

„Ich verstehe nicht. Warum sollte ich deine Freundin anlügen?“

Mir tat der Kopf weh, weil ich die Zähne so fest zusammenbiss. William. Ich liebte den Kerl, aber er trieb mich manchmal direkt in den Wahnsinn. „Ich habe ihr gesagt, dass ich den Ring für dich aufbewahre, damit du ihn Jenna geben kannst.“

„Ja, das hast du gesagt. Ich höre doch nicht schlecht. Ich habe aber trotzdem keine Ahnung, weshalb du dachtest, deine Freundin anzulügen, wäre eine gute Idee.“

Weil ich ein kompletter Vollidiot bin. Ich seufzte und rieb mir über die Stirn. „Tu mir doch nur einfach mal diesen Gefallen, William? Du musst für mich einspringen.“

Er schüttelte den Kopf. „*Dieses eine Mal?* Ich tue dir sehr häufig Gefallen und hier drin ist nicht der richtige Ort zum Springen. Oder willst du das draußen machen? In diesem Fall ...“

Ich hielt eine Hand vor, mein Kopf pochte. „Ach egal, ich lass mir was einfallen. Aber bitte, wenn sie fragt, kannst du einfach mitspielen? Oder das Thema wechseln, ohne ihr zu antworten?“

„Es ist nicht logisch, eine so große Entscheidung und heftige Frage geheim zu halten. Sie sollte Zeit haben, um ...“

Ich schnitt ihm das Wort ab, machte eine hackende Geste mit der Hand. „Deine Meinung zu meinem Ansatz ist doch egal, Mr. Spock. Also … machst du es einfach, bitte?“

Er hielt inne, schaute mich einen Augenblick lang an, wie immer, ohne mir tatsächlich in die Augen zu sehen, und nickte höflich. „Ich werde sie nicht verbessern, wenn sie sich mir mit alternativen Fakten nähert. Natürlich werde ich es gegenüber …“

„Toll! Bitte sag es nur auch nicht Jenna, okay?“ Ich schlug ihn auf die Schulter und ließ ihn dastehen, mit offenem Mund und starrem Blick.

Es war nur noch ein Tag übrig, und ich musste einen Ring finden, und zwar schnell. Ich hatte die Vorstellung, es einfacher zu gestalten, indem ich sie morgen Abend fragte, während wir das neue Jahr einläuteten. Mit einem neuen Ring natürlich. Ich schaute auf das Handy. Anna hatte mir zurückgeschrieben, und wir würden uns treffen, um zu besprechen, wie sie mir helfen konnte, einen nicht-hässlichen Ring zu finden. Ich seufzte. Hoffentlich bot Tiffany Erstattung auf vierzigtausend Dollar schwere Verlobungsringe an.

Ich war gerade dabei, ihr zurückzuschreiben, als April mich fand.

„Jordan.“

Oh. Diesen Tonfall kannte ich gut. Ohne die Nachricht fertig zu schreiben, drückte ich in meiner Panik auf Senden und schob mir das Handy in die Tasche. Ich war mir sicher, dass es absolut keinen Sinn ergeben würde, wenn Anna es bekam, aber ich würde den Gedanken später zu Ende führen. Jetzt drehte ich mich, um mich meiner nicht sonderlich zufriedenen Freundin zu stellen, die neben dem Eingang zu unserer Suite stand.

Sie wies mit dem Kopf auf unser Schlafzimmer, und ich hielt die Luft an, stellte mich auf alles ein.

Sobald ich durch die Tür war und sie hinter uns schloss, wirbelte sie zu mir herum, die Arme fest verschränkt. „Wir müssen reden."

Ohne nachzudenken, schaute ich auf die Uhr. Ich hatte vermutlich nur noch eine halbe Stunde, bevor die Läden schlossen, und morgen, an Silvester, könnte es schwierig werden ...

Ich schaute zu ihr auf. Sie starrte mich mit offenem Mund an. „Hast du tatsächlich gerade auf die Uhr geschaut?"

Huch. Sie war nicht nur genervt. Mein Mädchen war angepisst. „Ach, tut mir leid. Ich wollte nicht ..."

Scheiße, wie zum Teufel sollte ich hier rauskommen und ihr einen verdammt noch mal akzeptablen Ring besorgen, den sie nicht hasste, damit ich das einfach hinter mich bringen und die verdammte Frage endlich stellen konnte?

Ihre Augen flatterten, als würde sie gleich anfangen zu weinen.

Ich blinzelte. Scheiße, wie bog ich nun *diesen* Schlamassel hin, den meine vorherige Lüge gerade geschaffen hatte?

„Jordan! Bitte sag mir, was los ist. Ich ..."

Mein Handy läutete. April blinzelte und löste die Arme, ihre schönen blauen Augen feuerten Dolche direkt auf mich ab.

Es war Anna. Ich wusste, dass sie es sein musste. Sie fragte sich bestimmt, warum sie eine halbe Nachricht erhalten hatte, die keinen Sinn ergab.

Ich blinzelte.

April kniff die Augen zusammen. Sie forderte mich heraus, ranzugehen.

Der Himmel vor unserem Fenster wurde dunkler und dunkler ... Ladenschlusszeiten.

Scheiße. „Lass mich nur mal kurz ...“

Ihre Augen traten aus ihren Höhlen, völlig ungläubig. „Wage es verdammt noch mal nicht ...“

Ja, ich wagte es verdammt noch mal.

Ich ging ran.

Sie keuchte, und ich drehte ihr den Rücken zu, unterwegs zum Bad. „Ja, hi. Tut mir leid wegen dieser Nachricht.“ Ich schloss die Tür und erklärte Anna kurz – leise –, dass ich sie brauchte, um mich in einen anständigen Schmuckladen zu bringen – und zwar schnell.

Mein Mädchen würde gleich durchdrehen, und das wäre sogar ein noch größerer Schlamassel, der zu bereinigen war, als der Schlamassel, den ich bereits geschaffen hatte.

Ich stürzte mich aus dem Bad, den Arm als Vorbereitung erhoben. Wie ich es geahnt habe, konnte sie ein paar Schüsse abfeuern – Kissen flogen direkt auf mich zu. Normalerweise, wenn sie im Schlafzimmer Sachen herumwarf, war es spielerisch – oder Vorspiel.

Aber das war unmittelbarer, uneingehegter Zorn. „Ich verspreche, ich erkläre alles, wenn ich zurückkomme!“, rief ich, während ich aus dem Zimmer lief. Ich hätte schwören können, dass ich aus dem Augenwinkel sah, wie sie den Schürhaken vom Kamin nahm, darum beschleunigte ich meinen Aufbruch.

Zwanzig Minuten später, nachdem ich Anna beim Juwelier getroffen hatte – sie hatte sie gebeten, für mich länger offenzuhalten, mit dem Versprechen eines echten Verkaufs – schrieb ich April und bat sie, mich im Solarium des Anwesens nach dem Abendessen zu treffen.

Die Zeit für schicke über-epische Anträge war durch. Ich musste diesen Scheiß einfach gebacken kriegen, solange ich noch eine Freundin hatte, der ich einen Antrag stellen konnte.

KAPITEL

SIEBENUNDZWANZIG

APRIL

DAS WAR ES. ICH HATTE GENUG.

Einst hatte er mich gern mit Disney-Prinzessinnen verglichen. Als wir zusammengekommen waren, war ich Schneewittchen. Na, dieser Schwerenöter würde den kalten Stich spüren, wenn sich Schneewittchen in Eiskönigin Elsa verwandelte. Es war Zeit, um Operation Gefrierpunkt zu starten. Ich dachte derzeit tatsächlich darüber nach, gewisse Körperteile von ihm einzufrieren, die er sehr in Ehren hielt.

Nie in tausend Jahren hätte ich gedacht, dass Jordan fremdgehen würde, wenn man seine eigene Vorgeschichte mit einer Verlobten bedachte, die ihm fremdgegangen war, aber was sonst könnte das erklären? Bevor wir ein Paar geworden waren, war er ständig ein Hengst im Paarungsmodus gewesen, hatte alles gevögelt, was einen Rock trug. Ehrlich, wie hätte ich annehmen können, ein solches Biest zu zähmen?

Ich stand so kurz davor, mein Zeug einzupacken und frühzeitig abzureisen, als ich um die Ecke im Speisezimmer bog und fast in die Schuldige persönlich hineinlief. Anna deckte den

Tisch für die Cateringfirma für morgen und leerte einen Korb aus.

Jordan hatte mir geschrieben, ich solle mich mit ihm nach dem Essen treffen, aber er war immer noch nicht zurück, und wir hatten schon vor einer Stunde das Essen abgeschlossen. Er hatte sich aufgemacht, um sie zu treffen, da war ich fast sicher. Ich hatte nicht das ganze Telefonat im Bad mitgehört, aber ich hatte gehört, wie er ihren Namen sagte.

Ich wollte weinen und meine Mädelstruppe finden, um Mitgefühl zu bekommen. Aber hier war ich stattdessen, allein im Esszimmer mit ihr. Mein Blick aus zusammengekniffenen Augen fiel auf Anna wie durch das Zielfernrohr eines Scharfschützengewehrs, bereit, sie auszuschalten.

Eiskönigin Elsa konnte genauso leicht eine andere Frau ins Visier nehmen, wie sie Fantasien davon haben konnte, bestimmte männliche Körperteile gefrierzutrocknen, so war das eben!

„Oh, hallo April. Ich habe gerade …“

„Du musst mal zurücktreten.“ Mein Rücken wurde steif, während ich die Arme vor der Brust verschränkte, meine Schultern strafften sich.

Sie blinzelte.

Ich beschwor mein schlimmstes Cowgirl herauf, die Hände in die Hüften gestemmt, und schaute sie aus zusammengekniffenen Augen an. „Mein Preisbulle grast nicht auf anderen Weiden. Und ich bin nicht freundlich gegenüber Dieben.“

Die Eingangstür öffnete sich und schlug zu. Anna starrte mich an, als wäre ich verrückt. „Bist du … äh … hast du eine Ranch?“

Der Nerv, sich vor mich zu stellen und ganz unschuldig zu tun, als würde sie nicht verstehen, was ich sagen wollte. Ich hob vor ihr einen Finger. „Hör mal, Schlampe …"

Rasch näherten sich Schritte, und kurz bevor ich mich aufs Gesicht der Frau stürzen konnte, spürte ich, wie sich Hände auf meine Schultern legten. Große Hände. Starke Hände.

Die Hände meines Biests.

„April, gehen wir und reden."

Annas Blick hob sich, und sie schaute nicht mehr mich an, sondern in Jordans Augen, und ich wurde zur Supernova. „Schau ihn nicht mal an, du Zicke! Er ist …"

Doch Jordan zog mich weg zum Solarium, bevor ich fertig reden konnte. Es war still da drin, und es war dunkel. Jordan schaltete nur eines der Lichter an, also war es immer noch irgendwie düster. Meine Kehle wurde eng, mein Herz raste. Scheiße. Was war das? Würde er hier vor mir zugegeben, dass meine schlimmsten Vermutungen alle stimmten?

Ich schlüpfte aus seinem Arm und zog mich zurück, legte die Arme um mich, plötzlich war mir kalt. Dann drehte ich mich zu ihm um. „Ich will die Wahrheit, und ich will sie jetzt. Hör auf mit diesem Schwachsinn."

Er erstarrte, und wir schauten uns an. Anspannung ging zwischen uns hin und her, und ich spürte, wie mein Rücken steif wurde. Würde ich gleich eine aalglatte Lügenpräsentation bekommen? Oder würde er gestehen? Würden wir uns trennen? In meinem Magen tat sich ein Loch auf.

O Gott, nein. Ich schnappte nach Luft und hielt sie an.

Dann blinzelte er und bückte sich.

Ganz tief. Als würde er gleich umkippen oder so ähnlich.

„Jordan …!“ Ich griff mit einer Hand vor – als hätte ich die Kraft, ihn zu stützen, falls er umkippte.

Stattdessen war er auf einem Knie, hielt eine Schatulle vor – eine Schmuckschatulle. Nicht die blaue von Tiffany. Diese war schwarz, und da schmiegte sich in den dunkelblauen Samt ein ganz traditioneller Diamant im Brillantschliff in Weißgold. Klassisch. Der Stein zwinkerte mir in dem trüben Licht zu.

Ich blinzelte. Verwirrt. Was zum …?

„April, willst du …“

Meine Hände schossen vor, die Finger ausgebreitet. „Hör auf! Das ist nicht witzig.“

Er zog die Augenbrauen zusammen. „Das soll auch nicht witzig sein.“

„Hör auf zu scherzen!“

Seine Augenbrauen stiegen nun bis zu seiner Stirn hinauf. „Das mache ich auch nicht …“

Ich schüttelte den Kopf. „Dann … was … was ist das?“

Er warf mir einen langen Blick aus dem Augenwinkel zu wie ein verängstigtes Tier, als wolle er herausfinden, ob ich eine Falle für ihn aufstellte oder nicht.

„Wie sieht es denn aus? Es ist ein Heiratsantrag.“

Was zum … Was? Die Luft strömte aus meiner Lunge, als hätte man mir einen Schlag verpasst. „O Jordan! Was hast du getan?“

Er legte den Kopf schief, ehrlich verwirrt. „Was?“

„Haben du – und sie – Anna – habt ihr zwei – habt ihr …?“

Er schoss hoch und ließ den Ring fast fallen, weil er versuchte, zu mir zu kommen, während ich einen Schritt zurückmachte. Er hatte die Hände auf meinen Armen.

„April! April … Babe. Nein. *Nein.* Warum glaubst du das?“

Ich machte eine große Geste mit dem Arm. „Du hast dich weggeschlichen, um mit ihr zu reden, und sie ist überall um dich rum wie billiges Lycra und … und – die Nachrichten und die Anrufe und …"

„Nein, nein … April. Sie hat mir geholfen, alles zu planen."

Ich schüttelte den Kopf. „Planen? Was meinst du mit *planen*?"

Er verdrehte die Augen und seufzte. „Ich wollte dich doch nicht so fragen. Ich wollte, dass es … Ich wollte, dass es riesig wird, episch, denkwürdig – etwas, mit dem du vor deinen Freundinnen angeben kannst. Ich wollte – eine Gondelfahrt über das Tal, wo ich auf ein Knie sinke und dich zwischen den Bergen frage, oder … oder … Einen Heißluftballon oder ein Schloss in Europa. Ich wollte dich glücklich machen. Weil ich weiß, dass du es echt willst."

Ich atmete, lauschte, atmete wieder. Ließ die Worte einsinken, die er zu mir sprach.

„Aber – aber du willst doch nicht heiraten. Deshalb ziehe ich dich doch damit auf."

Jetzt war es an ihm zu zögern, zu atmen, zu blinzeln – und dann das Gesicht zu verziehen. „Was?"

„Ich ziehe dich auf, weil es witzig ist. Nicht, weil ich unbedingt heiraten will."

Eine weitere lange Pause, während er mich anstarrte, vermutlich, um einzuschätzen, ob ich es ernst meinte oder nicht. „Echt?"

Ich nickte. „Ja, echt. Ich will nicht unbedingt heiraten. Aber ich will immer unbedingt sehen, wie du dich windest, und Witze über die Ehe und Heiraten sind echt das Einfachste, wenn es darum geht, dich in Panik zu versetzen!"

Plötzlich wurde sein ganzer Körper schlaff, als wäre er sehr erleichtert. Er hob eine Hand und fuhr sich durch die Haare. „Ich wollte das, weil ich dachte, es würde dich glücklich machen.“

„Ach, Biest …“ Ich ging zu ihm und zog ihn in die Arme. „Das ist nicht der Grund, aus dem du mich fragen solltest. Frag mich, weil es das ist, was *du* willst.“

Seine Arme legten sich um mich, nahmen meine Schultern und zogen mich an seine harte, breite Brust. Ich atmete seinen Geruch ein, schloss die Augen. „Ich will es. Ich meine, ich werde es wollen. Ich …“

„Du bist nicht bereit.“ Ich räusperte mich und legte den Kopf schief, um zu ihm aufzuschauen. „Und genauso wenig ich.“

„Du dachtest, ich würde fremdgehen – oder fremdgehen wollen – mit Anna. Du bist dir unserer Beziehung nicht sicher.“

„Dafür ist ein Ring auch keine Lösung.“ Ich schluckte. „Ehrlich, es war das erste Mal in den zwei Jahren, seit wir zusammengekommen sind, dass ich paranoid geworden bin. Du hast dich einfach so komisch benommen. Ich dachte … Lach jetzt nicht, ich dachte tatsächlich, meine dummen Heiratswitze hätten dir Angst gemacht, und dass du einfach nur zurück zu deinen alten Schürzenjägerzeiten wolltest.“

Er stieß Luft aus und lachte, seine Arme spannten sich an und er zog mich fester an sich. „Ach, Himmel, Babe. Ich will doch nicht zurück in diese Zeiten, und wenn du mich dafür zahlen würdest. Ich meine, sie haben Spaß gemacht und so, aber …“

„Du bist da rausgewachsen?“

Er lehnte sich herab und küsste mich auf den Kopf. „Ja. Anna wäre vielleicht der Typ gewesen, auf den ich vor ein paar Jahren abgefahren wäre, um mal durchs Heu zu toben. Aber das bin ich nicht mehr. Und ich bin nicht mal das mindeste bisschen verführt. Wenn ich jemanden halten will, dann will ich dich halten. Wenn ich jemanden berühren will und spüren, wie sie mich berührt, bist du es. Wenn ich nach einem schwierigen Tag in der Arbeit nach Hause kommen und mit wem reden will – das bist auch du."

Ich vergrub das Gesicht wieder an seiner Brust, um die Tränen zu verstecken, die hinter meinen Augen brannten. Aber sie flossen über, und ich bebte. Es dauerte nicht lang, bis er es merkte.

„April – Babe. Warum weinst du?"

„Ich fühle mich schrecklich."

Er griff herab, nahm mein Kinn in seine große Hand und hob mein Gesicht, damit er darauf herabschauen konnte. „Es ist okay. Manchmal werde ich auch verrückt eifersüchtig. Ich erzähle dir nur nichts davon. Wenn wir zum Beispiel ausgehen und ein Typ ein bisschen zu interessiert ist und deinen perfekten Arsch auscheckt oder deinen tollen Vorbau. Oder wenn jemand im Büro mit dir flirtet. Manchmal habe ich ein bisschen Angst, dass du vielleicht irgendeinen Typen in deinem MBA-Unterricht triffst."

Ich lachte, und weil meine Nase inzwischen verstopft war vor Tränen, klang es wie ein Schnauben.

Er lachte. „Jetzt klingst du wie Mia."

„Es tut mir leid, dass ich an dir gezweifelt habe", flüsterte ich.

Er griff herab und trockneten meine Tränen. „Solange du mich armen Trottel nicht verlässt, ist alles gut."

Ich biss mir schuldbewusst auf die Lippen. „Ich glaube, darüber habe ich etwa fünf Minuten lang nachgedacht. Aber das war, weil ich dachte, du stehst auf sie."

Er schüttelte den Kopf. „Nö. Ich stehe auf eine sehr viel heißere Tusse. Die heißeste. Ich bin verdammt noch mal besessen von ihr."

Meine Augen schlossen sich, ein angenehmes Prickeln lief meinen Rücken hinab, nur wegen seiner Worte. „Ich liebe dich."

„Ich liebe dich, Babe. Immer." Er griff nach oben und schob mir die Haare aus dem Gesicht, steckte sie mir hinters Ohr zurück. „Jetzt werde ich deine Hilfe brauchen."

„Wozu denn?"

„Du wirst mir herausfinden helfen müssen, was zum Teufel ich mit zwei Verlobungsringen machen soll."

Ich lachte, meine Augen schlossen sich fest. „O mein Gott, der erste war auch von dir? Der, von dem du gesagt hast, er wäre von William?"

„Ich schwöre bei Gott, das war das erste Mal, dass ich dich je angelogen habe."

„Ich schätze, das war für einen guten Zweck. Aber ehrlich, ich will, dass du was verstehst. Ich brauche nichts Schickes. Ich brauche nichts Angeberisches und nichts, mit dem ich prahlen kann. Ich habe bereits das Beste zum Angeben – meinen heißen Surfertypen und genialen CFO-Freund, der alle anderen Typen aussehen lässt wie Möchtegerns. Ich gebe bereits mit dir an. Und dafür schäme ich mich auch nicht. Ich brauche keine furchtbare übertriebene Verlobungsgeschichte. Ich brauche nicht den schicksten riesigen Stein, den man auftreiben kann. Ich will mit dir mitkommen, wenn wir wissen, dass die Zeit für uns beide richtig ist, und unsere Ringe miteinander aussuchen. Wenn wir uns beide sicher sind, dass uns das glücklich macht, okay?"

Er beugte sich herab und küsste mich wieder auf die Stirn. „Das klingt für mich perfekt."

Ich schniefte noch einmal richtig laut. „Ich muss echt mal schnäuzen."

Er drehte sich und musterte das Zimmer um uns herum. „Ich kann hier keine Taschentücher sehen. Lass mich losziehen und dir was suchen."

„In unserem Zimmer gibt Taschentücher. Holen wir sie einfach dort. Ich poliere mir das Näschen, und dann ... wenn du ein guter Junge bist, denke ich vielleicht darüber nach, noch was anderes zu polieren..." Ich wackelte mit den Augenbrauen.

„Auf zu den Taschenbüchern. So schnell es menschenmöglich geht."

Er schnappte sich meine Hand und führte mich zurück in unser Zimmer, mit so schnellem Schritt, dass ich eigentlich rennen musste, um mit ihm mitzuhalten.

Mein Biest ... in dieser Hinsicht änderte er sich nie.

Kapitel

Achtundzwanzig

William

„DUDE, DU MUSST ES IHR SAGEN ...“

„Ich habe es ihr bereits gesagt, und seit ich das getan habe, hat sich nichts geändert.“ Ich streite mit Lucas. Normalerweise würde ich das mit meinem Cousin oder Jordan besprechen. Aber Jordan hat mich geärgert, weil er versucht hat, mich dazu zu bringen, seine Freundin wegen eines Verlobungsrings anzulügen. Und Adam ist so beschäftigt mit was auch immer er bei Mia zu erreichen versucht, dass er nutzlos ist. Aber ich musste um jemandes Meinung fragen.

Wir sitzen auf der überdachten hinteren Veranda – dem Solarium – an einem Tisch und schauen hinaus auf die Aussicht, während wir warme winterliche Getränke trinken. Lucas hat einen Latte, und ich eine heiße Schokolade.

Lucas blinzelt, legt den Kopf schief, als würde er erwarten, dass ich mehr sage. Ich schaue einfach nur zurück.

„Ich meine, du hast es ihr ... einmal gesagt?“

Ich gestikuliere. „Eigentlich sogar mehr als einmal. Ich habe es sogar in ihrer Landessprache gesagt. In einer Kirche. Das sollte doch reichen.“

Lucas schnaubt leicht und schüttelt dann den Kopf. „Es reicht nie. Sie hören es einfach gern. Ganz oft. Es ist eine Versicherung. Ich meine … Sie sagt es dir auch, oder?"

Ich zucke mit der Schulter. „Sie sagt eine Menge Dinge zu mir, die sich wiederholen und unnötig sind …"

Lucas richtet sich auf und hebt eine Hand. „Hui, wer sagt denn, dass es nicht nötig ist, *ich liebe dich* zu sagen?"

„Ich sage, dass es nicht nötig ist, sich zu wiederholen. Sie weiß doch, dass ich ein gutes Gedächtnis habe. Sie muss es mir nicht ständig in Erinnerung rufen, besonders nicht eine Tatsache, die so wichtig ist wie diese."

Lucas lacht. „Sie sagt das doch nicht nur für dich. Sie sagt es auch für sich. So drückt sie sich aus."

Ich runzle die Stirn und stelle meine inzwischen leere Tasse ab, überlege mir, ob ich mir eine dritte Tasse heiße Schokolade machen soll. Deswegen und wegen der bosnischen Plätzchen werde ich mehr trainieren müssen, wenn ich von dem Urlaub nach Hause komme. „Du meinst, sie muss sich selbst in Erinnerung rufen, dass sie mich liebt? Ich dachte, sie hat ein gutes Gedächtnis."

Lucas musterte mich kurz, rieb sich übers Kinn. „Es ist … Es ist, als würde man dem Partner eine Rettungsleine rauswerfen, weißt du? Das Leben kann ein Schlamassel sein, ein bisschen stürmisch. Du hast einen schlechten Tag in der Arbeit, ihr Auto ist stehen geblieben. Die Dinge sind in der Schule nicht gut gelaufen. Vielleicht habt ihr euch sogar angefahren, weil ihr müde wart oder hungrig oder was auch immer. Aber selbst wenn man nicht gut zueinandersteht – ob ihr wütend oder genervt seid, das ist immer da. Es ist eine Konstante. Wie ein Rettungsring oder ein Boot. Man wirft dieses *ich liebe dich* raus, um es sich in Erinnerung zu rufen, und dem Partner, dass man im Sturm für ihn oder sie da ist. Dass man nicht allein ist."

Ich runzle die Stirn. Er stellt eine Analogie her, und ich bin normalerweise nicht so gut, denen zu folgen, aber ich glaube, ich verstehe, was er sagen will. „Aber das sind nur Worte. Was machen sie denn schon? Ich zeige meine Liebe viel lieber mit Taten."

„Solange sie versteht, dass du das mit deinen Taten tust, oder? Ihr müsst schon im gleichen Boot sitzen – ich meine, dieselbe Sprache sprechen." Lucas nickt und denkt nach. „Es stimmt, dass es eine Menge andere Wege gibt, um auch *ich liebe dich* zu sagen und deine Liebe zu zeigen. Absichtlich ein Skirennen verlieren, ist vielleicht eine, über die ich nachdenken muss ...", sagt er mit einem Grinsen, das ich nicht ganz verstehe.

Dieselbe Sprache sprechen. Ja, wir sprechen beide Englisch. Aber ich glaube, Lucas macht schon wieder eine Analogie. Meine Taten sind meine Art, wie ich meine Liebe zeige, aber wenn sie das nicht versteht, dann spürt sie nicht, was ich ihr sagen will, wenn ich ihr ein Getränk hole, ohne dass sie fragen muss, wenn ich ihr helfe, die Tafel für ihre Klasse vorzubereiten, oder wenn ich ihr eine Kiste für ihre Tarot-Karten baue. Ich nutze meine Hände, um ihr zu sagen, was ich fühle.

Das lässt es klingen, als ginge es um Sex.

Ich bin froh, dass ich dieses Gespräch mit Lucas geführt habe. Ich war erst skeptisch gewesen, da ich ihn nicht so gut kenne wie Adam und Jordan, aber bisher hat er einen sehr viel höheren Punktestand durch die Qualität seiner Ratschläge erreicht als die anderen beiden.

Mit dieser neuen Information bin ich zu einer Entscheidung gekommen. Ob ich nun fertig damit bin oder nicht, ich muss Jenna das Projekt zeigen, an dem ich gearbeitet habe.

Sie braucht diese Zusicherung.

Also mache ich weitere heiße Schokolade – diesmal zwei Tassen – und bringe sie mit meinem Skizzenblock unter dem Arm in das andere Zimmer. Dort finde ich sie, wie sie auf ihr Handy schaut, und ich frage sie, ob sie sich mir in der Bibliothek oben anschließt.

„Hi, Wil. Ja, sicher. Lucas und Kat haben bald ihr Skirennen … Und heute Abend ist Silvester. Hast du dich entschieden, was du tun möchtest?"

Ich blinzle. „Na ja, ich würde diese Entscheidung dir überlassen."

Sie reiht sich hinter mir ein, während wir die Stufen hinaufsteigen. „Und wenn ich ausgehen möchte, auf eine öffentliche Versammlung, Tanzen und Party machen bis Mitternacht?"

Ich zögere, denke nach. Das klingt nach etwas, das mir überhaupt nicht gefallen würde. Aber ich würde es tun, wenn sie das möchte. Ich hätte nur keinen Spaß dabei, und dann würde ich es vermutlich auf meine Niemals-wieder-Liste setzen.

„Ich mache Scherze. Geh doch einfach weiter …" Ich steige weiter hinauf, und wir betreten die Bibliothek. Ich stelle die Tassen auf den Tisch, und sie grinst. „Danke für den Kakao, aber ich werde nicht mehr länger in diese Jeans passen, wenn du den weiterhin für mich machst. Dann wirst du es bedauern."

Ich blinzle, setze mich auf das Sofa. „Für mich würde es keine Rolle spielen, wenn du Gewicht zulegst, solange du gesund bleibst. Es würde nicht verändern, wie ich zu dir stehe …"

Jenna zögert, ihre Tasse auf halbem Weg zum Mund, bevor sie sich zu mir wendet. „Und … und wie stehst du dann zu mir?"

Ich starre sie einen langen Augenblick an. „Ist das nicht offensichtlich?"

Sie neigt den Kopf, nimmt dann ihre Tasse und stellt sie auf den Beistelltisch. „Na ja, manchmal, du weißt schon, möchte ich gern daran erinnert werden."

„Ja, ich glaube, ich verstehe."

Ihre blassblauen Augen huschen nach oben, um mich anzuschauen, ihre Augenbrauen heben sich leicht. „Echt?"

Ich ziehe meinen Skizzenblock heraus und lege ihn zwischen uns auf das Sofa.

„Du wolltest, dass ich die Worte sage, und ich habe nicht verstanden, wie wichtig es für dich war, dass du sie hörst. Aber als du diesen Schal für mich gemacht hast …"

„Den kratzigen mit den ganzen Fehlern?"

Ich greife vor und nehme ihre Hand. „Ja, er hat Fehler und kratzt. Aber er hielt mich auch warm, als es mir elend ging und mir kalt war. Du hast ihn mit diesen schönen Händen gemacht. Nur für mich. Wenn ich ihn trage, denke ich, was alles nötig war, damit du ihn gemacht hast. Und als du mir mein Geschenk an Weihnachten gegeben hast – obwohl es noch nicht fertig war, hatte ich dabei ein gutes Gefühl im Innern. Du hast eine neue Fertigkeit erlernt, und das erste, was du machen wolltest, war etwas für mich."

Sie blinzelt, ihre Augen werden plötzlich etwas weiter.

Ich räuspere mich und spreche weiter. „Und darum dachte ich, dass ich meine Hände nutze, um etwas für dich zu machen. Es ist keine neue Fertigkeit, aber ich hatte nicht die Zeit, um was

Neues zu lernen. Aber da dir meine Zeichnungen gefallen …" Ich schiebe ihr den Skizzenblock hin. „Öffne es."

Sie greift vor, nimmt das Buch und tut, wie geheißen. Ich beobachte ihr Gesicht, während sie sich die erste Seite anschaut – eine Skizze von einem kleinen Häuschen in einer vertrauten Umgebung, einem Stück Land, das wir kürzlich gekauft haben. Drei Morgen in den Cuyamac-Bergen gleich neben dem See im Bezirk San Diego. Wir planen, eines Tages dort eine Hütte zu bauen und nachhaltig zu leben. Es ist ihr Traum, und wir haben uns bereits die Fertigkeiten angeeignet, um zu lernen, wie wir das machen.

Ihr Blick landet auf der Skizze, eine Hand greift vor auf die Seite, während sie einen langen Atemzug ausstößt. „Ach, William … unser Häuschen! Du hast es gezeichnet!"

„Blättere um."

Und das macht sie. Die Skizzen zeigen das Häuschen aus jedem Winkel, genau wie wir es besprochen haben. Wir haben eigentlich schon viele Stunden damit verbracht, darüber zu reden. Sie will eine Herde Ziegen, um ihren eigenen Käse und Seife herzustellen. Ich will einen großen Gemüsegarten und natürlich eine Schmiede und ein Kunstatelier. Wir haben sogar schon Zeit dort verbracht, haben in einem Zelt übernachtet. Während wir dort gewesen waren, haben wir immer über das Grundstück geredet, sind herumgegangen und haben besprochen, was wir dort wollten, und wohin es kommen würde.

Sie blättert weiter durch die Skizzen von außen aus verschiedenen Winkeln, und dann kommt sie zu der Seite mit der Inneneinrichtung. Sie legt ihre dünnen, zarten Fingerspitzen an den Mund. „Es ist wunderschön. Ich hatte nicht mal die

Vorstellungskraft, mir das zu erträumen, aber du hast das, was wir besprochen haben, so wunderschön übertragen. Oh, Wil, die ganze Zeit, als du an diesen Skizzen gearbeitet hast, hast du das gemacht. Was für ein tolles Geschenk."

Ich schaue nach unten, plötzlich wird mir bewusst, dass die Zeit, die ich damit verbracht habe, sie traurig gemacht hat. „Tut mir leid, dass die Arbeit daran dich genervt hat."

Sie schüttelte den Kopf. „Es ist – es ist schon gut. Ich verstehe es jetzt. Du wolltest mich überraschen."

„Ich weiß nicht, ob es mir noch gefällt, Leute zu überraschen. Es bedeutet, dass man lügen muss oder etwas geheim halten, bis die Zeit passt." Ich schüttle den Kopf. „Ich glaube nicht, dass es das wert ist."

Sie lacht und hebt den Blick zu mir, ihr Lächeln wird breiter. „In diesem Fall hat es sich auf jeden Fall gelohnt. Vielen Dank."

Ich nehme ihre Hand von meiner Wange und bringe sie zum Mund, küsse sie. „Ich weiß, dass ich es dir nicht so oft sage, wie du es möchtest, aber ich liebe dich. Ich werde versuchen, es öfter zu sagen."

Sie lächelt, und silbrige Tränen strömen aus ihren Augen. Ich verstehe immer noch nicht, warum, aber ich weiß, dass Jenna manchmal weint, wenn sie glücklich ist, also mache ich mir keine Sorgen. „Ich glaube, ich habe auch was verstanden. Dass du es eigentlich oft sagst. Nur nicht in Worten."

Ich drücke ihre Hand, zugleich glücklich und erleichtert, dass sie mich versteht.

Sie legt den Block zur Seite und rückt näher an mich. In wenigen Sekunden liegen ihre Arme um meinen Nacken. Wir küssen uns und halten einander, und ich habe sie so fest an mich gezogen, dass es uns beiden schwerfällt, zu atmen.

Da ist dieses Gefühl in mir, eine Enge in der Brust. Ich weiß, dass das nicht stimmt, aber es fühlt sich an, als wäre mein Herz zu groß, um da drin zu sein. Ich schätze, daher kommt dieses Gefühl – dass Liebe im Herzen gespürt wird.

Aber es ist nur eine Gefühlsduselei. Denn ich fühle meine Liebe zu Jenna am ganzen Körper, überall.

Und als ich sie küsse und ihre Süße rieche und sie ganz dicht bei mir halte, weiß ich, dass ich es nie satthaben werde, ihr zu sagen, dass ich sie liebe, ob es nun in Worten ist oder mit meinen Händen, mit den Dingen, die ich für sie mache oder was ich für sie tue.

Ich weiß, dass es ihr genauso geht.

Und das, obwohl das Leben sich manchmal unbehaglich anfühlt, unsicher – *stürmisch*, um Lucas' Metapher zu verwenden – wir füreinander ein Rettungsanker sein werden. Wir werden einander verankern.

Das gibt mir ein sicheres Gefühl.

KAPITEL
NEUNUNDZWANZIG
KATYA

DU HAST IN DEINEM LEBEN EINIGE BLÖDE ENTSCHEIDUNGEN gefällt, Katharina Rose Ellis, aber das ist vielleicht die blödeste von allen.

Meine Beine baumelten vom Sessellift, und ich konnte meinen Blick nicht von den Skiern lösen, die vor und zurück schlingerten, während ich sie nervös anstieß. Halb wünschte ich mir, einer würde vom Stiefel fallen, hinab, hinab, hinab in den Schnee. Puff, niemals wieder gesehen – und dann, ups – kein total verrücktes Skirennen!

Neben mir packte Lucas seine Seite des Sessels als Reaktion auf das Wackeln und wandte sich zu mir, als der Wind zunahm.

„Himmel, Kat, was hast du denn vor, willst du uns aus dem Sessel werfen?"

„Na ja, wenn du so ein Ski-Experte bist, weshalb solltest du dich davor fürchten?"

„Weil ich nicht fliegen kann?" Er zuckte mit den Schultern. „Was ist los, versuchst du, deine Konkurrenz auszuschalten?"

Der Skilift hielt kurz an, genau, als wir am höchsten Punkt ankamen. Der Wind nahm noch zu, und ein Wirbel aus Eis und

Schneeflocken stieg in der Brise auf, stach mich in die Augen. Ich weigerte mich immer noch, meine Skibrille runterzuziehen.

Ich stieß Luft aus und schüttelte den Kopf, murmelte: „Dieser Wettbewerb ist einfach Mist.“

„Was?“

„Ich habe gesagt, *dieser Wettbewerb ist einfach Mist!*“ Diesmal brüllte ich es. Vielleicht hatte ich eine Lawine in einem verborgenen Tal oder irgendwo in der Nähe ausgelöst. Aber verdammt, ich war frustriert.

„Wird aber auch Zeit, dass dir das klar wird.“

Ich hob vor ihm eine Augenbraue. „Vielleicht hättest du dich mal melden sollen, als Jordan mit dieser toll blöden Idee angekommen ist.“

Er macht eine Geste mit offenen Händen. „Weil ich dachte, du willst das auch. Du weißt schon, da du ja immer nach Gründen suchst, um dich mit mir zu messen.“

„Leute, die in Glashäusern leben, sollten ihre Frau nicht zu einem Skirennen herausfordern!“

„Äh, was?“

„Wir wetteifern doch um alles. Das bin nicht nur ich, oder? Du machst es auch.“

Er schüttelte den Kopf. „Ich mache doch keine …“

„Warum erzählst du mir dann nicht, weshalb du dich so ins Zeug legst, um deine Arbeitsschwierigkeiten vor mir geheim zu halten? Vielleicht willst du nicht, dass ich es rausfinde, weil es irgendwie bedeutet, dass ich gewinne, weil mir mein neuer Job gefällt?“

Sein Gesicht verdüsterte sich, und er schaute weg.

„Siehst du? Der Beweis, dass wir es beide machen“, schloss ich, nahm seine fehlende Leugnung als Zustimmung.

Er schaute wieder zu mir zurück. Der Lift fuhr immer noch nicht weiter, und ich hatte keine Möglichkeit, herauszufinden, was ihn aufhielt. Vielleicht war jemand beim Aussteigen gestürzt? Das verhieß für uns nichts Gutes.

Ich drehte mich zu ihm und hob die Augenbrauen, erwartete, dass er etwas sagte.

„Warum zum Teufel *machen* wir das?", fragte er schließlich.

„Ist nicht meine Schuld!", quietschte ich. „Jordan hat angefangen."

„Verdammter Jordan." Er stieß es zwischen zusammengebissenen Zähnen hervor.

Ein weiterer Augenblick verging, und der Lift fuhr ruckelnd wieder an. Wir brachen beide gleichzeitig in Gelächter aus.

Ich schüttelte den Kopf. „Schade auch, dass er nicht hier ist, oder ich würde ihn mit meinen Skistiefeln in den Arsch treten."

„Ich würde ihn mit dem Kopf voran in den Schnee stecken", steuerte Lucas bei.

„Ich kann nicht glauben, dass er uns das wirklich auferlegt hat."

„Und uns irgendwie dazu gezwungen hat, was vorzuführen, wie Tanzaffen, auf die er gewettet hat. Er wollte auch noch, dass wir es auf einer schwarzen Piste machen. Kannst du dir das vorstellen?"

„Scheiß Jordan!", brüllte ich so laut, dass es durch das Tal schallte. Noch ein Moment verging, und wir waren still. Ich warf ihm einen Blick aus dem Augenwinkel zu. „Nur weil er uns das auferlegt hat, heißt das nicht, dass wir es tun müssen."

Er seufzte und richtete sich die Strickmütze auf dem Kopf. „Ich fühle mich verpflichtet. Jetzt sieht der Boss zu."

Ich spähte aus dem Augenwinkel zu ihm. „Ist die Arbeit wirklich so schlimm? Und warum hast du es mir nicht gesagt? Vielleicht kann ich helfen."

Er seufzte tief und schüttelte den Kopf. „Okay, ich gestehe. Ich wollte dir nicht von dem Schwachsinn erzählen, mit dem ich mich rumschlagen muss, weil du deinen neuen Job toll machst, und ich meinen gerade nicht so toll."

Ich schaute ihn an, als wäre er ein Außerirdischer. „Aber … sowohl Jordan als auch Adam sagen, dass du einen tollen Job machst."

Unbewusst warf Lucas einen Blick nach unten zu der Plattform, wo alle unsere Freunde auf dem perfekten Aussichtspunkt standen, um zu beobachten, wie wir unser Rennen begannen. Gerade jetzt waren sie alle hinter den Bäumen, wo wir sie nicht sehen konnten. „Weil sie es nicht wissen. Ich mühe mich mit zwei meiner Angestellten ab, die einander an die Kehle gehen und jeden zweiten Tag drohen, dass sie kündigen, wenn ich den anderen nicht feuere."

Ich warf meinem Mann einen Blick zu. „Ja, ich bin sicher, sie müssen sich überhaupt nie mit kindischen Angestellten herumschlagen."

Er blinzelte ein paar Mal. „Du … sagst da schon was Richtiges."

„Manchmal tue ich das." Ich schenkte ihm ein selbstzufriedenes Lächeln.

Er holte tief Luft und seufzte schwer, sein Atem wölbte sich um ihn wie eine Wolke. „Mann, es hat sich gut angefühlt, das endlich zu beichten."

Ich schoss ihm einen leicht schuldbewussten Blick zu und schluckte dann. „Ich muss auch was gestehen."

Er wandte sich erwartungsvoll an mich.

Ich biss mir auf die Lippen. „Ich habe vielleicht … mit meinen Ski-Fertigkeiten übertrieben." Er blinzelte, und dann kam es zu einer plötzlichen und deutlichen Veränderung seiner Körpersprache. Seine Schultern sanken herab. War es Erleichterung? Ich räusperte mich. „Du solltest inzwischen wissen, dass ich neunzig Prozent aufgeplustert bin, fünf Prozent dreist und drei Prozent Glück habe."

„Und die restlichen zwei Prozent?"

Ich schluckte, musterte den Hang vor uns und unserem Sessel, während wir höher hinauffuhren. „Das ist der Irrsinn."

„Du bist nicht irre, Kat."

„Ich habe uns in dieses Rennen manövriert, oder nicht?"

Er schüttelte vehement den Kopf. „Nein, wir waren gerade einer Meinung, dass das Jordan gewesen ist."

Ich lachte. „Ach, ja."

„Ich glaube, wir leiden beide an einem großen Missverständnis."

Ich biss mir auf die Lippen. „Ich hatte vor, dir das an diesem ersten Abend gleich nach dem Dinner im Diner zu erzählen. Aber das ganze Ding ist einfach so völlig aufgeblasen worden. Die ganzen blöden Kanadierwitze von euch allen haben mich so genervt, also habe ich mit meinen Talenten übertrieben. Sehr. Und dann hat Jordan dich angespornt …"

„Da war doch auch Adam. Ich konnte doch nicht vor meinem Boss einen Rückzieher machen."

Ich senkte den Kopf. „Warum stehen wir immer miteinander in Konkurrenz?"

Er zuckte hilflos mit der Schulter. „Vielleicht, weil so unsere Beziehung angefangen hat? Ich war daran auch beteiligt …"

Wir drehten uns beide, um nach vorne zu schauen. Der Sessellift näherte sich dem oberen Ende des Hanges, und es war Zeit, auszusteigen. „Wir sind Gamer. Natürlich haben wir ein Konkurrenzbewusstsein. Nur … ich wünschte mir, es müsse nicht mit allem sein, weißt du? Letztlich sind wir doch im selben Team."

Während der Hang anstieg, um uns entgegenzukommen, stiegen wir beide aus und gingen Seite an Seite zum Anfangspunkt der mittelschweren Piste. Aus der Ferne, über uns am Hang, kamen die schwachen Geräusche von Jubel und Rufen. Unsere Köpfe gingen beide nach oben, oben, oben, bis wir sie im Beobachtungsbereich sahen. Eine Gruppe unserer Freunde, die alle fest eingepackt waren und winkten wie verrückt.

Lucas seufzte lange und verloren.

„Ich glaube, es ist Zeit, dass die Tanzaffen rebellieren", sagte ich.

Seine Augenbrauen gingen fast hoch bis zum Rand seiner Strickmütze. „Wie bitte?"

„Weigern wir uns, das Rennen zu fahren. Wir fahren einfach in unserer eigenen Geschwindigkeit runter."

Er kniff die Augen zusammen. „Das ist aber kein Trick, damit du mich schlagen kannst, oder?"

Ich schüttelte den Kopf. „Ich meine es todernst. Außerdem fährst du sehr viel besser Ski als ich. Ich hätte keine Chance. Ich gebe das jetzt zu. Ganz laut."

Seine Miene wurde verlegen. „Dann muss ich auch noch ein Geständnis machen …"

„Ach?"

„Ich fahre scheiße Ski. Ganz gleich, ob ich ein reiches Kind bin, oder Winterferien in Europa gemacht habe oder nicht, das war noch nie mein Ding."

Ich drehte durch, gleich hier auf dem Hang. Ich fing an, so heftig zu lachen, noch während Leute sich an uns vorbeischoben, um ihre Abfahrt zu starten. „O mein Gott, wir sind so bekloppt. Runter von diesem Berg mit uns, damit wir Steep auf der Playstation spielen können. Gutes, gesundes Konkurrenzverhalten."

Sein Grinsen wurde breiter. „Das Problem ist, der einzige Weg runter vom Berg ist auf Skiern. Aber wir können natürlich zusammen gehen."

„Ich würde ja Händchenhalten vorschlagen, aber ich werde beide Stöcke brauchen, um im Gleichgewicht zu bleiben. Aber schließen wir einen Pakt, dass wir nicht übereinander lachen, okay?"

„Klingt gut für mich. Fahren wir einfach ganz gemütlich den Berg runter, um uns dann gemütlich ans Feuer zu setzen und in einem Konsolen-Game so tun, als würden wir Ski fahren."

Zusammen zeigten wir unseren Freunden, die ganz oben zusahen, hochgereckte Daumen. Dann, mit einem ‚was soll's‘, schoben wir uns den Hügel hinab.

Kinderleichte Sache, oder?

Na ja … nicht ganz.

KAPITEL

DREISSIG

LUCAS

SILVESTER IN EINER KANADISCHEN NOTAUFNAHME, während ich auf die Ergebnisse vom Röntgen meiner Frau wartete, war nicht das, was ich mir unter Spaß vorstellte. Eigentlich … am letzten Tag des Jahres hatte ich es geschafft, meine Frau ins Krankenhaus zu bringen.

Ich erbebte beim Gedanken daran, was vielleicht passiert wäre, wenn wir tatsächlich das Rennen gefahren hätten. Es hätte so viel schlimmer sein können, aber trotzdem war es schlecht. Ich setzte mich aufrecht hin, ging im Kreis, setzte mich wieder, spielte mit meinem Ehering. Ich konnte nicht still sitzen, und ich würde nicht ruhen, bis Kat wieder aus der Radiologie zurück war.

„Setz dich, Mann, du machst mich nervös.“

Ich warf einen giftigen Blick zu Jordan. „Ach, na, entschuldige doch. Es ist ja nur meine Frau, mit Gott weiß wie vielen gebrochenen Knochen …“ Ich fuchtelte wild mit den Armen in die Richtung, in der sie sie vor zwanzig Minuten mit dem Rollstuhl weggefahren hatten.

Jordan blinzelte und warf einen besorgten Blick in dieselbe Richtung. „Sie ist in Ordnung. Ich meine, es kommt alles in Ordnung. Kat ist doch ein zähes Mädchen, oder? Richtig zäh."

Man hatte uns schnell in einem Schneemobil vom Berg herabgefahren zur Erste-Hilfe Station unten, wo man sie sofort untersucht hatte.

Sie hatte sich nicht den Kopf gestoßen, aber ihr Knöchel tat weh und schwoll an wie ein Ballon. Und da hatte sie noch nicht mal ihr Gewicht darauf gegeben.

Ich hoffte nur, dass sie sich nichts gebrochen hatte. Verdammt. Das wäre eine schmerzhafte und lange Erholung, und da es der Knöchel war, hing eine mögliche Operation davon ab, wie schlimm es war.

Mein Magen zog sich zusammen, und ich fuhr mir mit der Hand durch die Haare.

Zumindest hatte Jordan den Anstand, besorgt zu wirken.

Die Schwester tauchte auf, um zu sagen, dass Kat wieder im Untersuchungsraum war. Der Arzt betrachtete ihre Röntgenbilder und würde bald da sein. Ich schoss aus dem Stuhl hoch, um ihr zu folgen. Jordan machte es genauso.

Er war mitgekommen, während der Rest der Gruppe zurück im Anwesen wartete. Jordan hatte darauf bestanden, und obwohl Mia die offensichtlichere Wahl gewesen wäre, um bei ihrer besten Freundin zu sein und medizinische Ratschläge zu geben, falls nötig, wollte Jordan sich das einfach nicht sagen lassen.

Ich wandte mich zu ihm. „Hast du nicht schon genug angerichtet?"

„Mann, ich will nur sichergehen, dass es ihr gut geht, damit ich allen schreiben und ihnen Neuigkeiten überbringen kann.

Hoffentlich gute Neuigkeiten." Er wirkte ernüchtert. Fast schuldbewusst. *Gut.* Es war sein großes Maul, das uns überhaupt erst hierher gebracht hatte.

Als wir ins Zimmer kamen, war Kat nach vorn gebeugt und stöhnte, weinte.

Heilige Scheiße.

„Es tut weh. Es tut so weh. Verdammt. Ohhh." Als ich zu ihr ging, fiel sie vom Untersuchungstisch fast in meine Arme, und ich legte sie fest um sie.

„Schhh. Es tut mir leid. Es tut mir so leid."

„Jordan ist derjenige, dem es leidtun sollte!", schrie sie halb. Scheiße. Es musste wohl echt wehtun, denn ich hatte sie noch nie so gesehen. Ich meine, sie weinte natürlich hin und wieder mal. Aus emotionalen Gründen. Aber sie schien Schmerz unter normalen Umständen ziemlich gut wegzustecken. Das musste die reine Folter sein.

„Sag ihm, er soll gehen. Ich will nicht mal zu ihm schauen."

Ich warf Jordan einen finsteren Todesblick über den Kopf meiner Frau zu.

Jordan warf die Hände in die Luft. „Ich geh ja schon. Ich gehe, ich wollte nur sagen, dass es mir leidtut, Kat. Ich übernehme die volle Verantwortung. Es war total blöd, euch zwei gegeneinander aufzustellen, und ich fühle mich echt scheiße. Bitte kann ich …"

„Geeeeh!", heulte sie in meine Brust, und mit einem resignierten Seufzen ging er rückwärts hinaus. Sein Blick traf meinen, und seine Hände waren hilflos erhoben.

Dann drehte er sich um und war weg.

Kurz danach fragte Kat mich, ob er weg war, und ich versicherte ihr, dass dem so war.

Sie schob sich weg und richtete sich auf. „Gut, denn ich habe keine Ahnung, wie lange ich das noch hätte durchhalten können."

Ich blinzelte und schaute Kat ins Gesicht. Klare Augen, überhaupt keine Spur von Tränen. „Was?"

„Ach, er hat es verdient. Sag mir bloß nicht, du glaubst, er hätte diesen kleinen Ausbruch von Schuldgefühlen nicht verdient."

Ich kratzte mich verwirrt am Kopf. „Du hattest mich aber auch."

Sie wedelte mit der Hand. „Ja, tut mir leid. Du warst ein Kollateralschaden. Ich wollte nur, dass er darauf eine Weile herumkauen muss."

Ich schüttelte den Kopf. „Also ... hast du keine Schmerzen?"

Sie schüttelte den Kopf. „Sie haben mir irgendwas gespritzt, bevor sie mich zum Röntgen gebracht haben. Ich spüre überhaupt nichts. Aber Jordan muss das nicht wissen. Vielleicht kann ich einen Milliardär dazu kriegen, mir den Rest unserer Zeit, die wir hier verbringen, zu Diensten zu sein. Vielleicht lasse ich ihn irgendwas Witziges anziehen, oder denke mir eine andere Möglichkeit aus, ihn zu erniedrigen."

Meine Lippen waren aufeinandergepresst. „Na, so witzig die Vorstellung ist, Jordan ist praktisch immer noch mein Boss."

Sie riss die Augen auf. „Ach, ich weiß, vielleicht gibt er dir eine Gehaltserhöhung, um seine Schuld zu beschwichtigen!"

Ich lachte. Nicht lange danach kam der Arzt, um uns in Kenntnis zu setzen, dass es nur übel gezerrt war, und kurz danach wurden wir entlassen. Ich musste mir natürlich alles über die Überlegenheit des kanadischen Gesundheitssystems von meiner kanadischen Frau anhören. Sie hatte immerhin nicht unrecht.

Jordan sagte kaum etwas auf unserem Weg zurück zum Anwesen, er war ordentlich in die Knie gegangen. Früher oder später würde ich ihm einen Hinweis stecken.

Er hatte einen riesigen Blumenstrauß aufgestellt, der auf uns in unserem Zimmer wartete. Ein gigantischer Heliumballon, auf dem stand, *Tut mir leid*, schwebte darüber in der Nähe der Decke. Kat bekam einen hysterischen Anfall in dem Augenblick, in dem ich sie durch den Eingang trug und sie es sah.

„Ich werde Anna bitten, einen riesigen Ballon in Elchform mit einem riesigen Ahornblatt darauf für ihn zu besorgen, und werde ihm sagen, er muss damit um sein Handgelenk nach Hause fliegen, als wäre er vier Jahre alt."

Und wir hatten Spaß damit, uns weitere mögliche Erniedrigungen für Jordan auszudenken.

Ein paar Stunden später kamen Mia und Adam vorbei, um sich zu verabschieden, und nach ihr zu sehen auf ihrem Weg hinaus zu ihrer besonderen Übernachtung an einem abgeschiedenen Ort.

Und nicht einmal ich konnte verhindern, dass mir auffiel, wie toll sie in ihren feinsten Klamotten aussahen. Adam trug tatsächlich einen dunklen Anzug mit einer grauen Krawatte, und Mia hatte ein kurzes königsblaues Kleid aus Crashsamt an, zusammen mit glänzenden hochhackigen Schuhen.

Wow.

Kats Augen wurden groß. „Mia! Nicht fair! Du hast den ganzen Glanz, und ich nicht, und es ist Silvester. Ihr geht heute Abend tanzen, oder? Und da bin ich, mit meinem Knöchel in der Größe eines Rugbyballs." Sie seufzte und lächelte ihre Freundin schief an. „Du bist so schön! Alles Gute zum ersten Hochzeitstag, ihr beiden!"

Mia beugte sich herab und umarmte sie. Adam fragte, wie es ihr ging, bückte sich und gab ihr einen Kuss auf die Wange. Keiner von ihnen wollte gehen, bis wir ihnen versichert hatten, dass wir alles hatten, was wir brauchten. Genügend Eispackungen. Ein Fläschchen mit Schmerzmittel. Und die Anweisung des Arztes, nicht aufzustehen und ihren verletzten Knöchel hochzulagern.

Erst da war Mia zufrieden, und mit einiger Erleichterung nahm Adam sie an der Hand und führte sie weg. Auf dem Weg durch die Ausgangstür hatte sich der Rest unserer Freunde aufgereiht, um ihnen einen schönen Hochzeitstag zu wünschen und sie zu verabschieden.

Und dann waren sie weg.

Und … wir waren allein in unserem Zimmer.

Meine Frau sah trotz ihrer Verletzung und dem angenommen Mangel an Glanz unfassbar toll aus mit ihrem leicht verträumten schiefen Lächeln, ihrem zerrauften Flammenhaar und ihrem fröhlichen Blick.

„Komm her. Du sollst mir doch zu Diensten sein, oder? Also möchte ich ganz offizielle Dienste beantragen."

„Ich glaube, das nennt man eher verführen", verbesserte ich sie, während ich mich ihr näherte.

Ihre blauen Augen glitzerten, und sie leckte sich die Lippen. „Mmm. Ich liebe es, wenn du zu mir sprichst wie ein reicher Bengel von einer Privatschule."

„Ich könnte sogar noch mehr Dinge tun, die du liebst."

„Solange ich nicht athletisch sein muss oder meinen Fuß benutzen, bin ich dabei."

Ich lachte. „Wenn du nicht an irgendeine komische Stellung denkst, mit der ich nicht vertraut bin, wird der Fuß nicht benötigt."

Mit viel Gelächter und noch mehr Küssen zog ich sie an mich, knöpfte rasch die Vorderseite ihres Nachthemdes auf. Sobald es sich löste und ihre perfekten Brüste entblößt waren, keuchte ich laut und erregt. „Oh, du hast keine Ahnung, wie dankbar ich bin, dass du dir nicht deine Brüste gezerrt hast."

Sie fiel zurück auf ihr Kissen und lachte tief aus dem Bauch heraus. „Na ja, Gott sei es gedankt, dass du dir nicht den Mund gezerrt hast."

„Ja, lass mich dir genau zeigen, wie gesund mein Mund sich gerade jetzt fühlt ..."

Und ich bedeckte jeden Quadratzentimeter ihres Körpers, an den ich kam, mit Küssen. Hier gab es keinen Wettbewerb. Nur gute, altmodische Teamarbeit. Die mit Orgasmen belohnt wurde.

KAPITEL
EINUNDDREISSIG
JENNA

„WILLIAM", RIEF ICH, LÖSTE DIE AUFMERKSAMKEIT meines gut aussehenden Freundes von weiteren Skizzen in der Leseecke. Er hatte sich mit uns übrigen Sorgen um Kats Wohlergehen gemacht, aber er war auch mehr als nur genervt gewesen, dass er draußen in der Kälte stehen musste, um das Rennen zu sehen – oder was es eben gewesen war.

Seit wir zum Haus zurückgekehrt waren, hatte er den Kamin kaum verlassen. Ich fürchtete, mein Süßer hatte genug vom kalten Wetter, den Bergen und dem Schnee, und war bereit, zurück ins sonnige Südkalifornien zu kehren. Und obwohl das Wetter zu Hause nicht unbedingt nach unseren Standards warm war, war es mehr oder weniger tropisch neben dieser großen Höhe und dem hohen Längengrad im Winter mit seinen Temperaturen.

Was mich noch mehr zum Lächeln brachte, wenn ich an die Überraschung dachte, die ich in den letzten paar Stunden ausgebrütet hatte, während William sich am Feuer aufgewärmt und seine Skizzen perfektioniert hatte.

„Du musst einen Ausflug machen."

Er schaute von seinem Skizzenbuch auf, völlig verwirrt. Ich ging das Risiko ein, ihn zu frustrieren, indem ich zu figürlich sprach, aber er würde es schon bald mitbekommen. Es war ja nicht, als würde ich es lange hinauszögern.

„Was? Wann?"

Ich stieg die drei Stufen hinauf zu der erhöhten Lesenische und warf einen letzten Blick auf die Berge, während die Dämmerung eintraf, die den Himmel violett und blau tönte. So schön … „Wir gehen in die Tropen. Gleich jetzt."

Er blinzelte mich an. „Was?"

Ich lächelte und hielt ihm beide Hände hin, damit er sie nahm. „Leg das Buch weg und komm mit mir, bitte."

Mit einem tiefen Seufzen, als hätte ich ihm gerade eine Million Aufgaben zu erledigen gegeben, gab er nach und legte Bleistifte und Buch zur Seite. Dann stand er auf und nahm eine meiner Hände. „Ich bin sicher, das verstehe ich bald, denn ich habe keine Ahnung, wovon du gerade jetzt redest."

Ich drückte seine Hand fest und zog ihn mit mir. „Ach, du wirst es sehr bald verstehen."

Dann führte ich ihn in das Solarium, wo ich die breiten, hohen Vorhänge vor dem kalten winterlichen Hintergrund hochgezogen hatte. Der große aufgehängte Fernseher an der gegenüberliegenden Wand spielte ein Video ab, das ich auf YouTube gefunden hatte, auf dem eine tropische Küste und wogende Palmen zu sehen waren. Polynesische Musik strömte leise durch die Lautsprecher. Ich hatte die beiden Propan-

Heizstrahler, wie man sie für Restaurants benutzte, voll aufgedreht, damit es mollig warm war.

William blieb neben mir stehen und musterte dann Raum, betrachtete alles. Ich nutzte seine Ablenkung aus, um mir meine kleinen Schöpfungen von einem Tisch in der Nähe zu holen. Das Haus war mit frischen Blumenarrangements gefüllt gewesen, als wir angekommen waren, und als ich vorhin meine Idee gehabt hatte, hatte ich beschlossen, einige der tollen Blumen in selbst gebastelte Blumenkränze zu verwandeln. Sie wirkten kaum authentisch, aber sie würden schon gehen. Ich setzte mir einen auf, nahm dann den anderen für ihn.

Das könnte problematisch werden. Typischerweise mochte er nichts auf dem Kopf – Hüte oder so was –, aber ich konnte immer noch die kleine Schnur nehmen und es stattdessen in eine hawaiianische Blumenkette verwandeln.

Zu meiner Überraschung musterte William den Kranz auf meinem Kopf einen langen Augenblick, bevor er den Kopf neigte und mir stumm die Erlaubnis gab, den Kranz auf seinen Kopf zu setzen. Er richtete ihn, sobald sein Kopf erhoben war.

„Also stellen wir uns vor, wir wären an einem tropischen Ort?"

„Französisch Polynesien! Schau. Wir haben Abendessen – ich habe hawaiianisches Essen bestellt – Kalua-Schweinefleisch mit Reis. Und es gibt ein Tablett mit frischen Früchten, sogar etwas Ananas. Die Concierge hat mir das alles hergebracht, als ich sie vorhin angerufen habe. Ist das nicht cool?"

„Nein, cool ist es nicht. Es ist warm." Er unterlegte diese Aussage mit einem Lächeln. Nur William konnte mit einem solchen Witz davonkommen, und ich lachte, meinte es auch ernst.

„Ich habe uns auch tropische Getränke gemacht und schau mal – neben dem Whirlpool ist ein großes Badetuch ausgebreitet. Also können wir unseren Strandurlaub genießen."

„Ich glaube nicht, dass sie in Französisch Polynesien so was machen …"

„William, mach einfach nur mit, bitte? Wir spielen doch nur."

Er blinzelte, und ein träges Lächeln trat auf sein Gesicht. „Okay. Aber ich kann so tun, als würde ich auf einem Stand sitzen und zusehen, wie du einen besonderen polynesischen Tanz vorführst?"

Meine Augen wurden groß. Ich hatte keine Ahnung, wie ich in diesem Stil tanzen sollte, aber improvisieren konnte man immer. Also ließ er sich auf das Handtuch nieder, und ich wirbelte herum bewegte die Hüften ein wenig – ich hatte etwas Bauchtanzunterricht gemacht, also nahm ich an, ein bisschen war es auf jeden Fall so. Ich bewegte die Arme durch die Luft, wie ich es schon früher mal bei polynesischen Tänzen gesehen hatte.

Als ich fertig war, knickste ich, und William klatschte. Dann kam ich zu ihm auf das Handtuch.

„Wie war das?"

„Ich finde Französisch Polynesien toll. Sehr viel besser als den kalten Schnee und das Eis."

Ich lächelte und gab ihm einen dicken Kuss auf den Mund. „Gut."

„Und da wir hier in Französisch Polynesien sind, habe ich etwas Besonderes, das ich dir sagen muss."

Ich nahm einen leeren Teller und begann ihn für ihn zu füllen. „Ach? Was denn?"

„Je t'aime. Es bedeutet …"

„Ich liebe dich. Auf Französisch! Jetzt weißt du, wie man es auf drei Sprachen sagt – Englisch, Bosnisch und Französisch."

Er schüttelte den Kopf. „Ich bin inzwischen bei fünfzehn und hoffe, noch weitere zwanzig hinzuzufügen, bevor wir nach Hause kommen."

Meine Augen wurden groß. „Was?"

„Du hörst gern die Worte, aber ich dachte mir, es wird für mich vielleicht langweilig, wenn ich dasselbe immer wieder sage, darum werde ich verschiedene Arten lernen, es zu sagen." Dann, als wolle er sein Argument unterstreichen, machte er Gesten in meine Richtung, von denen ich nur annehmen konnte, dass es Gebärdensprache war. Und ich konnte nur annehmen, dass es *ich liebe dich* hieß.

Ach, William! Ich hätte auf der ganzen Welt suchen und niemals jemand so einzigartigen und tollen und so unglaublichen finden können.

Ich stellte den Teller ab und warf ihm die Arme um den Hals. Unsere Münder begegneten sich in einem köstlichen, erhitzten Kuss. „Macht es dir was, wenn das Essen ein bisschen kalt wird?"

Er zog mich dicht an sich. „Es gibt doch immer noch die Mikrowelle."

Dann legte er sich zurück an das Handtuch, zog mich mit sich, und lachend kam ich ihm nach.

Französisch Polynesien war ein toller Ort, um Silvester zu feiern.

KAPITEL ZWEIUNDDREISSIG

HEATH

Lang nach dem Wahnsinn von Kats und Lucas' Skirennen – und dem darauffolgenden Rennen zur Notaufnahme – war der Gedanke seltsam, dass sich die Dinge am Silvesterabend endlich beruhigten.

In meinen jüngeren Tagen hatte ich einige verrückte Silvesterfeiern damit verbracht, mich bis ins Koma zu saufen oder irgendeinen Kerl aufzugabeln, der mit Bierbrille sehr viel heißer aussah als im kalten Licht des Tages. Manche dieser Typen waren letztlich wirklich potthässlich gewesen – so schlimm, dass man sich lieber den Arm abnagte, als ihn unter ihm herauszuziehen und ihn auf dem Weg zur Tür damit zu wecken.

Ach, diese peinlichen Märsche am Neujahrstag, während der Kopf pochte und der Mund trocken war, aus trinkseligen Zeiten in der Vergangenheit. Und dann ein Konterbier oder mehrere zur Genesung.

Alle Jahre wieder ... und so fort.

Aber dieses Silvester? In dem heißen neuen Ski-Resort, in dem es überall Frischfleisch gab, stellte ich fest, dass ich merkwürdig desinteressiert war, lieber mit meinen Freunden rumhängen und einfach nur die Umgebung und ihre Gesellschaft genießen wollte. Das war für mich was ganz Neues.

Wurde ich etwa endlich erwachsen?

Ich hatte gezögert, mitzukommen, als Mia die Einladung auf mich erweitert hatte – weil es so seltsam war, das neunte Rad am Wagen zu sein, wenn vier Paare dabei waren und so weiter. Aber letztlich war ich froh, dass ich gekommen war – wenn auch aus keinem anderen Grund, als mit meinen besten Freunden rumzuhängen – Mia, Kat und Adam – und ihren Liebsten und Familienmitgliedern.

Nicht lange nach Kats Unfall, nachdem wir alle Mia versichert hatten, dass es ihr gut gehen würde und wir uns um sie kümmern würden, verabschiedeten wir Adam und Mia in ihre Nacht allein zusammen, um ihren großen Jahrestag zu feiern.

April und Jordan gingen kurz danach, völlig aufgebretzelt, um in irgendeinem Hotel im Dorf zu Abend zu essen und sich dort den Festlichkeiten anzuschließen. Wir übrigen würden zu Hause rumhängen.

Gregg, der Assistent der Concierge, hatte die ganze Woche versucht, mich zum Ausgehen zu bewegen. Ich stand nur einfach nicht auf ihn. Ich war nett zu ihm, und er nahm es hin wie ein Erwachsener. Wir machten letztlich ein frühes Abendessen zusammen, im gleichen kleinen Diner, in dem wir alle am Anfang der Woche gegessen hatten.

Der Gedanke an mehr Poutine klang für mich nach einer tollen Idee.

Wir sprachen über Musik – was so ziemlich der einzige Ort war, wo sich unsere Interessen trafen – aßen gut und tranken Bier. Es war kein schlechter Abend. Ich kam ein paar Stunden vor Mitternacht nach Hause.

Wie erwartet war das Haus ziemlich still. Als erstes stieß ich auf April und Jordan, die bereits früh von ihrer großen Ausgehnacht zurück waren, immer noch ganz schick gekleidet. Er trug einen schwarzen Designeranzug, der perfekt auf seine beeindruckende Figur geschneidert war, und sie einen klassisches kleines Schwarzes, das ihr kaum oben über die Oberschenkel reichte, und schimmernde hochhackige Schuhe, die aussahen, als würden sie mehr kosten, als ich in einem Monat verdiente. Und trotz der Gerüchte, die in der letzten Woche durch unser Anwesen gegangen waren, war kein Diamantring an ihrer linken Hand. Jordan hatte wohl doch einen Rückzieher gemacht, falls an den Gerüchten überhaupt irgendwas dran gewesen war.

Sie hatten Musik laufen und tanzten eng umschlungen, wiegten sich aneinander. Na, es war gut, zu wissen, dass ich Freunde hatte, die tanzen konnten.

„Heath! Frohes neues Jahr. Wie war dein Date?", sagte April von dort, wo sie den Kopf an die Schulter ihres Freundes gelegt hatte.

Jordan hatte seinen Kopf auf dem von April, und sie wiegten sich weiter zusammen zur Musik. „Na ja, er ist zwei Stunden vor Mitternacht zurück, also werde ich mal ganz ins Blaue hinein raten und sagen, es war nicht supertoll."

„Nö, es war kein Date. Es war nur Poutine und ein Bier im Diner. Er ist ein ganz netter Kerl, aber ..." Ich zuckte mit den Schultern.

„Nicht nett genug für dich", sagte April, die eine Hand ausstreckte, um sie mir auf den Arm zu legen. Sie war eindeutig angeheitert, schon fast richtig angesäuselt. Was für ein Glück Jordan hatte. „Komm – tanz mit uns, Heath."

Ich hob eine Hand. „Schon gut. Ich werde bei Kat reinschauen und sehen, wie es ihr geht, und dann vielleicht Popcorn machen und unten in der Höhle einen Film schauen."

„Lass es krachen, Bro. Trink nur nicht ganz einsam", ließ sich Jordan vernehmen.

Ich lachte. „Habe ich nicht vor. Ihr zwei genießt einander – ich sehe, das macht ihr bereits."

April drehte das Gesicht zu Jordans Brust und kicherte leicht. Er hielt sie aufrecht, hob eine Hand an den Kopf. Er glättete ihre Haare und küsste sie auf den Kopf.

Ich verließ das Wohnzimmer und klopfte an die Tür von Kats und Lucas' Suite. Sie brauchten kurz, bevor sie riefen, dass ich die Tür öffnen konnte. Dabei wurde gar nicht mal wenig gekichert.

Oje, ich hatte da offensichtlich was unterbrochen. Ich stieß die Tür einen Spalt breit auf. „Hey ihr zwei, ich lasse euch wieder das machen, was ihr vorhattet …"

„Komm rein. Bei mir ist alles anständig", rief Kat.

Ich öffnete die Tür ein wenig. „Aber gerade eben noch nicht, oder?" Sie hatte sich die Decke bis ganz nach oben an den Hals gezogen, doch ihr Fuß im Verband ragte aus der Decke, erhöht auf einigen Kissen, wie es auch sein sollte. Lucas war ganz angezogen, aber sein Hemd sah aus, als wäre es hastig angelegt. Na dann.

„Frohes neues Jahr, Heath!", rief Kat ein wenig zu laut und hob die Hand, um wie wild zu winken, als wäre ich eine Meile entfernt und sie würde meine Aufmerksamkeit auf sich ziehen wollen.

„Du hast aber nichts getrunken, oder?"

Lucas schüttelte den Kopf. „Nö, sie darf keinen Alkohol trinken, wegen ihrer Medikamente, die offensichtlich ihre natürliche Albernheit erhöhen."

Sie lachte. „Also, meine große Lehre von heute? Fahr nie ein Rennen gegen einen Kerl auf einer Skipiste."

Ich grinste. „Ich werde den Rat beachten, sollte das Problem sich jemals ergeben, danke. Kann ich euch irgendwas holen? Wasser? Kondome?"

„Pfft, die brauchen wir nicht, außer du willst sie aufblasen und kleine Ballontiere daraus machen", sagte Kat mit einem weiteren Lachen.

Lucas beugte sich rüber und legte ihren Fuß wieder auf das Kissen. „Der Doktor will, dass du ihn erhöht hältst", tadelte er sie milde. Dann wandte er sich an mich. „Wir haben alles. Danke, Heath. Willst du hier drin rumhängen und den Countdown sehen?"

Ich schaute zum Fernseher. Er war nicht mal an. „Ach, ich glaube, ich hänge einfach in der Höhle unten ab. Ihr beiden scheint bereits Pläne zu haben, das neue Jahr einzuläuten, zu denen ich ganz bestimmt nicht gehöre. Sag einfach Kat, sie soll nicht so laut sein. Wir müssen nicht hören, wie sehr sie die Schmerzmittel genießt – und dich."

Sie schnappte sich ein Kissen und warf es nach mir. Es ging schrecklich daneben. Ein Beweis für ihre Aussetzer durch die bereits erwähnten Schmerzmittel.

„Bye bye. Wir sehen uns nächstes Jahr!"

Ich schloss die Tür, doch ich konnte ihre Antwort hören. „Ach, verstehe! Wir sehen uns nächstes Jahr."

Ich lachte und schüttelte den Kopf. Sie hatte keinen Tropfen getrunken, und sie war völlig Banane. Entweder hatten sie beide Glück, oder sie würde die nächsten neun Stunden durchpennen. Schwer zu sagen, was passieren würde.

Auf meinem Weg in die Küche, um Snacks für den Film zu holen, kam ich am Eingang des Solariums vorbei und sah, dass der Fernseher und etliche Lichter an waren. Als ich hineinging, um sie auszuschalten, bemerkte ich ein Paar, das eng beieinandersaß und sich auf einem Handtuch küsste, das auf dem Boden ausgebreitet lag. Sie waren unter einem großen Propanheizstrahler gleich neben dem blubbernden Whirlpool, trugen beide Kränze aus frischen Blumen.

Hier drin war es warm wie an einem Sommertag. Auf dem Fernseher lief ein Hintergrundvideo mit türkisblauem Wasser, das auf pudrigen weißen Sand traf, Palmen wogten in der Brise, und die Sonne hämmerte herab.

Na ja … es sah so aus, als hätte jemand genug von Bergen und Schnee gehabt.

„Aloha", sagte ich, als sie mich bemerkten.

William runzelte die Stirn. „Ich glaube nicht, dass das ein kanadischer Gruß ist."

Ich wies auf den Fernseher, die Lampe, das Strandhandtuch. „Ihr zwei seid eindeutig nicht mehr in Kanada."

Jenna lachte, griff in den Whirlpool und schickte mir ein paar Spritzer, die mich nur mit wenigen warmen Tropfen auf der Stirn erwischten. „Wir sind in Tahiti!"

„Oh", sagte ich mit gerunzelter Stirn und dachte nach. „Dann *Bonjour*. Das funktioniert in Kanada und Tahiti. Siehst du, William, ich hab dich."

„Wir tun nur so, als wären wir auf Tahiti", erklärte William unnötigerweise. Eine seltsame Erklärung von einem Mann, der sich regelmäßig in mittelalterliche Rüstung warf und andere Männer mit Schwert und Schild bekämpfte.

Aber das war eben William – eigen, manchmal mürrisch, aber ein aufrichtiger, ziemlich toller Kerl.

Nur kurze Zeit später konnte ich nicht sagen, warum ich mich draußen im schneebedeckten Hinterhof wiederfand, nachdem ich mich von Jenna und William verabschiedet und ihnen alles Gute für ihren Tropenurlaub gewünscht hatte. Im Haus gab es eine Menge Liebe, und sie machten dort Liebe, und ich musste mal Pause machen und meine eigenen Gedanken sammeln.

Hier war ich, während die Kälte in meine Wangen stach und meine Augen tränten – während ich mir die Arme in meinem zu dünnen Sweatshirt um den Körper schlang. Die unpassende Kleidung war meine eigene verdammte Schuld, weil ich auf einen Impuls hin rausgesprungen war, schätzte ich.

Es war der letzte Tag des Jahres. Ich war in einem Haus, gefüllt mit meinen engsten Freunden, und doch ... fühlte ich mich philosophisch und gab dem Drang nach, allein zu sein, mit der Stille und meinen Gedanken. Dachte über die Zukunft nach.

Wollte immer noch herausfinden, was ich wirklich wollte. Ich wusste, dass es ganz bestimmt nicht das war, was ich in den letzten paar Jahren gelebt hatte – Partys, Dates, sich suhlen in der Einsamkeit. Es war Zeit, weiterzuziehen. Zeit, zu wachsen, sich zu entwickeln. Zeit, zu kacken oder endlich vom verdammten Pott runterzukommen.

Alle Jahre wieder … Nein. Nein, eben nicht alle Jahre wieder. Und ich wollte das auch nicht.

Ich zog mein Handy heraus und schickte eine einfache, kurze Nachricht.

Ich weiß, dass es da drüben schon seit Stunden Neujahr ist, und du vermutlich schon den Rausch ausschläfst, aber … ich wollte dir nur ein gutes neues Jahr wünschen. Ich hoffe, für dich läuft es toll.

Mit einem Kloß in der Kehle drückte ich auf Senden, und die Nachricht an Connor ging raus, bevor ich kalte Füße bekam. Wir meldeten uns hin und wieder noch beieinander, aber es war nicht wie früher. Und ich war derjenige gewesen, der sich zurückgezogen hatte.

Mit einem Seufzen stieß ich Luft aus, schaute hinaus auf die leuchtend weißen Berge in der Dunkelheit, und das Sternenfeld, das darüber glitzerte. Die eisige, kalte Luft wirbelte um mich, und ich fühlte mich energiegeladen, lebendig.

Plötzlich gab es überall um mich herum Lärm.

Hupen tröteten. Leute riefen und brüllten. Einige klapperten mit Töpfen und Pfannen, andere hatten Sirenen. Und gleich über dem Resort im Tal – was ich aus dem perfekten Blickwinkel sehen konnte – blitzten Feuerwerke und krachten über dem Dorf Whistler, während der Wind den fernen Klang der jubelnden Menge herantrug. Es war Mitternacht an der Westküste.

Ich fühlte mich verbunden mit der Welt, doch losgelöst, ein Beobachter.

Ich hatte ein gutes Gefühl für dieses Jahr. Wegen der Dinge, die wir alle durchgemacht hatten. Dinge veränderten sich, ja, aber nicht unbedingt zum schlechteren.

Ich wandte den Blick nach Norden und erhaschte den winzigsten Hauch von Grün über dem Horizont, meinen ersten Blick auf die Nordlichter. Ich fragte mich, ob Adam und Mia sie von dort sehen konnten, wo sie waren.

Mit einem Lächeln wünschte ich ihnen still einen guten Hochzeitstag, drehte mich um und ging nach drinnen.

KAPITEL

DREIUNDDREIßIG

ADAM

ES KAM NICHT JEDEN TAG VOR, DASS ICH EIN VOLLES Dinner-Menü aufgetischt bekam, das von einem mit Michelin-Sternen dekorierten Koch in einer abgeschiedenen Berghütte serviert wurde, und doch waren wir hier. Und es kam ganz bestimmt nicht jeden Tag vor, dass ich meinen ersten Hochzeitstag mit meiner umwerfenden Frau feierte.

Das war ein Tag, den gab es nur einmal im Leben.

Wir waren in einem Allradantrieb in dieses private Rückzugshaus gebracht worden, und dann in einem Pferdeschlitten über ein glattes Schneefeld in eine intime, gemütliche Hütte, die ganz für uns ausgestattet war. Unsere Mahlzeit wurde mit einem Schneemobil aus einer Küche in der Nähe gebracht, wo sie vorbereitet worden war.

Und jetzt saßen wir an einem eleganten Tisch mit weißer Damasttischdecke neben einem Kamin, während der kurze Tag zum Abend wurde. Eine schüchterne, aber freundliche Bedienung war die einzige Gesellschaft, bis sie aufbrechen würde, nachdem sie uns unseren Nachtisch gebracht hatte. Und dann würden wir hier sein, allein in der Stille, um die Nacht zusammen zu verbringen. Keine Handys. Kein Fernseher, kein Internet.

Nur meine schöne Frau und ich.

Vor einem Jahr hatten wir auf einer Tropeninsel in der Karibik geheiratet. Dieses Jahr waren wir hoch in schneebedeckten Bergen. Ich fragte mich halb, wohin es uns am zweiten Hochzeitstag verschlagen würde. Und dem dritten? Dem zehnten?

Wir würden kreativ werden müssen, wenn wir die Latte bereits so hoch anlegten.

Bei der Vorspeise – Gänseleber auf Toast mit Birne und karamellisierten Zwiebeln – hatten wir Small Talk. Wir besprachen den Unfall mit Kat auf dem Hang und teilten unsere Sorge. Sprachen über den Ausflug ganz allgemein und dachten über einige der denkwürdigen Augenblicke nach – der Geisterbärenangriff an den heißen Quellen brachte uns am meisten zum Lachen.

Diese Woche hatten wir schon Spaß erlebt, großartige Erinnerungen geschaffen und sogar nach Jahren, die wir als Paar verbracht hatten, etwas Neues übereinander gelernt.

Wir lernten, dass wir nie an der Ziellinie waren, dass es niemals einen festen Punkt gab, der Glück bis in alle Ewigkeit definierte. Glücklich bis ans Lebensende war etwas, das man mit Aufmerksamkeit schützen musste, das Arbeit brauchte und Kommunikation, um es weiterhin aufrechtzuerhalten.

Mein Gott, waren Emilia und ich endlich erwachsen?

Wir gingen nicht wirklich ans Eingemachte, bis wir uns tatsächlich über unser Beef Wellington hermachten, zu dem ein köstlicher Bordeaux gehörte.

„Also." Ich schoss ihr einen Blick zu, während ich mir ein Stück Fleisch in den Mund steckte und kaute.

Sie schaute von ihrem Teller auf. Sie war wie immer umwerfend. Ihre langen dunklen Haare waren glatt gekämmt und in lockeren Mahagonisträhnen über ihre Schultern gelegt. Ihr enges blaues Kleid verschaffte mir alle möglichen schmutzigen Gedanken, was ich nach dem Dessert anstellen wollte. Und der einfache Goldschmuck mit dem Diamantanhänger, den ich ihr zu Weihnachten geschenkt hatte, glitzerte an ihrer Kehle im Kerzenlicht.

Sie hob die Augenbrauen, um mich zum Fortfahren zu animieren. Also holte ich Luft und tat es. „Wegen dieser Liste …"

Sie verdrehte die Augen. „Ich habe die Liste verbrannt. In unserem Kamin. Ich gebe auch gerne zu, dass mir das Spaß gemacht hat."

Ich deutete auf meine Schläfe. „Die ist ganz hier drin, Baby."

Sie lächelte breit, zeigte ihre geraden, weißen Zähne. „Hast du dich deswegen panisch durch die Schmutzwäsche gewühlt, um sie zu suchen?"

Ich unterdrückte ein Lächeln. „Das Blatt Papier war ein Back-up."

Sie warf mir einen misstrauischen Blick zu. „Was willst du denn dann über die Liste sagen, bevor ich höflich das Thema wechsle?"

„Ich halte eine Liste für eine gute Idee."

Sie verzog das Gesicht, ihre Mundwinkel gingen nach unten. „Ich dachte, das hätten wir hinter uns …"

Ich wischte mir den Mund mit einer Serviette ab und hob eine Hand. „Hör mir nur zu. Ich habe nicht gesagt, *diese* Liste. Diese Liste war das Ergebnis einer zufälligen Google-Suche, die ich in Panik innerhalb von wenigen Stunden zusammengestellt habe, bevor mir das Handy grausam abgenommen wurde ...“ Ihre Augenbrauen gingen warnend hoch. „Ich meine, bevor ich glücklich und freiwillig mein Handy rübergereicht habe.“

Sie legte den Kopf schief und dachte nach. „Okay, und darum ...?“

„Ich glaube, wir sollten unsere eigene Liste anfertigen. Du und ich sollten uns überlegt zusammensetzen und sie zusammen ausarbeiten. Unsere Möglichkeiten, uns wieder in Verbindung zu setzen. Und sobald wir sie haben, sollten wir uns darauf einlassen, sie auch einzusetzen. Wie du gesagt hast, unsere Leben sind gerade jetzt sehr hektisch, selbst wenn es nur vorübergehend ist. Aber du hast dieses ursprüngliche Quiz, um unsere Ehe zu bewerten, aus einem Grund gemacht, und ich habe die erste unglückselige Liste aus demselben Grund angefertigt.“

Sie schnitt ihr Fleisch und kaute dann, schaute ins Kerzenlicht. Eine doppelte Flamme glühte in ihren Augen, während sie auf der Vorstellung herumkaute.

Dann, sobald sie geschluckt hatte, nickte sie. „Das gefällt mir. Wir sollten es machen. Unsere eigene persönliche Liste, um wieder in Verbindung zu treten.“

„Okay, darf ich also einen ersten Punkt darauf ansprechen? Nehmen wir uns einander doch nicht die viel benötigten elektronischen Geräte ...“ Meine Stimme verklang, während ich scherzhaft lächelte.

„Du hast mich gerade erst bei deinem Plan an Bord geholt. Jetzt versuchst du bereits, ihn zum Wackeln zu bringen."

Ich zuckte mit den Schultern. „Ich musste es versuchen."

Sie nahm sich schnell ihr Weinglas und trank einen großen Schluck. „Wir sind nicht amüsiert."

„Du bist ein bisschen amüsiert. Gib es zu, du quälst mich einfach gerne."

Ein Lächeln spielte um ihren Mund, und ein wissender Blick trat in ihre Augen. „Oh, Mr. Drake, wenn du gefoltert werden willst, kenne ich sehr viel bessere Möglichkeiten." Sie stellte ihren Drink zur Seite und wandte sich zurück zu mir, ihre Stimme senkte sich ganz intensiv. „Zum Beispiel … könnte ich dich festbinden …"

Ich stützte mich auf die Ellbogen und lehnte mich vor. „Jetzt hast du meine Aufmerksamkeit …"

„… vor einem Fernseher und *Die letzten Jedi* in Endlosschleife laufen lassen."

Ich fuhr zurück, drückte mir eine Faust mitten auf die Brust. „Bitte, Gott, nein. Das ist nicht die Art Folter, die ich mir von dir wünsche."

Ihr sexy Mund wölbte sich. „Wo das herkommt, gibt's noch mehr."

Ich kicherte. „Du tust mir so schön weh."

Sie hob die Augenbraue. „Natürlich. *Das ist der Weg.*"

Wir lachten und aßen unser Hauptgericht fertig, während wir weiter redeten und Ideen für die Liste vorschlugen – manche ernsthaft, manche im Scherz.

„Bitte setze nicht *Händchenhalten und einander in die Augen schauen* auf die Liste, oder ich muss würgen", sagte sie. Dann bedankte sie sich bei unserer Bedienung, die die Teller wegnahm und unsere Wassergläser auffüllte.

Sobald das Dessert aufgetragen war – eine üppige Salzkaramellpannacotta, die unter einem Schokoladendom steckte, mit Gold bemalt und mit Marshmallow-Creme verziert – verabschiedete sich unsere Bedienung. Bevor sie das tat, zeigte sie uns die Stelle mit einem Knopf für Notfalldienste und ein Satellitenhandy, sollten wir irgendwas dringend benötigen. Aber ansonsten waren wir diese Nacht unter uns, meilenweit von anderen menschlichen Wesen entfernt.

„Abgesehen von allen Scherzen", sagte Emilia, während sie die Überreste ihres Desserts betrachtete, nachdem sie behauptet hatte, dass sie zu voll war, um noch etwas zu essen. „Ich glaube ehrlich, eine Liste, die wir uns zusammen ausdenken, ist eine richtig gute Idee. Wir sollten vielleicht eine kleine Routine anlegen, oder wenn du magst, auch ein Ritual, irgendwas, was wir tun, wenn du zurückkommst, nachdem du auf einer Geschäftsreise weg warst. Selbst wenn es was ganz Einfaches ist, etwa Geräte ausstecken und einen Film im Kinosaal sehen, oder einen lange Spaziergang machen und uns unterhalten. Achtsamkeit. Sicherstellen, dass wir beide im Augenblick sind. Und ich deute damit nicht auf dich und diese Sache mit dem Handy. Du weißt bereits, wie ich dazu stehe. Ich gebe zu, ich mache es auch – ich vergrabe mich in meinen Studienmaterialien, anstatt mir die Zeit zu nehmen für eine einfache Unterhaltung, oder was auch immer."

Ich griff über den Tisch und nahm sie an der Hand. „Ich will jetzt nicht gleich angeberisch oder selbstzufrieden erscheinen, aber ich glaube, wir haben hier den Anfang eines tollen Plans.

Selbstzufriedenheit ist der Feind. Wir schließen einen Pakt, dass wir weiter daran arbeiten, okay?"

Ihr Lächeln wurde breiter, und sie nahm meine Hand über den Tisch hinweg. Wir schauten uns in die Augen und saßen dort, während wir einander still anschauten und Händchen hielten.

Plötzlich riss sie die Hand zurück. „Heilige Scheiße, machen wir das jetzt völlig spontan? Händchen halten und einander in die Augen starren?"

Ich konnte nicht anders. Der Ausdruck von gespieltem Entsetzen in ihren Augen ließ mich sogar noch fester lachen.

„Jetzt aber genug davon ... weiter zum guten Zeug! Hochzeitstagsgeschenke." Sie rieb die Hände. Sie zog eine Tasche heraus, die wir mitgebracht hatten, und stellte zwei eingepackte Geschenke auf den Tisch.

„Ich weiß nicht, ob wir das jedes Jahr machen können, denn ich muss sagen, meine Kreativität war arg herausgefordert, bis an ihre Grenzen, um herauszufinden, was ich wohl einem Milliardär schenken könnte, das er sich nicht einfach nur selbst besorgen kann." Ich hob eine Augenbraue, während sie eine Hand hob, um den versauten Kommentar abzuwehren, der gleich aus meinem Mund kommen würde. „Außer sexuelle Dinge." Sie wedelte mit der Hand. „Du packst zuerst aus. Ich war so gespannt darauf, wie du es öffnest, dass ich es dir fast zu früh gegeben hätte."

„Na, jetzt bin ich gespannt, obwohl es ein bisschen zu klein ist, um heiße Wäsche zu sein, die du später für mich modelst. Außer die ist besonders sparsam."

Als sie den Kopf schüttelte, die Augen verdrehte und auch sonst vorspielte, genervt von meinen sexuellen Anspielungen zu sein, nahm ich es und tat so, als würde ich es schütteln.

„Jetzt öffne es doch endlich!", knurrte sie, und ich lachte.

Als ich es tat, holte ich ein dickes Stück Karton heraus. Es zeigte eine grobe Skizze mit einer schwungvollen Unterschrift auf einer Seite. Sie war auf gar keinen Fall vollendet, und ich neigte den Kopf zur Seite, musterte sie, dachte erst, dass es vielleicht was war, was William angefangen hatte.

Die Szene sah allerdings vertraut aus. Zwei Gestalten saßen einander an einem Tisch gegenüber. Eine von ihnen hielt eine Pistole unter dem Tisch, die auf den anderen gerichtet war. Nein, keine Pistole. Einen Blaster …

Plötzlich stieg meine Aufregung sprunghaft an. Das Autogramm in kräftigem schwarzem Filzstift verlieh ihr eine gewisse Authentizität.

„Ist das …?"

„Eine Original-Produktionsskizze von Han Solo und Greebo in der Cantina aus *Eine neue Hoffnung*. Um unsere äußerst ernste Diskussion zu verewigen, die wir in Amsterdam geführt haben. Weißt du noch?"

Ich lachte. „Aber natürlich. Das ist toll. Und ist diese Unterschrift – ist sie von ihm persönlich?"

Sie strahlte, nickte stolz, sichtlich zufrieden mit sich. Ich machte es ihr nicht zum Vorwurf. Das war ein riesiger Coup. „Das ist kein echter Beweis, dass Han zuerst geschossen hat – ein Fakt, von dem ich weiß, dass er dir sehr am Herzen liegt. Kommt aber nahe ran, schätze ich?"

Ich stand vom Tisch auf und ging um ihn herum, um ihr einen Kuss auf die Lippen zu geben. „Ich liebe es. Das ist ganz toll. Vielen Dank. Ich lasse es rahmen und sofort in mein Büro stellen."

Dann schob ich ihr eine kleine Schachtel hin, eine winzige weiße Schatulle mit einem roten Band. „Es ist Zeit, dass du dein Geschenk öffnest."

KAPITEL

VIERUNDDREISSIG

MIA

Ich war sehr zufrieden mit mir. Authentische Memorabilia aus der ursprünglichen Trilogie waren sehr schwer zu kriegen, selbst wenn man die Mittel hatte, um sie zu kaufen. Und obwohl das aus unserem gemeinsamen Bankkonto bezahlt worden war, hatte ich hart für dieses Teil gearbeitet. Es hatte stundenlange akkurate Recherche gebraucht, um es aufzuspüren. Als ich den Kauf letztlich getätigt hatte, hatte ich tatsächlich einen Rausch verspürt, der wohl einem Jagdfieber gleichgekommen war.

Und jetzt, da ich seine Reaktion sah, war ich sogar noch zufriedener.

Er hatte ebenfalls ein selbstzufriedenes Lächeln auf dem Gesicht, als er die Schatulle mit dem prominenten Cartier-Band zu mir schob.

Ich biss mir auf die Lippe, zog die Schleife auf und öffnete die Schatulle. Darin war ein einzelner Armreif in Rotgold. Einfach, mit Klasse. Hübsch. Ich mochte keinen prahlerischen Schmuck, aber das war genau mein Stil. Weniger sagte mehr.

Ich wollte es schon aus der Schatulle ziehen und auf eine Hand schieben, als ein kleiner Gegenstand mit dem Armreif herausfiel. Es sah aus wie in winziger Schraubenzieher.

Ich hob die Augenbrauen. „Was ist das? Falls ich es mal reparieren muss?"

Ein rätselhaftes Lächeln spielte um Adams Mund. Hmmm. Er hatte etwas vor. Er streckte die Hand vor. „Gib es mir, und ich zeige es dir."

Ich reichte ihm den winzigen Schraubenzieher, und er deutete auf den Armreif, darum reichte ich ihm den auch. Er war dünn und zart, aber jetzt, da ich genau hinsah, waren vier kleine Diamanten und etwas, das wie Schrauben aussah, auf der Außenseite angebracht. Ich runzelte die Stirn, neigte den Kopf, um ihn zu mustern, bevor mir klar wurde, dass Adam den winzigen Schraubenzieher bei einer der schraubenartigen Schließen ansetzte.

Er hielt eine Hälfte des Bandes hoch, um mir die Gravur darauf zu zeigen. *EKS + AD = Nat 20* und dann unser Hochzeitsdatum, das auf der Innenseite eingraviert war. Trotz der Tatsache, dass ich nicht so gefühlsduselig war, und dass er das verdammt gut wusste, liefen mir sofort Tränen aus den Augen, sodass ich durch die ganze Verschwommenheit nichts sehen konnte.

Ich hatte genau das gleiche auf ein Schloss geschrieben, das wir oben auf dem Eiffelturm angebracht hatten, als wir Paris besucht hatten. Damals hatten wir auf wackligem Boden gestanden. Ich hatte mich immer noch vom Krebs erholt. Alles hatte so zerbrechlich, so unsicher gewirkt. Soweit ich es wusste, hing dieses Schloss immer noch da, mitten in Paris. Eine Aussage über unsere Liebe.

Plötzlich bildete sich ein Kloß in meiner Kehle, wenn ich an alle Dinge dachte, die wir durchgemacht hatten. Das Gute, das Tolle und auch das äußerst Traurige. Aber trotz allem hatten wir gekämpft, und wir hatten gewonnen. Und wir waren eine natürliche 20 – dieser magische Gamer-Begriff vom Würfeln beim Rollenspielen, das ultimative Geek-Symbol fürs Gewinnen.

Heute Nacht hatten wir die Entscheidung gefällt, niemals zufrieden mit unserer Beziehung zu sein. Aber ich hielt den andauernden Glauben hoch, dass wir bereits solche schweren Zeiten durchgemacht hatten, dass wir ausersehen waren, durchzuhalten, solange es ging.

Ich blinzelte, wurde von der kalten Berührung von Metall an meinem Handgelenk aus diesen Gedanken geholt. Eine seiner großen, starken Hände hatte sich um meine gelegt, hielt sie still. Sein Daumen strich über die dünne, empfindliche Haut dort, und ich erbebte. In seiner anderen Hand drehte Adam den Schraubenzieher, um die Schraube anzuziehen, die das Armband um mein Handgelenk zusammenhielt.

„Nat 20 ..." Ich lächelte. „Warum sagst du nicht gleich, dass wir *pwnen?*"

„Wir *pwnen* ja auch. Wir sind immerhin das ultimative Gamer-Paar."

Ich lachte. Ein weiterer Witz zwischen uns, der den populären Gamer-Slang nutzte, der bedeutete, die Gegenseite völlig niedergemacht zu haben.

Adam tippte auf das Metallband um mein Handgelenk. „Das habe ich wegen der Symbolik ausgesucht."

Ich schnappte rasch nach Luft, war vereinnahmt von der erotischen Geste dieses Augenblicks, dass er mich dort hielt, sein

Hochzeitsring funkelte im schwachen Licht auf der Hand, die meinen Arm ruhig hielt. Die Tatsache, dass er es an mir anbrachte. Ich schluckte, war mir bewusst, wo ich überall meinen eigenen Herzschlag spüren konnte – in meiner Kehle, durch meinen ganzen Körper.

„Das ist ein LOVE Armreif", sagte er leise. „Er schließt sich mit dem Schraubenzieher und den Schrauben um deinen Arm und kann auch nur so wieder abgenommen werden", erklärte Adam.

„Das ist ja eine ganz subtile Symbolik." Ich musterte es an meinem Handgelenk, sobald er fertig war. Es war elegant, umwerfend. Er hielt immer noch mein Handgelenk fest in der Hand, und ich schaute auf, sah ihm in die Augen, stellte fest, dass es schwer war, zu atmen. Als ich sprach, konnte sogar ich hören, wie gehaucht meine eigene Stimme klang. „Ist das eine sozialverträgliche Handschelle? Legst du mir Handschellen an?" Ich hob eine Augenbraue.

Er holte meine Hand an seine Lippen, küsste die Handfläche und das Innere meines Handgelenks, ohne seinen Blick von meinem zuwenden. „Du machst mich hart, wenn du nur darüber sprichst."

Ich biss mir auf die Lippen. „Ich schätze, da muss ich mir wohl nicht die Mühe machen, mich in das kleine Ding umzuziehen, das ich dabei habe?"

Sein glühender Blick bohrte sich in meinen, und er verlagerte das Gewicht auf dem Sessel. „Doch, ich glaube, du solltest dir auf jeden Fall die Mühe machen."

In wenigen Minuten kam ich aus dem Bad in unser stilvoll von Kerzen beleuchtetes Schlafzimmer und trug die inzwischen berüchtigte Agent-Provocateur-Wäsche, die ich ursprünglich für unsere Hochzeitsnacht angeschafft hatte. Mit den schimmernden feinen Ketten und kleinen Goldmedaillons, die vor dem fast nicht vorhandenen Rahmen hingen, bedeckte sie so gut wie gar nichts. Das war eine moderne Form der Kettenbikinis, mit dem ich ihn vor all den Jahren immer wieder aufgezogen hatte.

Was einst meine große Dauerkritik an Dragon Epoch gewesen war, war inzwischen unser sexy kleiner Insiderwitz.

„Ach, verdammt." Seine Augen leuchteten. „Ich habe mich schon gefragt, ob ich dich je wieder zu sehen kriege. Hallo, alter Freund."

Mit einem dreisten Grinsen hielt ich die Arme zur Seite und drehte mich langsam für ihn. „Gefällt es dir?"

„Komm her, und ich zeige dir, wie sehr ich es mag."

Unser Schlafzimmer für diese Nacht wurde von einem wunderschönen Himmelbett mit Vorhängen in dunklem, schwerem Holz dominiert. Das große Aussichtsfenster schaute hinaus auf ein leeres Feld zu den Bergen hin. Adam stand in der Nähe des Fensters und hatte hinaus gesehen, als ich eingetreten war. Sein Jackett und seine Fliege waren abgelegt, sein Hemd teilweise aufgeknöpft.

Als ich auf eine Armeslänge an ihn herankam, zog er mich an sich, und unsere Münder begegneten sich zu einer feurigen Vereinigung. Er schmeckte nach Schokolade und Rotwein und nach diesem salzigen Ozeangeruch, der nur zu ihm gehörte.

Mein Körper wurde lebendig in dem Augenblick, als seine Zunge in meinen Mund glitt, und wir atmeten beide nur wenige Sekunden später schwer. Doch er löste sich zu meiner Überraschung von mir, um aus dem Fenster zu zeigen. „Schau mal. Es bestand eine kleine Wahrscheinlichkeit, dass wir heute Nacht etwas sehen können würden ..."

Ich drehte mich in seinen Armen, mein Rücken an seiner Vorderseite, und er zog mich zurück, damit ich mich an ihn lehnen konnte. Entlang der Gipfel der Berge vor dem Himmel war ein schwachgrünes Leuchten. „Ist das ...?"

„Nordlicht. Ja."

„Wow." Ich lehnte den Kopf an seine Schulter, und seine Arme spannten sich um mich an. Ich beobachtete einen langen Augenblick die schwachen Lichter, genoss das elektrisierende Gefühl seines Mundes auf meinem Nacken, genau dort, wo er in die Schulter überging. Mein ganzer Körper erhitzte sich, und ich fühlte mich schwer, angespannt. Meine Nippel und mein Geschlecht erwachten.

„Frohes neues Jahr, Mrs. Drake", flüsterte er, während er sich meinen Hals hinauf zu meinem Ohr vorarbeitete, seine großen Hände überall an meinem Körper, sie strichen über meine Hüfte, meine Taille, und hielten meine Brüste durch die Unterwäsche. Die Metallscheiben pressten sich an meine steifen Nippel, was zu einer Gefühlsexplosion führte.

Ich stieß ein langes Stöhnen aus, und er presste sich fester an mich, sein Ständer bohrte sich in meine Rückseite. Ich griff hinter mich und legte die Arme um seinen Nacken, um ihn dort zu halten.

Innerlich war das Gefühl geschmolzen, angespannt, jede Berührung, jeder Kuss wurde auf der ganzen Fläche meiner Haut wahrgenommen. Ich drehte mich in seinen Armen, und zwischen heftigen Küssen knöpfte ich dieses gestärkte weiße Hemd auf. Ich musste seine Haut an meiner spüren.

„Frohen Hochzeitstag, Mr. Drake", hauchte ich.

Er hatte an einer Schraube gedreht und das geschenkte Armband an meinem Arm befestigt, aber in Wahrheit war das Schloss, das mich an ihn fesselte, eines, dass man nicht sehen konnte – das man nicht öffnen konnte. Sein Schlüssel und mein Schloss besiegelten zusammen eine Liebe und spürbare Chemie zwischen uns zu etwas, das keine Mechanik mehr rückgängig machen konnte.

Schon bald hatte ich ihm die Kleider ausgezogen. So langsam, wie ich es nur schaffte, sank ich vor ihm auf die Knie. Seine Atmung kam ins Stottern. Ohne zu zögern, nahm ich seinen Schwanz in den Mund. Zischend verlor er seinen ganzen Atem, seine Haltung versteifte sich, seine Augen wurden zugekniffen. Das war immer mein liebster Teil. Ich liebte es, zu beobachten, wie Adam darum kämpfte, die Selbstbeherrschung zu wahren, während sie ihm unvermeidlich durch die Finger glitt. Ich liebte es, diejenige zu sein, die dafür verantwortlich war.

Mein Mund glitt an ihm hinab, nahm in tiefer auf, und meine Belohnung kam rasch – das Knurren tief in seiner Kehle. Ich spürte es überall, vom Prickeln auf meiner Kopfhaut, dem Beben auf meiner ganzen Haut, der geschmolzenen Hitze zwischen meinen Beinen.

Er schob mir die Hände durch die Haare, hielt meinen Kopf still, noch während ich gedacht hatte, ich würde gern schneller machen. Ich kämpfte gegen seinen Griff, aber er zog sich von mir zurück. Mit einer groben, raschen Geste hob er mich auf, tat zwei Schritte und warf mich heftig auf das Bett.

Ich schaute zu ihm auf, schockiert und kurzzeitig atemlos. Dunkle Augen bohrten sich in meine, seine Arme angespannt, die Hände geballt. „Ich muss dich ficken, verdammt. Ich kann keine Sekunde mehr warten.“

Ich leckte mir die Lippen, lächelte, und dann öffnete ich mich äußerst willig für ihn, ohne ein Wort zu sagen, streckte die Arme über den Kopf, um das Kopfteil zu berühren, öffnete die Beine. Ich wartete.

Sein Blick musterte mich von Kopf bis Fuß, verbrannte meine Haut, wo immer er hinzog. „Ich bin der glücklichste Mann der Welt, und das tut mir nicht mal ein kleines bisschen leid."

„Komm her", gab ich seine Worte an ihn zurück.

Er hob einen Finger und verschwand in das andere Zimmer. Ich legte mich zurück und starrte an die Decke, spielte ruhelos mit dem dünnen Armreif. Das Bild, wie er ihn an mir befestigte, sorgte für einen Anstieg der Erregung. Vielleicht sollten wir irgendwann mal Handschellen versuchen …

Adam war schon eine Weile weg …

Ich meine, länger, als er hätte brauchen sollen, um eine Handvoll der kleinen Plastikpäckchen aus der Tasche zu holen, die wir mitgebracht hatten, und hierher zurückzukommen.

Was zum …?

Ich richtete mich auf die Ellbogen auf und rief in das nächste Zimmer. Das war immerhin keine große Hütte. „Was hält dich denn auf?"

Einen Augenblick später erschien er im Eingang in all seinem nackten Glanz. Mmm. Mein Mann war so umwerfend. Besonders wenn er nackt war. Aber der entsetzte Blick auf seinem Gesicht? Der bereitete mir leichte Sorgen. „Was ist los?"

„Ich finde die Kondome nicht."

„Hast du in den Taschen geschaut? Diese Tasche hat viele Taschen."

Er seufzte, fuhr sich mit der Hand durch die Haare und kam zum Bett. „Ja. Ich habe in den Taschen geschaut."

„Es gibt eine Innentasche, die einen Reißverschluss hat. Hast du die auch überprüft?"

„Ja. Ich habe gesagt, ich habe alle Taschen überprüft."

„Könnten sie in …"

„Ich habe die ganze Tasche auf dem Boden ausgekippt und mir alles angesehen, Emilia. Da sind keine Kondome."

„Ach … Scheiße. Tut mir leid, ich dachte, ich hätte ein paar reingeworfen. Oder vielleicht habe ich nur angenommen, dass du das tun würdest? Es war ein so verrückter Tag."

Er seufzte. „Ich schätze, ich habe es genauso gemacht. Niemand hat Schuld."

Ich sank zurück auf das Bett, und er setzte sich neben mich. Ich griff vor und nahm ihn an der Hand, verschränkte die Finger in seinen. Da ich einen hormonabhängigen Brustkrebs überlebt hatte, durfte ich lebenslang keinerlei hormonelle Verhütung mehr benutzen. Damit hatten wir zwei Optionen – Barrieremethoden oder eine nicht hormonelle Spirale, die ich nur ungern nehmen wollte. Mit dieser Option fühlte ich mich nicht wohl, denn sie war ein sehr großes Eindringen in den Körper, und es gab damit womöglich Komplikationen.

Adam hatte nie ein Wort wegen meiner Entscheidung gesagt – noch würde er je die Art Mann sein, die mir Druck machte, eine Möglichkeit zu wählen, die mir nicht behagte. Wir waren mit Kondomen als unsere Option der Wahl gut gefahren.

Ich krümmte die Finger um seine und zog ihn zu mir. „Wir brauchen sie nicht. Wir können andere Sachen machen, die genauso viel Spaß machen."

Er bewegte sich, als ich an ihm zog, um sich neben mich zu legen. „Das klingt interessant." Er lächelte, doch ich bemerkte einen leichten Hauch Frust. Eine Hand glitt unter die

Metallscheiben der Wäsche, um auf meinem Bauch zum Liegen zu kommen.

Wir küssten uns, lange und langsam, unsere Hände fanden vertraute Stellen, von denen wir wussten, dass der andere dort berührt werden wollte. Haut erwärmte sich an Haut. Wir küssten und berührten uns und bewegten uns. Und bald war der Kettenbikini Geschichte, eine schimmernde Pfütze auf dem Boden. Unsere Leidenschaft wurde wieder entzündet wie das Feuer, das niemals wirklich erloschen war. Nur pausiert.

Meine Augen schlossen sich flatternd, und ich konnte dem Ziehen und Sehnen nicht widerstehen, wie sehr ich ihn in mir wollte. Wie sehr ich sein Gewicht auf mir spüren wollte. Ich schlang ein Bein um seines. Und zwischen den Küssen erwähnte ich die Idee, die sich in meinem Kopf bildete.

„Du weißt schon …" Kuss. „Wir könnten das trotzdem immer …" Kuss. „Einfach als …" Noch mehr Küsse. „Ein Zeichen sehen."

„Ein Zeichen wofür?", hauchte er.

„Ein Zeichen, dass wir vielleicht einfach nur …" Ein langer, besonders leidenschaftlicher Kuss mit Zunge und Zähnen. „Spontan sein könnten."

„Wie?"

Sein Mund an meinem Ohrläppchen, meinem Hals, meinem Kinn. Seine Hand zwischen meinen Beinen, wo sie sanft rieb. Blitze hinter meinen geschlossenen Liedern. „Schlafen wir doch ohne Kondom miteinander und … sehen, was passiert."

Er wurde reglos.

Ein Herzschlag. Zwei. Er schien sich seiner wieder gewahr zu werden, und seine Hand zuckte ein winziges bisschen.

„Du meinst …?"

Ich drehte den Kopf, um ihm ins Gesicht zu sehen. „Warum nicht?"

Meine Hände waren auf ihm, bewegten sich über seinen flachen, harten Bauch, diese Wölbungen der Bauchmuskeln, die ich so liebte. Ich nahm ihn in der Faust, glitt mit der Handfläche an ihm hinab. Seine Lider schlossen sich, und er holte bebend Luft. „Du spielst nicht fair."

„Ich spiele gar nicht. Ich will dich nur in mir."

„Scheiße, ich will in dir sein."

Mein Mund glitt über seine Brust, nahm einen Nippel und neckte ihn sanft mit meinen Zähnen. Seine Finger glitten durch meine Haare, zerrten daran. „Du bist eine Hexe, eine Verführerin."

„Nein, nur eine Frau, die will, dass ihr Mann sie fickt – hart."

Nur Sekunden später hatte er mich auf den Rücken gedreht, und er legte sich zwischen meine Beine, bewegte sich wie ein Gewitter über mir, stellte richtiges Chaos mit meinen Sinnen an, mit seinen Händen, seinem Mund. Sein Schwanz schob sich an meine Öffnung.

Er schob sich so schnell und heftig in mich, dass ich aufschrie. Aber ihm schien es nicht aufzufallen, er stieß bereits mit brutalen Bewegungen in mich hinein, bedürftig, hungrig – so ausgehungert, wie ich mich fühlte.

„Scheiße, du fühlst dich so gut an. O mein Gott, Emilia", stöhnte er an meiner Wange. Seine ganze Größe in mir, hart und unnachgiebig.

Ich warf den Kopf zurück, spürte den vertrauten Höhenflug zum Orgasmus, die Lust, die mich an der Kehle packte und mitzerrte. Hinter geschlossenen Lidern sah ich die Sterne richtig stehen, während die Bewegung seiner Hüfte an meiner rieb. Ich klammerte mich an seinen unteren Rücken und stieß meine Hüften als Reaktion vor – ein Aufruf und eine Antwort.

„Härter. Fick mich härter", sagte ich rau an seiner Wange, und dann, als würde ich meine Bitte schön betonen wollen, stieß ich die Zähne in seinen Hals. Er packte meine Handgelenke und nagelte sie zu beiden Seiten meines Kopfes fest und lehnte sich darauf, war über mir, um einen noch besseren Winkel zu bekommen. Ich als ich ihm in die Augen schaute, war es, als würde ich in die Augen eines verhungerten Wolfs schauen, der in das Gesicht seiner Beute starrte.

In diesem Augenblick sahen wir uns an, und ich konnte nicht mehr atmen, weil unsere Verbindung so intensiv war. Plötzlich bog sich mein Körper an seinem durch, der Orgasmus überwältigte mich mit einer plötzlichen Gewalt, die ich nicht erwartet hatte. Er hämmerte in mich hinein, und die Explosionen der Lust brachen von meinem Geschlecht aus, breiteten sich in Schockwellen über meinen ganzen Körper aus.

„Adam, oh, o *ja*."

Es ging weiter. Und ich war wie gelähmt, atemlos und zitternd unter ihm, während er in seinem unnachgiebigen Tempo weitermachte, meine Handgelenke losließ und sich auf die Arme hochschob, bis …

Er glitt aus mir hinaus, nach einem Augenblick versteifte er sich. Er kam an meinem Oberschenkel. Mit einem groben Knurren stieß er einen langen, erleichterten Atemzug aus.

Ich blinzelte, versuchte, dieses Gefühl zu untersuchen. Klar, es war impulsiv gewesen, ihn zu fragen. Wir hatten darüber nicht gesprochen, seit kurz vor unserer Hochzeit. Aber irgendwie hatte in diesem Augenblick die Möglichkeit so richtig gewirkt, und sogar … beflügelt.

Ich wollte das … Es fühlte sich an, als wäre es an der Zeit. Und obwohl ich nicht furchtbar überrascht war, dass Adam sich zurückgezogen hatte, musste ich zugeben, dass ich enttäuscht war.

Wir redeten lange nicht, hielten einander nur in der Dunkelheit, unsere verschwitzten Körper wurden kalt. Als er sich schließlich von mir herabrollte, wandte er sich an mich, anstatt sofort das Zimmer zu verlassen, um die bevorstehende Diskussion zu meiden, wie er es in unseren früheren Tagen vielleicht getan hätte.

„Tut mir leid", sagte er rau.

Ich drehte mich zu ihm, legte ihm eine Hand an die raue Wange. „Warum um alle Welt entschuldigtest du dich bei einer Frau, die du gerade so heftig hast kommen lassen, dass sie Sterne gesehen hat?"

Er holte tief Luft und stieß sie wieder aus, sein Atem ging noch schneller als gewöhnlich. Und er beobachtete mich, musterte jeden Quadratzentimeter meines Gesichts. „Ich weiß, was du gefragt hast."

Ich nickte. „Natürlich weißt du das. Du weißt, wie man Babys macht."

Er schluckte, dann schüttelte er den Kopf. „Ich kann nicht … Ich meine, ich konnte nicht. Ich kann damit nicht spontan sein. Da gibt's einfach so viel …"

„Pssst." Ich drückte den Daumen an seine Lippen, und er küsste ihn automatisch. „Schon okay. Ich bin nicht wütend. Es war spontan. Aber ich verstehe es. Dich zu bitten, diese Entscheidung nur aus einer Laune heraus zu treffen, weil du Sex willst, war, als hätte ich dich gebeten, etwas zu sein, das du nicht sein kannst. Ich kenne den Mann, den ich geheiratet habe. Ich weiß, dass du so nicht tickst."

Er senkte die Hand auf meinen Kopf und küsste mich auf die Schläfe, auf meine Augen durch geschlossene Lider. „Ich liebe dich so sehr."

„Ich weiß." Ich lachte, gab ihm die alte Han Solo Antwort, die wir damals gerne miteinander ausgetauscht hatten. Ich ruhte in seiner Armbeuge, meine Wange an seine Brust gepresst, und ich konnte dieses Gefühl nicht abschütteln ... als hätte dieser impulsive Vorschlag eine Büchse der Pandora in mir geöffnet, die mit sehnsüchtigem Verlangen gefüllt war.

Ich küsste ihn auf die Brust. „Adam?"

„Ja?"

„Ich will wirklich dein Baby bekommen. Und für mich fühlt es sich an, als wären wir bereit."

Er stieß einen Atemzug aus. „Emilia. Dieser Gedanke ist dir vor fünfzehn Minuten gekommen. Wie kannst du ..."

„Es war ein plötzlicher Vorschlag, aber das ging mir doch schon vor Jahren durch den Kopf, weißt du? Seit unserem Verlust ... Ich will, dass wir es noch mal versuchen."

„Aber das Risiko ..."

Ich schaute ihm in die Augen, sah tief hinein. „Ich verspreche, ich werde immer ehrlich zu dir sein. Und ja, da gibt es ein Risiko. Aber es gibt immer ein Risiko. Für alle. Vielleicht ist es nicht Krebs oder so was. Aber das Risiko ist immer da. Es ist das Leben, Adam. Und ich will es leben. Ich will eine Familie mit dir." Ich nahm seine Hand und legte sie flach auf meinen Bauch. „Ich will, dass du spürst, wie unser Kind hier wächst. Oder falls das nicht möglich ist, auf anderem Weg eine Familie aufbauen.

Aber ich will, dass wir Eltern sind, denn ich glaube, wir wären verdammt toll darin."

Eine lange weitere Stille, in der er unmöglich ruhig war, wie eine Statue. Dann strich er mir mit der Rückseite seiner Finger über die Wange. „Setzen wir uns hin und führen eine ernsthafte Unterhaltung darüber, wenn wir nach Hause kommen."

Ich biss mir auf die Lippen. Verzögerte er wieder? Aber wie sollte man das ohne eine Konfrontation erwähnen?

Er schien diese Gedanken in meinen Augen zu erkennen.

„Ich zögere das nicht hinaus. Wir werden diese Diskussion führen, das verspreche ich dir. Du kannst es in den Kalender schreiben. Aber du kennst mich. Ich brauche Recherche, Daten, medizinische Meinungen. Best Practice ..."

Ich stieß ein Lachen aus. „Ach, ich glaube, den Teil mit Best Practice kriegen wir bereits ziemlich gut hin."

Zum ersten Mal, seit ich vorgeschlagen hatte, dass wir heute Nacht ungeschützten Sex hatten, lachte er auch. „Diesen Teil machen wir unfassbar gut, das stimmt."

Ich legte meine Hände auf jede Seite seines Kopfes und schaute in diese bodenlosen dunklen Augen. So ernst. So verantwortungsbewusst. So darauf aus, mich absolut vor jedem Schaden zu bewahren. „Ich liebe dich, mein Mann."

Er küsste mich mit einem Lächeln auf dem Gesicht, dann schmiegte er sich an meinen Hals an die Stelle, von der er wusste, dass ich kitzlig war. „Ich liebe dich, Emilia. Immer."

„Mm. Wir sind eine natürliche 20, vergiss das nie."

„Absolut", hauchte er.

Nicht viel später schmiegten wir uns unter der Decke zusammen. Er schlang sich um mich, und ich hörte zu, während ich in einen friedlichen Schlaf sank, seine Atmung stetig und ruhig. Ich schaute aus dem Fenster auf die glühende Berglandschaft, genoss die Stille und das sichere Gefühl des Glücks in den Armen meines Mannes.

Wir hatten so viel durchgemacht. Ich verstand völlig, wo seine Ängste herkamen. Aber Ängsten konnte man sich stellen – und sie hoffentlich überwinden.

Was mich anging, na ja, ich konnte nur begeisterte Aufregung für das spüren, was vor uns lag.

Denn ob leicht oder schwer, wir würden es alles pwnen. Und wir würden es zusammen tun.

BIOGRAFIE

Brenna Aubrey ist eine USA TODAY-Bestsellerautorin von zeitgenössischen Liebesgeschichten, die sich um die Nerd-Kultur drehen.

Sie hat schon immer gerne gute Bücher gelesen und lange komplexe Geschichten in ihrem Kopf ersonnen. Brenna ist ein Stadtmädchen mit dem Herzen einer Naturliebhaberin. Deshalb verbringt sie so viel Zeit wie möglich im Grünen. Sie ist auch Mutter, Lehrerin, Nerd, Frankophile, bekennende Videospielsüchtige und eBook-Sammlerin.

Zurzeit lebt sie mit ihrem Mann, zwei Kindern, zwei hinreißenden Golden Retriever-Welpen, einem Vogel und ein paar Fischen an der Westküste der USA.

Für weitere Informationen www.BrennaAubrey-de.com